テーバイの将軍エパミノンダスとペロピダス

古代ギリシア英雄伝

竹中愛語
Takenaka Aigo

幻冬舎MC

目次

第一章　テーバイの解放――9
第二章　刎頸の友――41
1　親友の再会――42
2　富国強兵――77

第三章　レウクトラの戦い――103
1　和平会議――104
2　レウクトラの決戦――115
3　第一次ペロポネソス遠征――143
4　死刑宣告――161
第四章　テーバイの覇権――173
1　覇者の責務――174
2　ペロピダスの北方遠征――198
3　囚われのペロピダス――223
4　一兵卒に落とされたエパミノンダス――238

第五章　覇者の栄光と苦悩 ―― 257
1　マケドニアの王子フィリッポス ―― 258
2　ペルシアとの外交交渉 ―― 285
3　スサの勅令 ―― 318

第六章　二将軍の最期の戦い ―― 341
1　キュノスケファライの戦い ―― 342
2　マンティネイアの戦い ―― 357

エピローグ ―― 396

年表：エパミノンダス・ペロピダスの活躍とテーバイの覇権

前404年	ペロポネソス戦争終結（前431年の勃発から27年目に終結）
前395年	コリントス戦争勃発　スパルタvsアテネ・テーバイ
前386年	ペルシア大王アルタクセルクセス２世が仲裁（大王の和約）。コリントス戦争終結
前385年	マンティネイア攻囲戦
前382年	スパルタ軍によるテーバイ占領
前379年	テーバイの解放
前375年	テギュラの戦い　テーバイ軍◎ vs スパルタ軍×
前371年	レウクトラの戦い　テーバイ軍◎ vs スパルタ軍× 「テーバイの覇権」（前371年～前362年）
前370年	エパミノンダスの第１次ペロポネソス遠征
前369年	ペロピダスの第１次北方遠征
前367年	ペロピダス、ペルシアの帝都スサに赴き アルタクセルクセス2世から勅書（スサの勅令）を授かる。
前364年	キュノスケファライの戦い テーバイ軍◎ vs フェライ軍×
前362年	マンティネイアの戦い テーバイ軍◎ vs スパルタ・アテネ連合軍×
前338年	カイロネイアの戦い マケドニア軍◎ vs アテネ・テーバイ連合軍×
前335年	アレクサンドロス大王によるテーバイ破壊
前316年	マケドニアの将軍カッサンドロスによるテーバイ再建

主要登場人物

エパミノンダス　テーバイの将軍
ペロピダス　テーバイの将軍でエパミノンダスの親友
カロン、メネクレイダス　テーバイの民主派
パンメネス、ダイハントス、イオライダス　エパミノンダスの弟子
イスメニアス　テーバイの外交使節
アゲシラオス　スパルタの王（エウリュポン家出身）
クレオンブロトス　スパルタの王（アギス家出身）
アルタクセルクセス二世　ペルシア帝国の大王
アレクサンドロス　フェライの僭主《せんしゅ》
フィリッポス　マケドニアの王子

古代ギリシア世界（テーバイを取り巻く国際情勢）

第一章　テーバイの解放

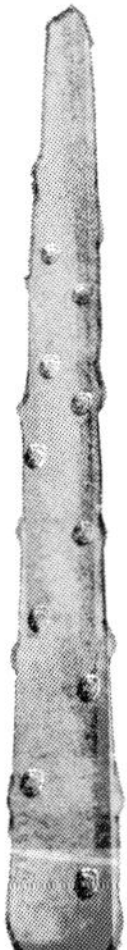

紀元前三七九年冬。雪のちらつき始めたギリシア中部ボイオティアの野を、北に向かい駆け足で突き進む十二名の猟師の姿があった。猟犬たちは主人らの放つ殺気を敏感に感じとっているのか、みな猛《たけ》りたち、しきりに低い唸り声を上げている。ただの狩人の群れとはとても思えない。先頭きって進むいちばん若い男が前方に見える小高い丘を指さすや、

「見ろ。カドメイアが望めるぞ。英雄カドモスの築きし、われらの故郷『テーバイ』は、すぐそこだ」

声をはずませ、仲間たちをふりかえり、

「今夜、カドメイアからスパルタ兵を駆逐し、テーバイを解放するぞ!」

雄々しく宣言する。鍛え上げられた体躯《たいく》、精悍な顔立ちが印象的な青年だ。強い意志を湛《たた》えたまなざしと情熱を込めた語り口は、常に同志たちの闘志を掻《か》き立てた。

「ペロピダスは、たのもしいな」

「ああ。この三年、アテネで心折れずに亡命生活を送ることができたのも、祖国解放の志《こころざし》を胸に抱きつづけることができたのも、みな、ペロピダスの励ましと指導力のお陰だ」

背後につづく男たちも高揚した顔を上げ、テーバイの中核となるアクロポリス・カドメイアの丘を望んだ。

彼らが目ざすテーバイの町は、ボイオティアのちょうど真ん中に位置する、この地方きっての有力都市だ。神話の時代に英雄カドモスが築き、酒神ディオニュソスや英雄ヘラクレスが誕生し、オイディプス王の悲劇が起こった、ギリシアでも有数の伝説に彩られた古き都として名を馳せ、「七つの門の聖なる砦《とりで》」と讃えられていた。

だが、神話と伝説に彩られた物語の宝庫テーバイは、いまスパルタ軍の占領下に置かれ、厳しい隷従の軛《くびき》につながれていた。

スパルタ軍の占領支配が始まったのは、これより三年前、紀元前三八二年のこと。

三年前の秋、スパルタ軍が北方オリュントスへの進軍の最中、テーバイ近郊に陣を構えていると、テーバイの寡頭派《かとうは》、レオンティアデス、アルキアス、フィリッポスが、スパルタの軍隊を背景に政権を奪取せんと、スパルタの陣地を訪れ、スパルタ軍の指揮官フォイビダスに向かって、じつに魅惑的な、しかし祖国にとっては背信的な言葉を囁《ささや》いた。

「いま、テーバイのアクロポリス・カドメイアでは、デメテル女神に捧げる祭礼テスモフォリアが行われている。この祭りには女しか参加できない。ゆえに、今宵のカドメイアには女どもしかおらぬ。占拠するには、またとない好機だ。カドメイアを襲撃して女たちを人質にすれば、テーバイの男どもは手も足も出せぬ」

寡頭派というのは、少数者が政権を掌握する政治体制・寡頭政を支持する勢力のことである。対極にあるのが民主派で、寡頭政をよしとせず、民主政を標榜する。寡頭派と民主派は主義主張の違いから対立した。古代ギリシアにおいては、寡頭政治を行うスパルタと民主政治を行うアテネが対立し、両者の抗争が主軸となって全ポリスを巻きこんだ大戦争が、紀元前四三一年〜紀元前四〇四年に起こったペロポネソス戦争である。

この当時のテーバイにおいても寡頭派と民主派が対立していたが、テーバイの寡頭派たちは、スパルタの軍事力を背景に政権掌握を画策した。テーバイの寡頭派から策謀をもちかけられたスパルタの将軍フォイビダスは、にたりと笑い、

「オリュントスを攻囲している間に、テーバイが寝返って補給路を断たれては困る。後方の安全を確保しておくためにも、テーバイは是非とも手中に収めておきたい」

常々テーバイを危険視していたスパルタとしては、テーバイに傀儡《かいらい》政権をつくりあ

げ、意のままに操れれば、それに越したことはない。

じつはテーバイは、ボイオティアの諸ポリスが結成する「ボイオティア同盟」の盟主として、なにかとスパルタに反抗した。そこでスパルタは、四年前の紀元前三八六年、ペルシア帝国のアルタクセルクセス二世とよしみを通じ、大王の勅命を盾に、力づくでボイオティア同盟を解体し、テーバイの無力化を図っていた。

「カドメイアにいる女どもを人質にとれば、テーバイ人もスパルタに屈服しような」

スパルタの将軍フォイビダスにとっては、テーバイの寡頭派レオンティアデスらの申し出は、まさに渡りに船といえた。

「スパルタはかつて、ペロポネソス戦争に敗北したアテネに対し、寡頭政（『三十人僭主《せんしゅ》』の政権）を敷き、総監と駐屯軍を派遣して占領統治下に置いたものだ。うまくいけば、テーバイにも同様の支配体制を敷ける」

「スパルタ軍の強力な後押しが得られれば、テーバイの寡頭派も安泰。われら寡頭派がテーバイの政権を掌握した暁《あかつき》には、スパルタの意向を決して蔑《ないがし》ろにはいたしません」

「よし。その話、のった！　レオンティアデスよ。すぐに、われらを手引きしろ」

フォイビダスは裏切り者たちの誘いに応じ、その夜、スパルタの将兵を引き連れ、闇に紛れてカドメイアに侵入すると、デメテル女神の祭典を蹂躙《じゅうりん》し、祭りに参加していた女たちを、有無を言わさず生け捕りにした。

「ひいい！　助けてー！」

女たちの悲鳴が夜空にこだました。

「なにごとだ？」

テーバイ市内の家々からは、悲鳴を聞きつけた男たちが武器を手に駆け出したが、カドメイアを占領したスパルタ兵は、非力なテーバイの女たちに剣や槍を突きつけると、

「逆らえば、女どもの命はないぞ！」

怒声でテーバイ市民を脅迫した。

「おのれ。女を人質にするとは、卑怯なっ！」

テーバイの男たちはスパルタ兵の暴挙に憤ったが、

「おとなしく降伏しろ。スパルタ軍に従った方が、身のためだぞ」

寡頭派のレオンティアデス、アルキアス、フィリッポスが、居丈高に命令する。

「きさまら。スパルタに国を売ったのか？」

「裏切りもの！」

テーバイの男たちは売国奴たちを睨みすえ、声を限りに罵ったが、妻や母や娘を人質にとられた彼らにはスパルタ軍に降伏する以外に選択肢はなかった。寡頭派の領《りょう》袖《しゅう》レオンティアデスとスパルタの将兵は、かくして難なくテーバイを制圧した。

スパルタ軍は、民主派の領袖イスメニアスを捕縛すると身柄をスパルタ本国に送り、裁判なしで処刑した。その他の民主派の面々はスパルタ軍の捕縛の手を逃れ、アテネを目ざした。民主派の中で最も若いペロピダスは、このとき二十八歳。無念の思いに身も心も張り裂けそうだったが、再起を期し、同志とともにアテネに亡命したのであった。

アテネは、テーバイからの亡命者を快く迎え入れてくれた。というのも、かつてペロポネソス戦争に敗北したアテネが、スパルタの後ろ盾を得た「三十人僭主」の圧政下に置かれていたとき、弾圧されていたアテネの民主派を匿《かくま》い、スパルタの魔の手から庇護したのが、テーバイだったからだ。

テーバイの民主派はこうして命からがらアテネに逃れたが、故国にはスパルタ人の総監が居座り、カドメイアにも千五百人のスパルタ兵が駐留し、スパルタの厳しい占領体制のもとに置かれることになった。

　アテネに逃れたテーバイの亡命者たちも、安穏と亡命生活を送ってはいられなかった。テーバイの寡頭派の指令を受けた刺客がアテネに送り込まれてきて、民主派の領袖アンドロクレイダスを暗殺したからだ。テーバイの亡命者たちの心からは、次第に「故国テーバイをスパルタ軍から解放する」という覇気も活力も失われてゆく。だが、亡命者たちの中で最も若く、最も義侠心に溢れた青年ペロピダスは決して志《こころざし》を捨てなかった。

「かつてアテネのトラシュブロスはテーバイから出撃し、見事に故国を解放した。きみたちは、なにゆえ、ためらい、恐れるのか？　我々もトラシュブロスの義挙にならい、アテネからテーバイに旅立ち、故郷を解放しようではないか！」

　そう言っては仲間の亡命者たちを熱心に説いてまわり、ついに、故国の解放のため、同志たちを決起させたのであった。

　まずは若い同志数名が先発隊として夜のうちにテーバイ市内に潜入し、国内の同志たちとともに売国奴どもを暗殺し、翌朝、残りの同志が入城して、総力を挙げてスパルタの駐屯軍と対決する手はずになった。計画に従ってペロピダス、メロン、テオポンポス、メネクレイダスら十二名の若者が先発隊となり、怪しまれぬよう猟師に変装し、一路、故郷テーバイを目ざしたのであった。

アテネを出立後、若者たちは、赤ん坊だったオイディプス王が捨てられたことで有名なキタイロン山を北に越え、ボイオティア地方に入る。そしていま、故郷のアクロポリス・カドメイアを望み、勇気を奮い立たせたのであった。ただ、このときカドメイアの上空を鉛色の厚い雲が重苦しく覆っている姿を目にしたので、

「暗澹《あんたん》とした空を見ると気が滅入《めい》る。おまけに雪まで降り出した。ついてないな」

落胆の声を、弱々しいため息とともに、つい吐き出してしまう。だが、同志たちの心が重く沈みかけたそのとき、

「いや！　ついていないとも言えんぞ！」

勇ましい声を張りあげたのは、やはりペロピダスであった。

「こう寒いと、町なかも人気《ひとけ》がなくなるだろう。我々も潜入しやすくなる。これこそ天の祐《たす》けだ。そう思わないか？」

ペロピダスの凛とした声に、挫《くじ》けかけた同志たちの心も奮いたち、故郷目ざして一同は歩度をあげた。

ボイオティアの中央に位置する四方八達の町にふさわしく、テーバイの城壁には東西南北に計七つの門が備わり、七門には、テーバイの伝説上の王アンフィオンの七人の王女たちの名がそれぞれ付けられていた。アテネのあるアッティカ地方に面した南東の門は、王女エレクトラにちなんでエレクトラ門と呼ばれ、その傍《かたわ》らにヘラクレス神殿が建っている。ギリシア一の英雄ヘラクレスは、テーバイで誕生した。それゆえテーバイにはヘラクレスを祀《まつ》る神殿があり、ヘラクレスに関する祭典も盛んなのであった。

「テーバイの町に入る前に、無双の英雄ヘラクレスに武運を祈ってゆこうではないか」

ペロピダスが提案すると、全員が即座に賛同した。神殿に入ると、ヘラクレスの勇壮な大理石像が彼らを迎えてくれた。大英雄は右手に巨大な棍棒をかざし、獰猛《どうもう》なライオンを組み伏せている。

「いつ見ても、惚れ惚れするな」

同志たちは、感嘆のため息とともにヘラクレス像に見入った。

ギリシア神話の最大の英雄を祀る神殿だけあって、神殿の壁には、いかめしい武器や防具が掲げられている。ヘラクレスの得物《えもの》として著名な棍棒も、もちろん飾ってあった。テーバイ人は、ヘラクレスのシンボルとも言える棍棒を国家のシンボルにしていたので、壁に掲げられた大盾にも棍棒が描かれている。生命を守るための大切な防具に大英雄の得物を描き、「武運あれかし」とヘラクレスの加護を祈るのだ。

「ヘラクレスにあやかって、我々も裏切り者とスパルタの総監どもを退治し、テーバイを救うぞ」

「おう！」

十二名の若者たちは、聖なる英雄の前で力闘を誓い、神殿内で農夫の格好に着替えると、人目《ひとめ》につかぬよう、数人に分かれ、別々に町への潜入を開始した。ペロピダスの予測したとおり、雪のちらつくテーバイの町なかは人出《ひとで》もなく、同志たちは首尾よく市内に忍び込むと、同志カロンの家で合流する。カロンは仲間たちを迎えると、

「手はずは、すべて整えてある」

張りつめた声で、ことは計画通りに進んでいると打ち明けた。合流した同志たちは、ペロピダス、カロン、メロン、ケフィソドロス、メネクレイダスなど四十八名にのぼった。

「討ち果たすべき裏切り者は、四名。レオンティアデス、アルキアス、フィリッポ

ス、それに、ヒュパテスだ」
レオンティアデスをはじめとする四名は寡頭派の頭目たちで、三年前、スパルタに寝返って民主派を粛清して以来、カドメイアに駐留するスパルタ軍の武力を背景にテーバイを牛耳っていた。

館の主《あるじ》カロンが、滔々《とうとう》とした声で言い放つ。

「われらの同志フィリダスは、うまくやつらの懐《ふところ》にもぐり込んだ。アルキアスの秘書になって、信任を得ている」

カロンは、同志のひとりフィリダスの動向を告げた。

「今宵、フィリダスは、アルキアスとフィリッポスを宴席に招待している。連中を泥酔させて我々の討ち入りの手助けをする段取りだが、レオンティアデスとヒュパテスは誘いに乗らなかった。ふたりは自分の屋敷で休んでいる」

「そうか。では、我々は二手《ふたて》に分かれて行動しよう。一隊が宴席へ向かってアルキアスら二名をしとめ、あとの一隊がレオンティアデスとヒュパテスを襲う」

「では、宴席には、このカロンが赴こう」

カロンが名のりを上げると、ペロピダスも遅れるまじと、

「ならば、わたしが、レオンティアデスとヒュパテスのもとへ行く。スパルタの将軍フォイビダスを嗾《けしか》けてテーバイを占領させたのは、レオンティアデスだからな。やつは、アテネに刺客を送り、我々の同志アンドロクレイダスも暗殺した。だからこそ、この手でレオンティアデスの首級をあげ、殺された仲間の無念を晴らしたい」

「では、レオンティアデスとヒュパテスの誅殺《ちゅうさつ》は、ペロピダスに任せよう」

四十八名の同志は二隊に分かれ、カロンとメロンが宴席にいるアルキアスとフィリッポスのもとへ、ペロピダスがレオンティアデスとヒュパテスのもとへ行くこととなる。

襲撃の手順が決まると、同志たちは武具に身を固めはじめた。

「酒宴にもぐり込むにはヘタイラ（芸妓《げいぎ》）に化けるのがいちばんだ」

宴席に討ち入ることになったカロンとメロンは甲冑《かっちゅう》の上から女ものの衣裳を着け、樅《もみ》や松の葉っぱをたくさん付けた冠をかぶる。女装し、樅や松の葉で顔を隠して、アルキアスたちに気取られぬよう、工夫を凝らす。

ペロピダスも手早く鎧《よろい》を身に纏《まと》う。やや緊張した面持《おもも》ちで剣を握りしめていると、背後からカロンが、

「どうだ、ペロピダス。おれは、美人のヘタイラに見えるか？」

と、おどけた声でたずねてきた。

「ああ。別嬪《べっぴん》だ」

笑ってこたえ返すと、ペロピダスも緊張が解けてゆく。つと、カロンに近寄ると、

「カロンよ。一つ、たずねてもいいか？」

ペロピダスは、そっと小声で言った。

「彼は、どうしている？」

「彼」という、ひとことだけで、ペロピダスが誰のことを問うているのか、すぐに察したカロンは、微笑で応じてくれた。

「エパミノンダスのことならば、心配ない。もともと活動的な性質《たち》ではなかったし、野心も欲もない男だから、やつらも危険視せず、手を出しちゃいない。いまでも、自宅で子供相手に細々と教師をやっているよ」

「そうか……。いや、無事ならそれでいいんだ」

「それでも、青少年を叱咤激励するときには容赦がない。普段は物柔《ものやわ》らかな男のくせに、ここぞという時には、ずばりと真実を射抜くような発言をする。エパミノンダス

は、昔から、そういう男だったからな。スパルタ人相手にレスリングをして、勝って威張っている若者なんかを見とがめると、エパミノンダスときたら、『体力ではすぐれているのにスパルタの奴隷になっているのだぞ。それを恥だと思わないのか？』とか言って、びしびし、はっぱをかけているぞ」

「ハハハ……。たしかに、エパミノンダスらしい激励の仕方だな」

「レオンティアデスたちはエパミノンダスの力を侮って、歯牙にもかけずにいるが、市民たちは彼を敬愛している。だが、今夜の決起をエパミノンダスには知らせていない」

「それでいい。彼は高潔な男だ。暗殺という卑怯な手段は好まない」

　ペロピダスは寂しそうに言ったが、

（エパミノンダスなら、きっとわかってくれるはずだ。武装蜂起に踏み切った我々の気持ちを）

　意を決し、ペロピダスは腰に剣を帯びた。こうして憂国の士たちは準備万端ととのうと、

「スパルタに魂を売り渡した売国奴どもをすべて討ち果たし、故国に自由を取り戻す

ぞ！」

「おーっ！」

決起の意気込みと決意を確認しあうと、彼らは二隊に分かれ、おのおのの決戦場へと向かった。

同志たちが狙う標的、アルキアスとフィリッポスについては、フィリダスが宴会に招待し、暗殺の舞台を用意していた。生の葡萄酒は濃すぎるので、水で薄めて飲むのが慣わしであったが、フィリダスは、「アルキアスとフィリッポスを前後不覚になるまで酔わせてやろう」と考えて、わざと水で薄めもせず、強い酒をアルキアスとフィリッポスに飲ませる。そうやってフィリダスが盛んに酒をついでまわっているうちに、ずいぶんと夜も更けてきたようだ。

（そろそろ同志たちが踏み込んでくるはずだが）

彼がちらと戸口に目をやり、落ち着かぬ風情で、その瞬間を待ちかねていると、

「どうした、フィリダス？　先ほどから、なにやらそわそわと何度も扉に目をやっておるが、誰か訪ねてくる予定でもあるのか？」

アルキアスが怪訝顔で詰問する。フィリダスがぎくりと身をふるわせると、今度は

フィリッポスが、

「フィリダス。今宵は、ヘリッピダスどのもお呼びしたのか？」

と問うてきた。ヘリッピダスというのは、カドメイアに駐留するスパルタ軍の指揮官だ。スパルタから派遣されてきた総監は、ヘリッピダス、アルケソス、リュサノリダスの三名で、彼らがアルキアスら寡頭派の強力な後ろ盾になっていたのである。

「今宵の宴にはスパルタの将軍たちをお呼びいたしてはおりませぬ」

　フィリダスが面目なげに応じると、

「なんだ、呼んでおらぬのか。スパルタあっての我々なんだぞ。将軍たちをお招きせぬとは、気の利かぬ男だな」

　アルキアスが立腹すると、そばからフィリッポスが、

「これ、アルキアスよ。フィリダスを責めてはならぬ。スパルタの将軍連は質実で、酒を好まれぬ。酒宴の席にお招きしては、かえって失礼にあたると、フィリダスなりに気をまわしたのであろう」

「そうじゃな。スパルタの将軍たちは、任務一途の武人ぞろい。まったく、頭が下がるわい。スパルタ軍がカドメイアで睨みを利かせている限り、テーバイの安泰は保証

される。ありがたいことだ。じゃが、たまには息ぬきも必要だ。次回の宴会には、スパルタの総監たちもご招待し、盛大にもてなしてさしあげようではないか」

「さようでございますな」

フィリダスも、相槌を打って茶を濁す。そのあと急に声音を改め、

「アルキアスさま。じつは美人のヘタイラを呼び寄せてございます」

「なに、ヘタイラじゃと？」

アルキアスは、とたんに貪婪《どんらん》な目を輝かせ、

「そうか。それで、おぬし、さっきから、そわそわしておったのだな。なら、はやくそう申せ。気が利くではないか。ハッハッハッ！」

アルキアスが笑い声をあげるや、扉が開き、人影が見えた。

（いよいよか）

フィリダスは心ひそかに胸を弾ませたが、

「アテネからの急使です」

入ってきた男はそう言い、長椅子の上にだらりと横臥しているアルキアスの前に足早に歩み寄るや、一通の手紙を差し出した。

「なにい？」

アルキアスは酔眼朦朧とした目で相手をみ、まわらぬ舌で言った。

（まずい。もしや、同志たちの脱出を知らせてきたのではないか？）

フィリダスは、たちまち顔をしかめた。

アルキアスは、渡された書簡を手にとってしげしげ眺め回すと、使者をねめつけ、

「こんな夜更けに、アテネから、いったいなんの用だ？」

「大事な用件ゆえ、すぐお読みになるようにとの伝言です」

アテネの使者が手紙の開封を催促する。フィリダスの直感は的中した。が、幸いなことに、フィリダスの策略で、すでにしたたかに飲まされていたアルキアスは酩酊《めいてい》しており、

「もうすぐ美人のヘタイラたちもやってくる。野暮な手紙なんぞ、読むのは明日になってからでよかろうて」

手紙をろくすっぽ見ようともせず、面倒くさそうに枕の下に押し込んでしまった。

フィリダスはほっと安堵の息をもらし、生の葡萄酒をアルキアスの杯《さかずき》になみなみ注ぐと、

「ささ、将軍、もう一杯。お待ちかねの女たちも、まもなく姿を見せましょうから」

などと甘い言葉を吐いては彼らの欲情を掻き立てる。アルキアスは卑猥《ひわい》に笑い、さかんに手を打った。フィリダスが時間稼ぎに腐心していると、再度、扉が開き、綺麗《きれい》どころがようやく登場した。

(カロンとメロンだな。しっかりやれよ)

フィリダスはヘタイラに扮《ふん》した同志に目配《めくば》せし、アルキアスの前にいざなう。松や樅の葉で顔が隠れているので、アルキアスもよもやこれが刺客であるとは予想だにしなかった。

「おお、来たか！　ささ、ちこう、ちこう！」

アルキアスは、おおはしゃぎで手招きすると、美女を待つのももどかしく、にじり寄る。

「うぶなやつ。そう恥ずかしがらぬと、ほれ」

だが、女の手をつかもうとした、そのときである。それまで淑やかに恥じらっていた女が、逆に彼の腕をむんずとつかみ、

「同志の仇《かたき》！　覚悟しろ！」

怒声とともに剣を抜き、冠をかなぐり捨てた。鎧を纏った屈強な男が、瞬時に眼前に出現したので、

「げっ！　お、おとこ……！」

アルキアスは仰天、いっぺんに酔いが醒めた。が、しこたま飲んでいたから脚がもつれ、思うように動けない。カロンはすかさずアルキアスを蹴り倒し、ずばりと剣をふりおろす。

「ぎゃッ！」

アルキアスは悲鳴をあげ、絶息した。フィリッポスの方はメロンが始末し、宴席には裏切り者たちの死体が横たわった。

「やったな」

フィリダス、カロン、メロンは、固く手を握りあい、首尾を祝しあうと、

「のこる敵は、レオンティアデスとヒュパテスだ。やつらのもとにはペロピダスが向かっている。われらも助太刀に行こうではないか」

三人は武器を手に、同志のもとに急いだ。

カロンたちがアルキアスを誅殺していたころ、ペロピダスの率いる一隊は、レオン

ティアデスの屋敷を取り囲んでいた。

「とにかく、この門さえ開けさせればよい。門が開いたら、一気に斬り込むぞ」

ペロピダスは同志一同に言い含めると、ドンドンと、勢いよく扉を叩《たた》き、

「夜分、申しわけない。アテネのカリストラトスさまのもとよりまいった、火急の使者です。カリストラトスさまの手紙を、至急、レオンティアデスさまに、お渡ししたい。どうか、レオンティアデスさまに、お取次ぎを！」

声を張りあげると、門番が、あたふたと起きてきて、

「これは、これは、ご苦労さまでございます。アテネのカリストラトスさまといえば、ご主人さまの古くからのご友人。すぐに門を開けますから、いましばらく、お待ちを」

などと、へりくだった言葉づかいで門《かんぬき》を開ける。きしんだ音とともに扉が開くや、

「よしッ！　いまだ、突っ込め！」

ペロピダスの号令とともに、同志たちは、いっせいに門の中になだれ込む。

「ひいいい！」

門番の悲鳴が夜闇に響きわたった。喚声をあげて、どかどかと押し寄せてきた

闖入者《ちんにゅうしゃ》に、

「なにごとだ！」

館の主《あるじ》レオンティアデスは目を覚まし、剣を抱いて跳び起きる。こちらはアルキアスらとちがって酒など入っていない。豪放に剣を抜き放つや、乱入者たちを迎え撃った。もともと剛健な男だ。決死の若武者数名を相手に、怯《ひる》まず渡りあい、次々に深手を負わせていく。同志のケフィソドロスが即座に斬り殺され、ペロピダスも、レオンティアデスの豪腕に斬りつけられて負傷した。

「きさまは、ペロピダス！」

夜半の闖入者たちのリーダーがペロピダスと知って、レオンティアデスは憎悪たっぷり、

「いつの間にテーバイに舞い戻った？　こんなことをしでかして、ただですむと思っているのか。おれを殺したら、スパルタ王が黙ってはおらんぞ」

「スパルタ王は駆けつけられん。三年前とはちがうぞ」

「カドメイアにいるスパルタの駐屯軍を忘れたか？　この町はスパルタ軍が占領しているんだ。夜明けを待たずに、きさまら全員、ひっとらえて縛り首にしてやる！」

「ほざくな、悪党！」

ペロピダスは叫ぶや剣をかまえ、レオンティアデス目がけ、突進した。が、室内は狭いうえに、ケフィソドロスの遺骸が邪魔になって足もとがおぼつかない。それでも苦痛をこらえ、悪戦苦闘の末に、ペロピダスはレオンティアデスにとどめを刺した。

「やったな、ペロピダス！」

同志たちが手を打って喜んだが、

「まだヒュパテスがいる。やつの屋敷に急ごう」

ペロピダスは緊迫した面持ちを崩さず、足早に、次なる敵ヒュパテスの館を目ざす。異変を察知したヒュパテスは泡を食って自宅から逃げ出し、隣の家に逃げ込んだが、ペロピダスは間髪いれずに追いすがり、隣家からヒュパテスを引きずり出すと斬殺した。

互いに使命を果たしたペロピダス隊とカロン隊は落ちあうと、

「トリアにいるフェレニコスたちに首尾を伝え、援軍を乞おう」

まずはトリアに急使を派遣し、加勢をたのむ。アテネの北方にあるトリアには、フェレニコスの指揮する後発部隊が待機している。友軍も朝にはテーバイに到着するはずだ。

「応戦準備にかかれ！　急げ！」

同志たちは、投獄されている仲間を獄中から解放し、神殿に飾ってある武器を取り、武器屋に駆け込んで店先から武器を調達してきては、急ごしらえで武装を固め、スパルタの駐屯軍の反撃に備える。市民たちに説いて、蜂起を促すことも忘れなかった。

「テーバイの人々よ！　起きてくれ！　自由を勝ち取るために、いまこそ決起せよ！」

ペロピダスら同志の面々は、大音声《だいおんじょう》で同胞たちに呼びかけた。

「なんだ？　なんだ？」

テーバイの人々は、寡頭派のリーダーたちが殺されたと聞き、混乱した。

「レオンティアデスとアルキアスが殺されたらしいぞ」

「ほんとうか？」

「ペロピダスたちがアテネから帰還し、カロンやメロンと共謀して、寡頭派の巨頭たちを襲撃したそうだ」

「なんと！」

「三年前、スパルタ軍が踏み込んできたときも、こんなふうに唐突だったな」

「スパルタ人の奇襲に対し、民主派の同志たちも奇襲で応酬したのさ」

「これで、やっと自由になれるぞ」

一部の市民は喜び勇み、武器を手に同志たちに合流したが、なにぶん、ことが急ゆえ、半信半疑で家にこもっているものが大半であった。

「テーバイが解放されたとか言って、浮かれ騒いでいるものもいるが、亡命していた罪人たちが引き起こした反乱だぞ。まだ、スパルタの駐屯軍がカドメイアを占拠している。うかつに外へ出て、状況もわからぬうちから、やみくもに反逆者に同調したら、おれたちも反逆者と見なされて、スパルタ兵に虐殺されるぞ」

「はっきりしたことがわかるまで、家の中でおとなしくしているにかぎる」

などと言い、テーバイ人の多くは軽挙妄動を控えたのであった。

「思った以上に、市民たちの反応は冷淡だな」

「スパルタ軍がカドメイアに陣取っている。市民たちが外に出てこないのも無理はない」

ペロピダス、カロン、メロンら、同志の面々は、テーバイの人々が彼らの蜂起を受け入れていないことを肌身で感じ、愕然《がくぜん》とした。

「市民たちの後押しを得て、スパルタの総監や駐屯軍を圧倒するはずだったのに。これでは、我々は、ただの反逆者だ。フェレニコスの後発部隊が到着するのは、朝になってから。夜のうちにスパルタ軍に反撃されたら、まずいぞ」

カロンが不安を口にすると、ペロピダスも焦りを覚え、すぐには良策が浮かばない。

（はやく、次の手を打たないと……）

だが、焦るペロピダスは、駆けつけた市民の中に見知った懐かしい顔を見つけた瞬間、

「エパミノンダス！」

名を呼んで、駆け寄った。

端正な面ざし、力強いまなざし。忘れるはずがない。ペロピダスが親友のもとに走り寄ると、エパミノンダスは彼を温かく迎え、

「ゴルギダスとともに加勢に来た。友人や弟子たちも一緒だ。みんなで掩護《えんご》するぞ」

大勢の友人や弟子たちを、ペロピダスに引きあわせる。ペロピダスは屈託《くったく》なく笑うと、

「市民の大半は、まだ事態がよく呑みこめず、家に閉じこもっている。正直、心細くて、次の手も思いつかないほどだった。だが、エパミノンダスよ。きみが、友人たちを連れて駆けつけてくれたから百人力だ。とても嬉しいよ」

喜びを表明し、エパミノンダスの手を握りしめた。エパミノンダスも、ペロピダスの手をしっかり握り返すと、大丈夫だ、安心しろ、というように微笑し、

「ペロピダスよ。テーバイの人々に呼びかけて、家々に火を灯《とも》させ、篝火《かがりび》を焚《た》くんだ。炎は、夜目にもよく望めるはずだ。カドメイアにいるスパルタ兵も、無数の炎を目にすれば動揺をきたすはずだ」

「なるほど！　群集がひしめいていると錯覚すれば、相当な心理的脅威になるな」

ペロピダスは手を打つと、すぐさま同志や市民に指示して、家々や辻々、広場などに多くの篝火を掲げさせる。カドメイアは小高い丘の上にあったから、テーバイ市内に星の数ほど掲げられた篝火は、カドメイアにいるスパルタの将兵たちの目にも入った。

「レオンティアデスら寡頭派の巨頭たちも討ち取られ、テーバイ市民も反旗を翻した。いかがいたしましょうか、総監どの。打って出て、反逆者どもを成敗いたしま

しょうか?」

スパルタの兵士たちは、三人の総監、ヘリッピダス、アルケソス、リュサノリダスに向かって口々に指示を仰いだが、総監たちも狼狽《ろうばい》し、善後策が思いつかない。

「あの篝火の数から察すると、敵の数は並みではない。われらはたったの千五百。無勢で、むやみに攻めかかっては危険だ」

テーバイ人の蜂起に恐れをなし、スパルタの将軍連も反撃する胆力を喪失した。

「コリントには、クレオンブロトス王がいる。急使を派遣し、王に援軍を要請しよう」

「それがよい！　王が来るまで、われらは待機だ」

アルケソスとリュサノリダスは、あい計ると、急使をコリントに派遣し、陣地を守りつつ友軍の到来を待つことにした。

「どうやら、スパルタ兵も臆したようだな。反撃をためらっている」

「朝になれば、フェレニコスの部隊も到来する。勝算は充分にあるぞ」

ペロピダス、カロン、メロンら同志の面々と、新たに合流したエパミノンダス、ゴルギダスらは、スパルタの駐屯部隊が出撃を断念したと聞き、ひとまず安堵した。夜が明けると、後発の同志たちも援軍を率いて到来したので、テーバイ勢は、兵力の上

でもスパルタ駐屯軍を圧倒する。ここに至り、テーバイの神官たちも同志のもとに駆けつけ、

「祖国テーバイを守り、テーバイの神々を祭るべし」

と、テーバイの人々に呼びかけたので、家の中に閉じこもっていた市民たちも同志たちのもとに集まり、拍手喝采しながらペロピダスをはじめとする同志の面々を「テーバイの救済者」「テーバイの恩人」と賛美する。そして、テーバイの市民たちは、ペロピダス、メロン、カロンを、ボイオティア同盟の筆頭行政官である「ボイオタルケス」に選出し、テーバイの総力を挙げてカドメイアのスパルタ軍を包囲・攻撃した。

「もはや、これまで」

スパルタの三人の総監、ヘリッピダス、アルケソス、リュサノリダスは、テーバイ人に対して降伏すると、

「スパルタの駐屯軍を引き連れて本国に帰還する。どうか、ゆるしてくれ」

占領軍の撤退を申し入れた。

「スパルタ軍が撤退するなら、充分な戦果であろう」

テーバイ側も、占領体制からの解放を喜び、これを受諾。ヘリッピダスら三名の総監はスパルタの駐屯兵を引き連れ、テーバイの町から撤退した。本国に引き揚げてゆくスパルタ兵を見送りながら、テーバイの人々は「祖国が解放されたぞ」と口々に歓喜の勝鬨《かちどき》をあげた。一方、コリントにいたスパルタのクレオンブロトス王は、急使からの報告でテーバイ人の蜂起を聞き知るや、ボイオティア目ざして進軍を開始した。が、アテネの西隣にある都市メガラまで来たところで、テーバイから逃げてきた総監たちが駆け込んできて、

「テーバイを取り戻すことなど、無理です」

と、口をそろえて言いたてるので、クレオンブロトスも渋面をつくり、テーバイへの進軍を停止。結局、反撃に転じることもなく、指揮官をひとりテスピアイに残留させると、テーバイから逃げてきた三名の総監を連れて、すごすごとスパルタ本国に撤兵した。

テーバイから、おめおめと逃げ出してきた三名の総監は、スパルタで非難の的となり、ヘリッピダスとアルケソスは処刑され、のこるリュサノリダスも重い罰金を科されてペロポネソス半島から追放された。

テーバイでは、スパルタの本隊による攻撃を予測し、厳重に応戦準備を整えていたが、クレオンブロトス王がなすすべもなく撤退したのを確認すると、ひとまず危機は去ったと判断し、故国の解放と自由を祝しあったのであった。

第二章　刎《ふん》頸《けい》の友

1 親友の再会

テーバイは、スパルタ軍を追い払い、三年ぶりに自由を取り戻した。

故国解放の立役者のひとりペロピダスは、親友エパミノンダスの館に向かっていた。目ざす屋敷は町はずれにあるため、市内を横断してゆく。その道すがら、テーバイの人々の暮らしぶりを観察する。スパルタ軍の占領統治のもとでは見られなかった活気が市場に満ち溢れ、カドメイアの麓《ふもと》にある劇場ではソフォクレスの有名な悲劇『オイディプス王』が上演され、大勢のテーバイ市民が舞台に釘付けになっている。

ペロピダスは、故郷の人々の朗らかな姿を見物しつつ町はずれに向かい、やがて、お目当ての友人の屋敷前に到着した。

（むかしと少しも変わっていないな。初めてここを訪れた日のことをまるで昨日のことのように、はっきりと思い起こすことができる）

懐かしさに微笑しながらペロピダスが門扉を叩《たた》くと、ゆっくり扉が開き、

「おお、あなたさまは！」

執事が嬉しそうに老顔をほころばせ、

「お久しゅうございますな、ペロピダスさま。ようこそ、おいでくださいました。どうぞ、屋敷の奥へ」

玄関に招き入れる。ペロピダスが執事に従って旧友の屋敷に足を踏み入れると、玄関の戸口そばの壁に掲げられている大盾が彼を迎えてくれた。ぴかぴかに磨かれた円盾の上には、大きな蛇の紋章が描かれている。エパミノンダスの家に代々伝わる由緒正しき防具だ。

（この大蛇の大盾で、わたしは生命を救われたのだ）

ペロピダスが、感謝の気持ちとともに重厚な大蛇を眺めていると、

「しばらくお待ちを。いま、ご主人さまに申し上げてまいりますから」

執事が小走りで主人の部屋へ駆け込もうとするので、ペロピダスは、その腕をそっ

ととらえると、「かまわんよ」と小声で囁《ささや》いた。

「子供たちが来ているのだろう?」

ペロピダスは奥の方に目をやった。屋敷の奥から、懐かしい友人の張りのある声が響いてくる。近所の子供たちを相手に講義の最中のようだ。

「講義が終わるまで、中庭で待たせてもらうから」

「そうですか。では、おおせのとおりに」

老執事は、恭《うやうや》しげにペロピダスを中庭に案内した。

エパミノンダスの家の中庭は、慎ましく手入れされていた。レモンの爽やかな香りと、小鳥のさえずり。瞼《まぶた》を閉じて深呼吸すると、心が穏やかになる。

(こんなに静かなのは、久しぶりだな)

長椅子の上に腰をおろし、もう一度、腹の底から深い息を吐いていると、急に、右手の甲にあたたかいものを感じ、ペロピダスはぎょっとして手をひっこめた。見ると、一匹の老犬が彼の右手を嘗《な》めている。

「おや、スパルトイ。久しぶりだな」

それは、エパミノンダスの愛犬であった。ペロピダスのそばに来ると、老犬は旧友との再会が懐かしいのか、彼の足もとにゆっくり身を横たえた。

「元気だったか？」

ペロピダスが頭を撫でるとスパルトイは大きなあくびをし、気持ちよさげに目をつぶる。

「龍の牙から生まれた勇士も、いまは昼寝がお気に入りか」

ペロピダスは微笑した。

「スパルトイ」というのは、英雄カドモスとともにテーバイを興した戦士の名だ。

テーバイの建国神話によれば、カドモスが泉に盤踞《ばんきょ》していた巨大な龍を退治すると、アテナ女神が現れ、「龍の牙を地面に蒔《ま》け」と命令した。女神の助言に従い、カドモスが龍の牙を抜いて大地に蒔くと、そこから戦士たちが生え出てくる。彼らは互いに戦いあうと、最後に五人の屈強な戦士が生き残ったので、カドモスは、この五人の戦士とともにテーバイの町を造り、即位してテーバイの王となった、と、伝えられている。大地に蒔かれた龍の牙から誕生したことから、この五人の戦士は「蒔かれたもの（スパルトイ）」と称された。

エパミノンダスの家は、建国の勇士スパルトイの末裔を称していたので、先祖の偉業を忘れまいと、エパミノンダスは愛犬をスパルトイと名付けていたのである。

「わたしも、おまえのかたわらで、ひと寝入りするか」

ペロピダスも軽くあくびをすると、瞼を閉じる。柔らかな日差しと微風が心地よく、ペロピダスはうつらうつらと眠りに落ちていった。


六年前、テーバイはスパルタの同盟国であった。そのため、スパルタ軍に援軍を要請され、紀元前三八五年、ペロポネソス半島の中央部にあるマンティネイアを包囲するための戦いに出撃し、アルカディア軍と戦った。スパルタ王アゲシポリスの率いるスパルタ市民軍は右翼に陣取り、テーバイ軍は左翼に配された。だが、テーバイ軍の劣勢はいかんともしがたく、敵兵との交戦を諦めて逃走していくテーバイ兵があとを絶たない。若い兵士たちは、なおも踏みとどまり懸命に戦っていたが、味方の兵士がどんどん逃げ、戦列が薄くなってくると、無理もないことではあるが、恐怖に背を押され、

「なあ、ペロピダス。熟練兵も逃げ出した。そのせいで、アルカディア軍の攻撃が、おれたちに集中する。おれたちも逃げた方がいいんじゃないか?」

勇敢で人望もある青年ペロピダスに判断をあおぐと、

「弱音を吐くな。敵に後ろを見せて逃げ出すなんて、情けないぞ」

二十五歳のペロピダスは血気盛んで、気強く戦友たちを鼓舞したが、みな呆《あき》れ顔で、

「勇敢なのは、けっこうだがな、ペロピダス。死んじまったら、おしまいだぞ」

「悪いが、おれは逃げる」

「おれも」

叫ぶと、隣で肩をならべて闘っていた友人たちが、ひとり、またひとりと、戦列から離脱してゆく。

「おい！　待てよ！」

ペロピダスは逃げゆく戦友たちの背めがけ、声を嗄《か》らして叫んだが、応じるものは皆無であった。

「ちくしょう……！」

一昔前《ひとむかしまえ》まで、テーバイは英雄ヘラクレス誕生の地として名を馳せ、武勇を誇っていた。それが、いつの間に、こんな、ふざけた腰ぬけぞろいの弱小国に堕ちてしまったのか。

（逃亡するなど恥だ。こうなったら、意地でも踏みとどまって戦いぬいてやる）

固い決意を総身に漲《みなぎ》らせ、ペロピダスは血ぬれた戦場に踏みとどまって奮闘した。だが、多勢に無勢。向こう傷を七箇所も受け、息もたえだえになってくる。疲弊しきった体に大きな円盾は重たく、剣を振り下ろす気力も萎えてきた。

「くそう……これまでか……」

力尽き、ついに地に崩れた。敵の攻撃は、容赦なく傷ついた彼の肉体に向かって襲いかかってくる。

だが、しばらくすると、ふいに敵の猛攻がゆるんだ。

（どういうことだ？）

ペロピダスが見上げると、彼の体の上に誰かが覆いかぶさっている。彼めがけて降りそそいでくる矢の雨をその身に受け、敵兵が加えてくる斬撃の嵐を防いでいるひとりの男が、そこにはいたのである。

「きみは……」

ペロピダスは、水でも浴びせかけられたかのように意識がはっきりした。

「エパミノンダス？」

それは、彼よりも八歳年長の青年エパミノンダスであった。

勤勉で、学識深く、弁も立つ。清廉潔白でもあったので、将来有望な若者だと、テーバイでも評判の高い男であった。だが、臆病なのか、謙虚すぎるきらいがある。実力があるくせに、その才能を祖国のために役立てようとしない。それがもどかしくて、ペロピダスは彼のことをあまり好きになれずにいた。それなのに、臆病者だと見なして敬遠していたエパミノンダスが、いまは彼を守る盾と化し、敵軍の前に立ちはだかり、ひとりで懸命に戦っている。

エパミノンダスは立ち上がると、巨大な蛇の紋章が描かれた大盾でペロピダスの身を守りつつ、アルカディア兵の斬撃をはねかえす。その雄々しき姿にペロピダスは胸が熱くなったが、

「エパミノンダス！　もう、いい……お願いだから、もう、やめてくれ。わたしにかまわず、どうか、きみだけでも逃げのびてくれ！」

悲鳴をあげ、懇願した。するとエパミノンダスはペロピダスをふりかえり、

「友を見捨てて生きのびるくらいなら、ここで死んだ方がましだ」

微笑さえ浮かべ、言いきった。

その刹那、ふりむいたエパミノンダス目がけ、アルカディア兵が怒声とともに槍を突き込んできた。殺意のこもった槍先が、エパミノンダスの利き腕に、もろに突き刺さる。

「エパミノンダス！」

ペロピダスは悲鳴とともに剣を握りしめ、

「きみを、死なせるものか……！」

渾身の力で立ち上がるや、アルカディア兵を斬り倒す。ついで、気合いとともにエパミノンダスの腕から槍を引き抜くと、

「大丈夫か？」

ペロピダスは自責の念で胸が潰れそうだったが、

「こんなもの。ただのかすり傷だ。気にするなペロピダス。助けてくれて、ありがとう」

エパミノンダスが穏やかな微笑で応じるので、

「一緒に戦おう！」

言いざま、ペロピダスはエパミノンダスの背に自分の背をあわせ、

「エパミノンダス！　わたしの背中は、きみに預ける。きみの背中は、わたしに任せろ！」

無防備な背を相手に委ねることは、信頼の証《あかし》に他ならない。

「おう！」

エパミノンダスも勇ましく応じると、ペロピダスの背におのれの背をあわせ、ふたりして防御を固めた。崩れつつあるテーバイ軍にとどめを刺さんと、ふたりの若者めがけ、アルカディア軍の攻撃が集中したが、ペロピダスとエパミノンダスはしっかり背中をあわせ、互いに励ましあいながら敵勢をはねのける。

やがて、スパルタ王のアゲシポリスが右翼から救援に駆けつけ、ふたりを激戦地から救い出してくれた。

「ふたりとも、死闘を、よくぞ耐えぬいた。さすがは、英雄ヘラクレスを生み出したテーバイの、若きもののふたちだ。感服したぞ」

アゲシポリスは、踏みとどまって力戦したふたりを、言葉を極めて褒めてくれた。

ペロピダスとエパミノンダスは微笑しながら互いを気づかい、かくして、ともに九死に一生を得ることができたのであった。

エパミノンダスの家はテーバイでも有数の名門であったが、彼の生まれた頃にはすでに家は零落し、暮しむきは貧しいものであった。

彼が少年の頃、高名な数学者ピタゴラスの弟子であったリュシスが、彼の父ポリュムニスをたよってテーバイに亡命してきたので、勉強好きのエパミノンダスはリュシスに私淑《ししゅく》し、学問を修めたのである。そうした経緯もあって、若い頃からエパミノンダスは落ち着いた雰囲気を醸し出していた。学問を好む彼は、成年に達すると、自己鍛錬も兼ねて学塾を開き、近所の青少年に勉学を教えつつ細々と生計を立てていた。

ペロピダスも名門の出であったが、彼の家は裕福だった。それに父親が早くに亡くなってしまったので、ペロピダスは父が生前に築きあげた莫大な財産を継承し、若い頃から安定した生活と輝かしい未来を約束されていたのであった。

ふたりは、性格も生活環境も正反対であったと言ってよかった。

マンティネイアの戦場で受けた傷が癒えるや、ペロピダスはエパミノンダスの家を訪ね、

「マンティネイアの合戦では、ほんとうに世話になった。なんと御礼を言ってよいか」

「礼などと、そんな水臭いことは言わないでくれ。わたしは当然のことをしたまでだ」

エパミノンダスは首をふったが、ペロピダスは、ひときわ改まった口調で、

「これを、どうか収めて欲しい」

持ってきた袋を差し出した。エパミノンダスが怪訝そうな表情で袋を受け取ると、それはずしりと重たかった。中身を改めると、中からは溢れんばかりの銀貨が現れた。

「これは？」

エパミノンダスは相手をさぐり見た。表情は穏やかだが、語気は鋭い。ペロピダスはエパミノンダスの鋭利な視線にうろたえたが、胸を張り、

「きみは身を挺《てい》して、わたしの生命を救ってくれた。その御礼だ」

「気持ちはわかる。しかし、悪いが受け取るわけにはいかない」

エパミノンダスが袋を突き返すと、ペロピダスは心外だという顔になり、

「エパミノンダス、そう言わずに受け取ってくれ」

再度、袋を差し出した。

（エパミノンダスは奥ゆかしい青年だ。だから、きっと恐縮してカネを受け取らないのだろう）

そう決めつけたペロピダスは、

「こんな言いかたをしては失礼だが、エパミノンダスよ、きみの家計は随分と苦しいのではないか？　子供相手の塾講師なんかをしていたのでは、たいした稼ぎにはならないし」

と言いながら、質素なエパミノンダスの住まいを見まわし、

「少しでも、きみの生活の足しになれば、わたしは嬉しいんだ。さあ、遠慮せずに」

強引にエパミノンダスの手に袋を握らせたが、エパミノンダスも頑固だった。いらないと言いきり、突っ返してくる。

「わたしは、きみの命がけの行為に対して報いたいだけなんだ。受け取ってもらえなければ、わたしだって気持ちが収まらない」

ペロピダスは、相手が金を受け取るまで一歩も引き下がるものかと頑張った。エパミノンダスも粘る相手に困り果て、

「わたしは、べつに生活に困っていない」

柔和な微笑とともに、心のうちを打ち明けた。

「清貧な暮らしでも、いろいろと工夫してやりくりするのは案外おもしろいものだ。心静かに学業に専念できるしね。わたしがまだ幼かった頃、南イタリアを追われた

リュシス先生が父を頼ってテーバイに亡命し、この家に滞在した。リュシス先生は、わたしに学ぶことの楽しさ、素晴らしさを教えてくださった。わたしもリュシス先生のように、子供たちに学問の素晴らしさを教え、いずれはテーバイを担う青少年を薫育できれば、なによりだと思っているんだ。この暮らしを苦しいと思ったことはないし、恥ずかしいと思ったこともない。そのことを、きみにもわかってもらえれば、なによりなのだが」

「そうだったのか」

ペロピダスは赤面し、ようやく袋を引っ込めた。

「なんでもカネで解決できると思い込んでいたわたしは、思いあがっていたようだ。すまん、エパミノンダス。わたしの考えが、まちがっていた。ゆるしてくれ」

素直に謝り、

「それにしても、いつも寡黙なきみが、こんなに熱っぽく語ってくれるとは思わなかったから、少し驚いたよ。学問を究め、青少年を薫育し、祖国のために貢献する。それが、きみの夢なんだね。エパミノンダス。その夢に、わたしも参加させてもらえないだろうか？」

ペロピダスの申し出にエパミノンダスも瞠目《どうもく》したが、和やかに笑うと、

「もちろんだとも」

「では、これからは、お互いに力をあわせ、祖国のために尽くすことを誓おうではないか」

こうして、ふたりは固く信義を交わしあった。それからというもの、ペロピダスもエパミノンダスに見倣って倹約を心がけ、友情を深めていったのである。


ペロピダスは、右手に生温《なまあたた》かい感触を感じ、夢から醒めた。エパミノンダスの愛犬が、彼の右手を嘗めているのに気づき、

「うん？　どうした、スパルトイ？」

顔を上げると、子供たちが鉄筆や石版を脇に抱えつつ奥の部屋から出てくる姿が視界に飛び込んできた。

「そうか、エパミノンダスの講義が終わったんだな。知らせてくれて、ありがとうよ」

ペロピダスが老犬の頭をやさしく撫でていると、

「よく来てくれたな、ペロピダス」

　エパミノンダスがそばに来て、いつものような穏やかな微笑とともに声をかけてきた。

「さあ、こちらへ。わたしの部屋に来てくれ」

　ペロピダスは、誘われるままエパミノンダスの書斎に足を踏み入れた。

　これといって華美な家具も調度品もない。だが、むかしと少しも変わらぬ簡素なたたずまいに、かえって心が落ち着いた。とはいえ蔵書の数だけは圧巻で、これまた几帳面な持ち主の性格を反映して、書棚の中には整然と、書物が項目ごとに並べられている。テーバイ有数の学究に相応しい、重厚感のある書斎であるなと、ペロピダスも感服する。

「また、本が増えたな」

「ああ。買い求めたり、人から借りて筆写したり。色々やっているうちに、ご覧のとおり、以前にも増して蔵書が増えてしまった」

「ひょっとするとテーバイ一……いや、いや、もしかしたら、きみはギリシア一の蔵書家かもしれんぞ」

「きみも、なにか読むかね、ペロピダス？」

「いや、やめておくよ。わたしは読書に時間を費やすより、体を動かしている方が性《しょう》にあっている。スポーツか狩りでもしている方が気楽でいい」

それでもペロピダスは数ある蔵書の中から一書を選び出すと、しみじみした表情で、

「懐かしいな。むかし、きみからこの本を貸してもらって読んだものだ。はじめてこれを読んだときに受けた驚きは、いまも忘れられない」

エパミノンダスが友の手のうちにある書物を見やると、そこには『ヒストリエー(歴史)』と書かれている。

「ヘロドトス、か……」

それは、小アジアのハリカルナッソス生まれのヘロドトスが記した著書であった。ペルシア戦争までの歴史を叙述した書物であり、ギリシア人の間でひろく愛読されていた。

ペロピダスは、敵意のこもった目でヘロドトスの書を見つめ、

「サラミスの海戦、プラタイアの戦い。いずれの戦いでも、劣勢のギリシア軍が圧倒的に優勢なペルシア軍を打ち破った。テルモピュライの戦いでは、スパルタ王のレオニダスが、不利な状況下でも勇猛果敢にペルシアの大軍を相手どって戦い抜いた末、

討ち死にを遂げた。あの大ペルシアを相手に勇敢に戦ったギリシアの人々の姿は、いまもなおギリシア人の誇りだ。わたしも物心ついた頃には、親父に、そう聞かされて育ってきたものだ。だからこそ、ヘロドトスの書を読んで、おおいに衝撃を受けたものだよ」

「衝撃？」

「ヘロドトスの書には、はっきり記されている。テルモピュライの激戦場でスパルタ王レオニダスが生命を賭して戦っている最中に、生命が惜しいばっかりにレオニダス王を見捨て、ペルシア大王クセルクセスに寝返ったのがテーバイ人であることが。スパルタ・アテネをはじめとするギリシア連合軍が、プラタイアの戦場で、マルドニオス率いるペルシアの大軍に最後の決戦を挑んでいたとき、ペルシア軍に兵站《へいたん》基地を貸し与え、ペルシア人と肩を並べてギリシア連合軍と対戦したのがテーバイ人であることも。つまり、ギリシアの破壊者ペルシアに協力していた恥知らずが、誰あろうテーバイ人。これを読んだときは、天地がひっくり返るほど驚いたものだよ。スパルタやアテネの姿が勇敢で輝かしいほど、テーバイの卑劣さがより際立ち、醜く、けがらわしいものに思えた。自分の生まれ故郷が、後ろ暗い過去を持っていることも、ペルシアの手先になってギリシア人を苦しめたことも、忌まわしき裏切り者としてテーバイ人が貶《おとし》められていることも、これを読むまで、わたしは知らずに過ごしてきたからな」

「ペロピダス……」

「嘆かわしいことだが、ペルシア戦争のとき、テーバイがペルシアの同盟者であったことは隠しようもない。あのころのテーバイは、寡頭派《かとうは》が国政を牛耳っていた。ペルシアの力を借りてでも、おのれの脆弱さを補いたいと考える連中が、この国の大勢を占めていた、というわけだ」

「だが、ペロピダスよ、その姿は、なにも遠い過去のものだけではない。つい先日までは寡頭派が主流を占め、スパルタ軍の力を借りて、このテーバイに圧政を科していたのだ。むかしと同じあやまちを、テーバイ人は、また犯していたというわけだ」

「だからこそ、わたしは決起したんだ。故国テーバイを、二度と、後ろ指をさされるような国にはすまいと、心に強く誓って、な」

ペロピダスは、エパミノンダスにひたむきなまなざしを向けると、

「エパミノンダス。きみは真の勇気を持っている男だ。それにテーバイ一の知恵者でもある。いや、ギリシアひろしといえども、きみほど博学な人物はいまい」

「それは褒めすぎだよ、ペロピダス」

「いいや。エパミノンダス。これは、お世辞で言っているのではない。わたしはテーバイを追われていた三年間、アテネに滞在し、多くの識者や哲人たちに交わりを求めたものだ。しかし、高名な哲学者や劇作家たちが大勢集《つど》い、ギリシアの学校と讃えられるあのアテネにだって、きみほどすぐれた人物はいやしなかった。テーバイの未来はこれからだ。スパルタ人の軛《くびき》のもとから脱して、ようやく自分だけの力で立ち上がろうとしている。これからの祖国には、きみの力が必要なんだ。エパミノンダスよ。いまこそ、むかしの誓いどおり、ふたりでしっかりと手を携えて、新しいテーバイを築いてゆこうではないか」

　エパミノンダスは静かにほほえむと「わかった」と、頷いた。

「よし。きみが快諾してくれたのなら、千人力だ」

　ペロピダスは嬉しそうに手を打つや、

「じつはな、ゴルギダスが新しい常備軍を結成させたのだ。貴族の子弟ばかりを集めた精鋭部隊で、その名も『神聖隊《しんせいたい》』という」

「神聖隊？」

「友愛で固く結ばれた、テーバイ一の、もののふたち。それが、神聖隊さ」

ペロピダスは、神聖隊について、詳しく説明をはじめた。

「神聖隊の隊員は、二人一組でペアを組む。パートナーを結ぶ絆は、友愛と武勇だ。かつて、マンティネイアの戦いの折、我々は互いの身を気づかい、励ましあって敵の大軍に立ち向かっただろう？　恥ずかしながら、あのときの我々の戦いぶりは有名でな。ゴルギダスは、『ペロピダスとエパミノンダスの友情と奮戦を、神聖隊のモットーにしたい。勇敢な男というものは、親友の前では臆病なふるまいや卑怯なふるまいを決して見せぬ。友と力をあわせ、命がけで戦うものだ。きみたちの戦いぶりと志《こころざし》を手本となし、神聖隊の隊員たちを、ギリシア一、精悍《せいかん》な戦士に鍛えあげるぞ』と言っているのだ。ハハハ！　誰あろう、われらこそが、神聖隊の模範なのだ」

「なんと……」

「神聖隊はカドメイアに駐在し、テーバイの町を守るのだ。明朝、隊員たちがカドメイアに結集して結成式を行う。エパミノンダス。式典には、きみにも参加してもらいたい」

唐突な申し出にエパミノンダスは面食らい、

「わたしは、きみたちのように武技に秀でているわけでもない。顔を出すなんて、とても」

「きみは、神聖隊の手本なんだぞ。きみが来てくれなくちゃあ、我々も結成式を始められない。そうだろ？」

ペロピダスは友を明るく励ますと、

「神聖隊には、きみの教え子たちも、たくさん入隊したぞ。エパミノンダスの薫陶《くんとう》を受けた青年だけあって、みんな意志が強く、賢くて頼りになる。きみが結成式に立ちあってくれれば、彼らも奮起するだろう。明朝、きっとカドメイアに来てくれよ」

エパミノンダスに念を押すように言い、別れを告げると、ペロピダスは帰っていった。


翌朝、エパミノンダスは、友に誘われるまま、「神聖隊」の結成式を見物するため、カドメイアに赴いた。ペロピダスが話していたとおり、そこには彼の教え子たちもいた。教え子たちは師匠の姿をみとめると、笑顔で駆け寄り、

「エパミノンダス先生の教えを胸に、テーバイを守るため、がんばります」

勇ましく言うので、エパミノンダスの心も次第に高揚してくる。だが、若者たちを危険な戦地に送り出さねばならないのかと思うと、喜んでばかりもいられない。エパミノンダスが悲痛な表情を浮かべていると、教え子たちは、

「先生も、神聖隊の指揮官になってください」

「わたしが？」

「先生は学塾での講義の合間《あいま》に、よくギリシアの戦術を話してくれたじゃありませんか。マラトンの戦いに、サラミスの海戦……」

そこまで言うと教え子たちは互いに顔を見あわせ、少し躊躇《ちゅうちょ》していたが、思いきって、

「父も祖父も、ペルシア戦争について語ってくれないのです。だからこそ、先生の講義に意味があるのです。他の隊員たちにも、是非、教えてやってください」

「先生はいつも、『強くなるためには、良き先人に学ぶことが大切だ』と、おっしゃっていたではありませんか。名将たちの戦術を学べば、神聖隊はきっと強くなれるはずです」

教え子たちが真摯な眼《まなこ》で口をそろえて訴えるので、エパミノンダスも圧倒されてい

ると、ラッパの音がカドメイア一帯に鳴り響いた。集合を命じる合図だ。教え子たちはエパミノンダスに会釈すると、隊長のもとへ駆けてゆく。若き勇士たちが整列すると、神聖隊の創設者であり、隊長でもあるゴルギダスが厳かな声で、

「これより神聖隊の結成式を行う」

と宣言する。ペロピダスをはじめとする指揮官たちも、隊員たちの前に立ち、結成式が始まった。隊長のゴルギダスが、若者たち、ひとりひとりに対し、激励の言葉とともに、テーバイのシンボルである棍棒の絵が描かれた大盾を授けてゆく。棍棒は英雄ヘラクレスの武器なので、身を守るための大切な防具に描いて大英雄の加護を願うのである。

若者たちは、ヘラクレスの得物《えもの》が描かれた大盾を誇らしげに掲げると、

「戦場では決して朋友を見捨てず、神々と祖国を守るために戦うことを誓います」

決意をおもてに漲らせ、凛々しく宣誓する。ひたむきな若者たちを目にしていると、軽い気持ちで結成式を見物しにきたおのれが、エパミノンダスには、ひどく恥ずかしく思われた。複雑な表情で若者たちを見守っていると、

「おはよう、エパミノンダス。来てくれて、ありがとう」

ペロピダスが声をかけてきた。

「立派な大盾だろう？　じつはな、神聖隊の戦士たちに対しては、国家が武器と防具を支給することに決まったんだ」

「なんと！」

「自弁で武器や防具を揃えるとなると個人に負担がかかるが、政府が武器防具を支給してやれば、兵士は心おきなく戦いに専念できる、というわけだ」

「妙案だな」

エパミノンダスが政府の粋《いき》な計らいに感心すると、

「わたしは、きみにも神聖隊の指揮官をやってほしいと願っているのだ」

ペロピダスは熱のこもったまなざしで、

「じつを言うと優秀な指揮官が不足しているのでな。神聖隊をスパルタ軍と互角以上に戦えるだけの精鋭に鍛え上げるために、エパミノンダスよ、どうか我々に力を貸してくれ」

エパミノンダスの肩をぽんぽんと叩くと、「考えておいてくれよ」と声をかけ、ペロピダスは神聖隊の兵士らのもとに駆けてゆく。

(神聖隊の指揮官、か……)

エパミノンダスは、教え子たちやペロピダスが、自分に対して投げかけてくれた言葉を噛みしめながら家路についた。

その夜、エパミノンダスは早めに床に就いたものの、ぼんやり天井を見あげたり、さかんに寝返りをうったり。なかなか寝つけなかった。

(たしかに、凄惨な戦いは厭《いと》わしい。だが、不当に自由を奪われることは、もっと辛《つら》い。スパルタ軍に支配されていた、この三年のあいだ、心の休まる日などなかったからな。いまギリシアは混乱し、テーバイも動乱の渦中にあって進むべき道を模索している。いつまた隷従を強いられることにならぬとも限らない。わが国を取り巻く危機的状況を考えれば、若者たちが、わが身を挺して従軍したいと願うのも無理はない。若い彼らですら、祖国を守るために生命を賭けている。だが、わたしは、なにをしているのか?)

持てる知識を故国のために役立ててほしい、と、説いてくれた友の言葉を思い出す。

(おのれは、なにをなすべきか? おのれに、なにができるのか?)

エパミノンダスは寝台から跳ね起きるや、玄関にゆき、戸口のそばの壁に掲げられている大盾をはずした。盾の上には、大きな蛇の紋章が刻まれている。この大蛇こそ、「スパルトイ」であった。英雄カドモスとともにテーバイの町をつくりあげたのが龍の牙から誕生した「スパルトイ（蒔かれたもの）」であり、エパミノンダスの家はスパルトイの血を受け継いでいると伝えられていた。大蛇の模様を指先でなぞると、

「われもまた、このテーバイの守り神たらん」

エパミノンダスは、誓いを立てるように、つぶやいた。


その翌朝、エパミノンダスは身に鎧《よろい》を纏《まと》い、スパルトイの紋章の描かれた大盾を手に、練兵場に姿を現した。神聖隊の兵士らは、ちょうど二人一組になってレスリングに励んでいた。戦士としての体力づくりをしているらしい。完全武装でやって来たエパミノンダスをみとめると、神聖隊の兵士たちは、みな目を丸くし、

「エパミノンダス先生。どうしたのですか、そのお姿は？」

「これから戦争に出かけるような、いでたちですね」

笑いながら声をかけてきたが、エパミノンダスは真顔で、

「筋肉ばかり鍛え込んでもしようがない。我々は体操選手になるわけではないのだから」

体育教育をあっさり否定するので、そばで聞いていた隊長のゴルギダスは苦笑し、

「では、どうすればよいと言うのだね、エパミノンダスよ。きみに指揮権を渡すから、我々に手本を見せてくれ」

エパミノンダスに助言を求めてくるので、すかさず、

「戦士としての体力づくりに励むのなら、武器を持って訓練するにかぎる。そして、機敏に動くこと。これが肝要だ」

と、エパミノンダスは断言し、隊員たちに向かって、

「昨日、支給された盾と剣を持ってきなさい。武器と防具を装備して、これから軍事訓練をはじめるぞ」

てきぱき指示を下す。これには隊員たちも指揮官たちも戸惑った。彼の気質をよく呑みこんでいるペロピダスならばいざ知らず、大概の人間はエパミノンダスに対しては文弱なイメージを抱いていたので、

「エパミノンダス先生は、なんだか人が変わったみたいだ」

当惑顔を隠せなかったが、隊長のゴルギダスは、

「いまはエパミノンダスが隊長だぞ。みんな、指令に従うように」

号令をかけ、青年たちを整列させる。

昨日の結成式で授かった真新しい大盾や剣を手に、隊員たちはエパミノンダスの指示に従って軍事訓練を開始した。体がほぐれてきたところでエパミノンダスは訓練をやめ、隊員たちをカドメイアの麓《ふもと》にある劇場に移動させる。半円形の劇場は、中央の舞台を見おろすかたちで階段状の客席が広がっており、音響効果も良く、客席からは舞台がよく望める。この劇場では、テーバイを舞台とする悲劇『オイディプス王』『アンティゴネ』などがよく上演され、テーバイ市民の涙を誘うのが常であった。

エパミノンダスは若者たちを石造りの客席に座らせると、演者のごとく舞台に立ち、

「軍隊を効率的に動かすための技術が、戦術だ。今後は、軍事訓練で体と武技を鍛えるのと並行して戦術の講義も行うから、心して聞くように」

重厚な声で言い放つと、若い隊員たちは嬉しそうに「はいっ」と応じ、一本気なまなざしで講義に聞き入った。

「戦術の重要性を如実に教えてくれるのが、『マラトンの戦い』と『サラミスの海戦』

だ。マラトンの戦いで、アテネ・プラタイア連合軍一万は、二万以上の戦力を擁するペルシア軍を迎え撃った。この戦力差を、アテネの名将ミルティアデスは奇抜な戦術で乗り切った。ペルシア軍は、中央に最強の精兵を配するのが定石だ。しかし反面、両翼の戦力はもろい。そこでミルティアデスは、ペルシア軍とは真逆にアテネ・プラタイア連合軍の中央を薄くし、両翼に主戦力を配して戦列を厚くしたのだ。結果、アテネ・プラタイア連合軍は中央では苦戦したものの、両翼で勝利し、ペルシア軍の両翼をもぎとって包囲殲滅《ほういせんめつ》したわけだ」

若者たちが「おお」と感服の声をあげるや、エパミノンダスはわが意を得たりと、
「では、つづいてサラミスの海戦におけるギリシア連合艦隊の勇戦を、きみたちに聞かせよう。マラトンの戦いから十年後のことだ。ペルシアの大王クセルクセスは雪辱を期し、自らペルシアの陸海の大軍勢を率いてギリシアに攻め寄せた。クセルクセスの擁する大艦隊は六百隻とも号された。だが、迎え撃つギリシア艦隊は三百隻にすぎぬ。まともにぶつかれば、ギリシア海軍にとうてい勝ち目はない。そこでアテネの名将テミストクレスは策を練り、ペルシアの大艦隊を峡隘《きょうあい》なサラミス海峡で迎え撃ち、その壊滅を試みた。クセルクセスを誘いこむため、テミストクレスは偽装降伏も申し

出る。寝返りを信じたクセルクセスは、サラミス海峡にペルシアの大艦隊を攻め込ませた。ところが、だ。船体も大きく、艦船数も多いペルシア艦隊は、狭い海峡内に密集して身動きもままならず。そこへ、船体も小ぶりで、船足早く、船首に青銅製の衝《しょう》角《かく》も装備して破壊力の増したギリシアの艦船が、体当たりをかましてはペルシアの艦船を次々と撃沈していった。かくて、ギリシア艦隊は大勝利を収めたのだ。つまり、すぐれた戦術を用いることで、寡兵のギリシア軍は、マラトンでもサラミスでも、倍以上の兵力を誇るペルシアの大軍を打ち破り、ギリシア世界を守りきったというわけだ」

エパミノンダスが、躍動感あふれる語り口でギリシアの救国の戦いを披瀝《ひれき》するや、

「素晴らしい。故国や家族を守るため、われらも、かくありたいものだ」

若い隊員たちは総身を奮い立たせたたし、

「正直いうと、わたしはこれまでギリシアの戦史や戦術をあまり知らなかったんだがな。これは参考になるな」

青年たちと肩を並べてエパミノンダスの戦術講義を聴講していたゴルギダスら指揮官たちも刮目《かつもく》した。エパミノンダスは篤実な男であったから、

「スパルタ王のレオニダスが、テルモピュライの戦いで示した戦術と心意気も、称賛に値するものだ」

テーバイ人にとって不倶戴天の敵スパルタを高く評価したので、一同の表情は険しくなったが、エパミノンダスは良き先人に学ぶべきとの理念を曲げず、

「かつてのスパルタは、たった三百の精鋭だけでペルシアの大軍を向こうにまわし、雄々しく、気高く立ち向かった。きみたち神聖隊も三百名だ。どれだけの人数で敵の大軍を相手どったか、きみたちだって身をもって想像できるだろう。だが、たとえ少人数でも肝の据わったもののふは怖じ気《おけ》づいたりはしない。レオニダス王と三百人の精鋭たちは隘路《あいろ》にペルシア兵をおびき寄せては、次々と槍の餌食にし、多勢のペルシア勢を退けた。クセルクセスも焦り、ギリシア本土への進軍を危惧するほどだった」

若者たちの間からは、思わず感嘆の声があがった。

「スパルタの連中がレオニダス王を英雄神に祭りあげて褒めちぎるのを見て苦々しく思ったものだが、それも無理はない。レオニダス王こそ、まことの勇士と言えような」

故国を守らんがため、神聖隊に身を投じた若者は総じて純真な勇士であったから、該博な知識と誠実さに裏打ちされたエパミノンダスの戦術講義は、深く心にしみいった。

「きみたちにも、まことの勇気と知識を持ってほしい」

エパミノンダスが熱いメッセージをこめた演説をしめくくると、若者たちは拍手でこれにこたえ、エパミノンダスに対して敬意と信頼を寄せた。エパミノンダスもまた、覚悟と見識の充分に備わった若者たちを頼もしく感じ、

「テーバイの戦いの歴史にも、良きところ、誇るべきところが、たくさんある。今度は、わが国の伝統的な戦術について講義しよう」

微笑とともに、故国の戦い方について語りはじめる。

「ギリシアでは、戦場で陣を組むとき、通常、八列から十二列の横陣を組む。しかし、わがテーバイは、デリオンの戦いにおいても、ネメアの戦いにおいても、重装歩兵を二五列編成にして挑んだ。通常の戦列の二倍以上になる。なぜ、テーバイだけが常に陣を深く組むのか？　戦列が深ければ、その重圧で敵の戦列を突き破ることができると、われらの先祖が考えたからに他ならない」

「なるほど」

興味をそそられながら耳を傾けていた若者たちの間からも、笑みがこぼれる。

「では、これから実際にやってみようではないか」

エパミノンダスは、ぱん、と軽快に手を叩くと、気力横溢《おういつ》した隊員たちを練兵場にいざない、みなを整列させて、先祖由来の戦術を伝授しはじめた。

その日、ペロピダスは、夕刻近くになって、ようやく連兵場に姿を見せた。

（ああ、なんてことだ。大遅刻だ）

ペロピダスは反省することしきりであったが、出発を遅らせることになった原因を思い起こすと、頭が痛くなってきた。

（息子はどうして、あんなに、わがままに育ってしまったんだろう。母親を手こずらせてばかりだ。やはり、三年間、父親がそばにいなかったのがいけなかったのだろうか）

朝っぱらから不良息子を怒鳴りつけ、こんこんと説教したものの、息子は、まともに父の話を聞かぬ。あのふてぶてしさには、怒りが沸くよりも憂慮で胸が塞がった。

ああ、と、ペロピダスは嘆声をもらし、力なく練兵場に視線を転じた。が、次の瞬間、思わず目をしばたたかせた。

「うん？　あれは……」

エパミノンダスが鎧兜《よろいかぶと》に身をかため、青年兵を鍛えているではないか。

「そうか、その気になってくれたんだな！」

訓練を終えたエパミノンダスは、ペロピダスが見ていたことに気がつき、

「わたしは、やりすぎただろうか？」

恥じらいつつ友にたずねる。

「いいや、立派だったさ。ゴルギダスから聞いたぞ。軍事訓練に戦術教授。みんな、大喜びさ。わたしも鼻が高い。これからも今日のような調子でたのむよ。ハハハ！」

ペロピダスは豪快な笑い声とともに友にはっぱをかけ、うちの不良息子もエパミノンダスのもとに預けて一から鍛えなおしてもらおうかと思うのだった。

2　富国強兵

　その後もエパミノンダスは参謀としてテーバイ軍の強化に知恵を絞る。ペロピダス、ゴルギダスらと額《ひたい》を寄せ方策を練るが、先陣きって提案するのは決まってエパミノンダスで、

「スパルタ軍と互角以上に戦うためには、騎兵の充実も図るべきだ。スパルタは歩兵戦力には定評があり強力だが、騎兵は充実しているとは言いがたい。スパルタ軍を圧倒するためにも、テーバイは機動性に富んだ良質の騎兵を備えておくべきだろう」

　面々も深く頷き、エパミノンダスの提議に従い、テーバイは騎兵部隊の充実も試みる。騎兵の鍛錬と改良に着手すると、エパミノンダスは、

「騎兵の機動力を、歩兵の堅陣と、うまく組み合わせてはどうだろうか。お互いの長所をうまく発揮しあい、短所については互いに補いあう。さすれば、威力は倍増するぞ」

と、「歩騎連繋戦術」を提言する。この案も採用されて、テーバイは歩兵と騎兵をうまく連動させ、双方の長所と欠点を補完するための訓練も行うようになった。

「即戦力は大事だ。たとえば、歩兵の装備をした騎兵部隊を、新たにつくってはどうだろうか。されば、騎兵として戦えるのみならず、臨機応変で、歩兵としても戦える」

エパミノンダスは新しい兵種も考案した。このアイデアも良策として採択され、テーバイは、歩兵の装備をした騎兵部隊を創設し「ハミッポイ」と命名した。エパミノンダスは次々と斬新なアイデアを出してはテーバイの戦力強化に力を注ぐ。のみならず、

「大局的見地に立ってテーバイの富国強兵を図るなら、ボイオティア同盟の再結成が必要ではないだろうか」

より広い視点からの提議も行ったので、ペロピダスもゴルギダスも、その他の面々も、いちように瞠目《どうもく》した。

　ボイオティア同盟は、かつてテーバイが盟主になってボイオティア地方の諸都市オルコメノス、プラタイア、テスピアイ、カイロネイア、コロネイア、タナグラ、ハリアルトス、レバデイアなどとの間で結成した攻守同盟である。戦争勃発の際、テーバイは同盟諸国に出兵を要請し、同盟軍を率いて出撃したものだ。だが、紀元前三八六年、スパルタがテーバイの強大化を恐れ、ペルシア大王アルタクセルクセス二世の勅命が主張する「ギリシア諸国の自由と自治」を根拠にして、力づくでボイオティア同盟を解体させた。このためテーバイは脆弱化を余儀なくされていた。

「テーバイを真の意味で強化するためには、やはり同盟諸市との連繫が不可欠だ。一国だけでは微弱でも、数ヶ国が連合して挑めばスパルタの脅威にも対抗できる。同盟国から援軍を得られれば、戦力も増強できる。軍事同盟の重要性は、ペロポネソス同盟やデロス同盟の有用性を見ても明らかだ」

　ペロポネソス同盟はスパルタが盟主をつとめ、ペロポネソス半島のほぼ全域のポリスが加盟する攻守同盟、また、デロス同盟はアテネが盟主をつとめる攻守同盟で、エーゲ海周縁の諸ポリスが参加していた。

「スパルタもアテネも、同盟軍の戦力を活用して覇権を打ち立てた。テーバイもボイオティア同盟の盟主として、頼りになる同盟国と兵力を確保すべきだ」

エパミノンダスが「ボイオティア同盟を復活すべし」と力説すると、

「それはテーバイの根幹にかかわる話だ。政府にも提言し、ボイオティア同盟の再興を検討しよう」

一同も政府に働きかけ、政府の賛同も得て、

「いまこそ、テーバイ主導でボイオティア同盟を再興すべし」

との大目標を掲げ、テーバイは、プラタイア、オルコメノス、テスピアイ、カイロネイアなどのボイオティアの諸都市に対し、同盟への加盟を呼びかけることとなった。

「エパミノンダス。きみの指導力は群を抜いている。画期的な試みによって、テーバイは、どんどん強くなるぞ」

ペロピダスは、見込んだとおりの親友の大躍進がとても誇らしい。

「エパミノンダス。きみ自身も、ずいぶん逞《たくま》しくなったぞ。弁舌も格段に切れ味が良くなったし、顔つきも鋭くなって、いまや貫禄たっぷり、強面《こわもて》の指揮官だ」

エパミノンダスは苦笑したが、以前のように恥じらいながら、よしてくれ、とは、もう言わない。テーバイを支える指導者として、どっしりかまえ、祖国を力強く導く

ことに、このうえもない充実感と使命感を覚えていたからだ。

テーバイは故国の解放を果たしたものの、スパルタとの対立は依然つづき、安穏としてはいられなかった。テーバイが解放された翌年（紀元前三七八年）、スパルタ王のアゲシラオスがテーバイに攻め寄せる。

スパルタには、エウリュポン王家とアギス王家という二つの王家があり、二人の王アゲシラオスとクレオンブロトスが共同でスパルタを治めていた。遠征する際、どちらか一方の王が出陣することになっていたので、今回はアゲシラオスがテーバイ討伐に出陣したが、アゲシラオスはテーバイ近くに迫ったものの、ほどなく撤退したので、テーバイにとって大きな脅威にならずにすんだ。

とはいえ、テーバイの独立が達成されたことが、即座にギリシア世界における「スパルタの覇権」の崩壊につながるわけでもなかった。それゆえ、強敵スパルタに対抗するためにも、孤立を避けるためにも、テーバイは、エパミノンダスの提唱に従って「テーバイ主導で、ボイオティア同盟を再興すべし」との、かけ声のもと、プラタイア、オルコメノス、テスピアイ、カイロネイアなどのボイオティアの諸市に対し、同盟への加盟を訴える。

近隣諸国との間で連合を図る一方で、テーバイはアテネとも同盟を結ぶ。じつは、このころスパルタの別働隊がアテネの軍港ペイライエウスを攻撃したことがきっかけで、スパルタとアテネの間に戦争が勃発していた。スパルタ・アテネ間の開戦はテーバイにとって好機であり、テーバイは「反スパルタ」でアテネに接近した。するとアテネは、

「アテネは、このたびエーゲ海の島々や黒海沿岸の諸市との間で『第二次海上同盟』を締結しました。テーバイも、新しい同盟に加盟しませんか？　アテネとテーバイが固く手を組めば、優位を誇るスパルタに打撃を加えることもできましょう」

アテネ主導の新同盟に参加するよう促した。じつは以前アテネが盟主をつとめていたデロス同盟は、ペロポネソス戦争に敗北した際にスパルタによって解体に追い込まれていた。そこでアテネは頽勢《たいせい》挽回を期し、新たに「第二次海上同盟」を発足させ、デロス同盟のかつての加盟諸市などに参加を呼びかけていたのだ。テーバイは、エーゲ海や黒海に関心はなく、強力な艦隊も有していなかったから、「海上」とは無縁であったが、

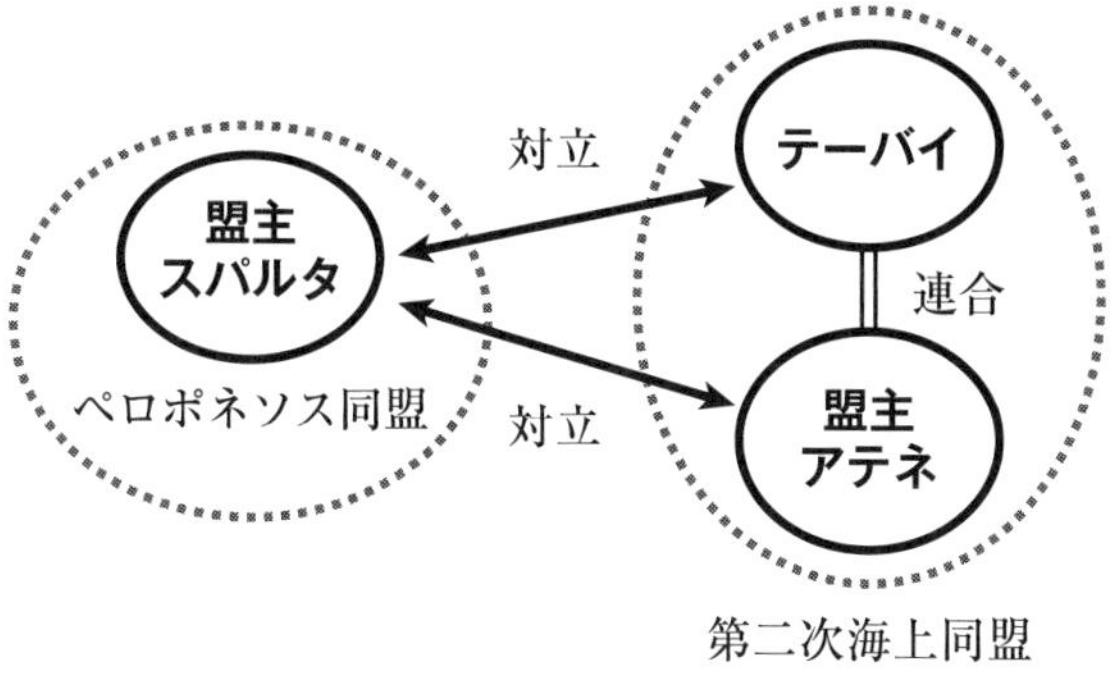

「スパルタに対抗するためには、強力な同盟者が必要だ。アテネとの軍事同盟は好都合。テーバイも、第二次海上同盟に参加させてもらおう」

テーバイとアテネは反スパルタで利害一致をみ、手を結んだ。

テーバイはまた、ボイオティア同盟の再結成を掲げたが、スパルタがボイオティア地方のポリスに駐屯軍を設置していたので、テーバイは諸都市から、まずスパルタの駐留軍を駆逐しなければならなかった。

スパルタ軍との激突で、テーバイの精鋭・神聖隊の隊長ゴルギダスも生命を落とした。このためペロピダスが後を引き継ぎ、神聖隊の新しい隊長に就任することとなった。

紀元前三七五年。テーバイの解放から四年後、アテネ主導の第二次海上同盟にテーバイが加盟してから二年後のことだ。神聖隊の隊長ペロピダスは、神聖隊の兵士三百名と騎兵を率い、中部ギリシアから故国のテーバイ目ざし帰還中であった。ほどなくテギュラという土地にさしかかるころ、

「結成当初の神聖隊はカドメイアに駐留していることが多かったが、最近は外征に出ることの方が多い。みなも、続けざまの遠征に少々疲れたのではないか？」

ペロピダスが神聖隊の兵士たちを気づかうと、

「疲れなど、少しも苦になりませんよ、ペロピダス将軍。むしろ、実戦をいくども積めるので、団結力も高まり、武技にもいっそう磨きがかかるというものです」

「ハハハ。それは、たのもしいな」

ペロピダスと隊員たちが陽気に談笑していると、

「たいへんです、将軍！　前方から大軍勢がやってきます」

「なに？」

ペロピダスと将兵が目を凝らすと、赤いマントをなびかせ、「Λ（ラムダ）」の文字を記した大盾を装備し、規律正しく行進する、みるも厳《いか》めしい戦士たちが前からやって来るではないか。Λ（ラムダ）は、スパルタの自称「ラケダイモン」を示す頭文字

だ。

「スパルタ軍だ！」

敵の正体がわかるやテーバイ兵の間に衝撃が走った。ただちにペロピダスが斥候《せっこう》を放ち、敵情を視察させたところ、スパルタ軍は、およそ千八百と判明した。

（神聖隊はテーバイの精鋭部隊とはいえ、兵数は三百にすぎない。数騎の騎兵が護衛してはいるが、千八百のスパルタ軍に、とうてい敵《かな》う兵力でないことは明々白々だ。これは、ちと、まずいな……）

勇猛で、めったなことでは動じないペロピダスも、この兵力差、それに出くわした相手が相手だけに当惑した。六倍以上のスパルタ戦士を前にして、テーバイの精鋭たちも、さすがに動揺し、ふるえ声で、

「どうしましょうペロピダス将軍。われらは敵軍の、どまんなかに陥ってしまいました」

困惑顔で隊長のペロピダスに指示を仰いでくる。

（隊長が動じてどうする！）

ペロピダスは、おのれにはっぱをかけるや、いつもと変わらぬ屈託のない笑顔を神

聖隊の隊員たちに向け、

「いや、そうではないぞ、諸君。むしろ、敵が我々の手中に陥ったのではないか？」

機知に富んだペロピダスの言いっぷりに、兵士たちの間から思わず笑いがもれる。みなの緊張がほぐれたところで、

「ここ数年の実戦で得た成果を試すための、良い機会だ。みんな、思いきり、スパルタ兵にぶちあたれ！」

ペロピダスは兵士らを鼓舞すると、最後尾で殿《しんがり》をつとめていた騎兵部隊に、

「戦列の前に出て、攻撃態勢をとれ」

と命令し、ついで、神聖隊三百名に堅陣を組ませ、多勢のスパルタ兵が繰り出してくる猛撃に備えさせた。これを見たスパルタ軍の指揮官ゴルゴレオンとテンポンポスは、

「テーバイ勢は、われらの半数以下。蹴散らすまでよ」

小勢のテーバイ人を侮り、迷わず襲いかかってきた。が、神聖隊の固い防御とスピード感あふれる騎兵がはなつ歩騎連繋戦術がスパルタの猛攻を翻弄し、意想外にスパルタ軍に死傷者が続出したので、ゴルゴレオンもテンポンポスも、

「よもや、寡少のテーバイごときに不覚をとるとは……」

交戦を諦め、テーバイ軍に道を開けた。テーバイがスパルタ軍を野戦で堂々と撃破したのは、初めてのことだった。しかも、テーバイ側は、ひとりの死者もおらぬ。

「やったぞ！」

テーバイの将兵たちは雄叫びとともに勝利に沸きたったが、ペロピダスは冷静で、

「苦闘の末の、紙一重の勝利だ。浮きたっている余裕はないぞ。近隣都市に駐留中のスパルタ兵が加勢に駆けつけるかもしれん。ここに長居は無用だ」

賢明にも撤退を決め、スパルタ軍が開けてくれた通り道を通過して故国に帰還する。ただ、スパルタ軍に勝利した証《あかし》として、討ち果たした敵兵の死体から鎧兜をはぎ取り、テーバイに持ち帰ることだけは忘れなかった。ペロピダスはテーバイに帰国するや故郷の人々に対し、スパルタ兵から奪い取った武具を戦利品として捧げ、華々しく勝報を告げた。

「寡兵で、倍以上のスパルタ軍を打ち破るとは、たのもしい」

「神聖隊は、まことの精兵。ペロピダスは、テーバイが誇る名将だ」

テーバイ人は大いに喜び、かつ自信を深めた。テギュラの戦いでのテーバイの勝利

は、神聖隊の武名とともにギリシア世界に轟《とどろ》き、

「まさか、テーバイ軍が、ギリシア最強の陸軍国スパルタに打ち勝つとは」

ギリシア諸国は驚愕したが、とりわけアテネは、ここ数年のテーバイの急速な台頭に脅威を抱きはじめていたので、

「スパルタの脅威に対抗するためにテーバイと結んでいたが、テーバイが思った以上に力をつけてしまった。テーバイを牽制するために、スパルタと手を組むべきかもしれぬ」

政策の転換を考えはじめる。

折しも、ペルシアの大王アルタクセルクセス二世がギリシア諸国に対し、和平の調停役を担いたいと、名のりをあげた。じつは、大王はエジプト遠征を計画中で、精強で聞こえたギリシア人傭兵を多数徴集したいと考えていたので、

「ギリシア人同士の内戦をやめさせれば、ペルシアも、容易にギリシア人傭兵部隊を徴集できよう」

と目算し、スパルタ・アテネをはじめとするギリシア諸国に対して使者を派遣し、「戦争の停止、駐屯軍の撤退、和平条約の締結」を呼びかけたのであった。

スパルタもアテネも、和平会議への参加を受諾した。

テーバイもまた、この会議に大使を派遣することを決め、

「会議の場で、ギリシア諸国にボイオティア同盟を承認してもらおう」

今回の和平会議を有効に活用しようと考えた。

「和平会議に派遣する大使は、重責を担うことになる。ゆえに、見識深く、弁が立ち、圧力に屈しない人物を抜擢しようではないか。となれば、誰がよかろうか？」

政府は人選に腐心したが、

「エパミノンダスが適任だ」

エパミノンダスを推挙する声があがる。

「エパミノンダスは雄弁で、気骨も知恵もある。なにより、ボイオティア同盟の再結成を提唱した張本人だからな。必死になって任務を果たすであろう」

政府もエパミノンダスの見識と弁舌の才に期待を寄せ、列国会議に参加させる大使として抜擢し、スパルタに派遣することに決した。

「きみならできる。初の大任、しっかりやれよ」

ペロピダスが笑顔でエパミノンダスを送り出してくれた。

ギリシア諸国の未来を決することになる和平会議は、ギリシア世界の覇者スパルタで開催された。テーバイの代表として、この列国会議に出席することとなったエパミノンダスは、故国を出立後、南へ向かい、コリント地峡を西へと進むとペロポネソス半島に入った。さらに西進し、ペロポネソス半島の南東部にあるラコニア平原を目ざす。このラコニアを南北に貫流するエウロタス川の西岸に、スパルタがある。エパミノンダスはエウロタス川を渡り、初めてスパルタの地に足を踏み入れたが、驚いたことに、スパルタには町を防護するための城壁がなかった。「強靭な戦士こそが、なによりの防壁である」との理念を反映して、スパルタというポリスは他のギリシアのポリスとは異なり、国の周縁に防御壁を構築しなかったからだ。

（城壁を持たぬ国家。それゆえにこそ、スパルタ人は、人一倍、心身ともに屈強なのだ。心して任務に挑まねば）

エパミノンダスは気を引き締めて列国会議の席につく。スパルタでは、老王のアゲシラオスが会議を仕切っていた。

アゲシラオスは七十近くの老王だが、かつて小アジアに攻め込んでペルシア大王を震撼《しんかん》させたこともある。戦士の国スパルタを束ねるに相応しい歴戦の古強者《ふるつわもの》であり、

「スパルタの覇権」を推進する大立者《おおだてもの》であった。それゆえ、老王が凄みのある眼光で列国大使を一睨《いちげい》すると、大使一同も縮《ちぢ》み上がって目をそらす。

「おのおのがたも、よく理解しておろうが、和約とは各々のポリスの存立を重んじるものだ。ゆえに、各々のポリスの名で和平への誓言をいたそうではないか」

アゲシラオスが一国での宣誓を命じるや、大使たちは恐れ入り、スパルタ王の提言に賛同した。

しかし、エパミノンダスは怯《ひる》まず、炯々《けいけい》たる眼光でスパルタの老王を見返した。なぜなら、アゲシラオスこそは、テーバイを占領したスパルタの将軍フォイビダスを支持し、テーバイの解放後も二度スパルタ軍を率いテーバイに侵攻してきた因縁の敵手であったからだ。どうあっても、この老王に屈するわけにはゆかない。エパミノンダスは、不退転の覚悟で声をあげた。

「おそれながらアゲシラオス王よ。わがテーバイは、和平への誓言を、テーバイ人としてではなく、ボイオティア人としていたしたい」

アゲシラオス王に対して異議を唱える声が会場に響きわたるや、不届きものは誰だと言わんばかり、咎《とが》めるような視線が一斉にエパミノンダスに投げつけられた。だ

が、エパミノンダスは威風堂々たる風貌で、いま一度、各国大使を見まわしながら、

「テーバイは、テーバイ一国での宣誓ではなく、ボイオティア同盟として、他の同盟諸市と一括して宣誓をいたしたい」

かさねてエパミノンダスが主張するや否や、アゲシラオスは不愉快顔に変じ、

(なんだ、この男は？)

アゲシラオスは倣岸に鼻を鳴らし、

「わしの提言に逆らうとは。きさま、なにやつじゃ？」

「テーバイの代表、エパミノンダスです」

「エパミノンダス？　はて、聞いたこともない名じゃが」

アゲシラオス王が眉を吊りあげると、側近がそばからエパミノンダスの経歴を告げた。

「なに、子供の教師だと？　では、まったくの素人ではないか。外交交渉の経験もろくにない男を一国の代表として送り出してくるとは、テーバイは人材不足か？」

老王が皮肉っぽく言い捨てると、列席していた各国使節一同の間から失笑がもれる。

「まあよい。外交というものが、いったいどういうものか、あの世間知らずのテーバ

イ人に、よおく思い知らせてやるわ」

アゲシラオス王はエパミノンダスを睨みすえると、

「エパミノンダスよ。浮き世離れした、おぬしには、とうてい理解できんだろうがな。ここはポリスの間で天下国家を論じるための大事な話し合いの場なのだ。子供相手に適当に言いくるめて誤魔化すのとは、わけがちがう。場違いな発言は控えたほうがよいぞ」

アゲシラオスが見下すように言うと、アテネ大使もスパルタ王の肩を持つ。

「いつまでも、同盟、同盟、と、バカの一つ覚えみたいに、がなりたててばかりでは、まとまる話もまとまらない。融通の利かぬ思考方法を改めぬと、外交使節として失格だぞ」

アテネは、どうやらボイオティア同盟の復活に強い危機感を抱いているらしく、

「各国は、一国ずつ宣誓する。それが、和平を締結するときの定めだ。ボイオティア同盟の名で一括して宣誓することなど、断じてゆるさない。いや、ボイオティア同盟そのものの設立を、我々は認めるわけにはゆかぬ」

語気荒く、ボイオティア同盟の存在自体を否認した。エパミノンダスの表情は険し

くなったが、彼の反論を封じるように、アテネ大使は今度は一転、声音もやさしく、

「テーバイは、アテネが盟主をつとめる第二次海上同盟の一員ではないか。このアテネが、テーバイの頼もしい友人だ。それで不服はあるまい？」

猫なで声でテーバイの懐柔を試みる。スパルタ王のアゲシラオスも、

「ほれ。アテネも、やさしく言ってくれているぞ。ありがたいことではないか。なあ、エパミノンダスよ。これで満足せんかい」

怒ったような声で急《せ》きたてるが、エパミノンダスは首を縦にはふらず、

「テーバイの主張は変わりません。ボイオティア同盟として、他の同盟諸市と一括して宣誓を……」

「ならば、この和平会議にテーバイを参加させるわけにはゆかん！」

アゲシラオス王は、一言のもとにテーバイの言いぶんを切り捨てると、

「テギュラの戦いが、なんだ？　たった一度、小競合《こぜりあ》いに勝ったくらいで、スパルタを滅ぼせるとでも思ったか？　いい気になりおって。この無礼者めが！」

頭ごなしにエパミノンダスを叱りつける。

「テーバイは最近、調子に乗りすぎだぞ。エパミノンダスよ。帰国して頭を冷やした

まえ」

アテネ大使も不快顔をエパミノンダスに向け、さっさと帰れと言わんばかり退去を促す。

（しかたない。和平には不参加ということで）

エパミノンダスは唇を噛む。苦々しい表情でうつむく彼の前で、アテネ大使はやけに友好的な笑みでスパルタ王アゲシラオスに歩み寄り、

「昔からスパルタは陸上の雄として、アテネは海上の雄として、ギリシア世界に君臨してきた。今後も互いの領分を守りつつ、ギリシアを導いてゆこうではありませんか」

白々しいまでのすりよりだったが、スパルタ王アゲシラオスも、アテネ以上に柔和な笑顔で応じる。テーバイの破滅はスパルタにとっても望むところであったから、

「アテネのおっしゃるとおり、貴国は海上の覇者であり、わがスパルタは陸上の覇者だ。今後も、お互いの勢力圏を侵すことなく、親睦を深めたいものじゃな」

犬猿の仲のスパルタとアテネが満面の笑みで仲良く手を握りあうので、エパミノンダスも眼前で展開される光景に、

（ありえん！）

愕然とし、逃げるようにテーバイに戻るしかなかった。

帰国後、エパミノンダスが苦渋に満ちた顔で列国会議での不首尾を伝え、「陸の覇者はスパルタ、海の覇者はアテネ」との標語を掲げ、反テーバイという共通の利害で、あろうことかスパルタとアテネが手を結ぶことになったと、政府に報告すると、

「アテネがスパルタと連繫してテーバイに対抗？　それはまずい」

テーバイ政府も、スパルタ・アテネ連合に恐怖をおぼえ、

「ボイオティア同盟の再結成を急がねば。列国会議が認めてくれないのであれば、武力に訴え、力づくで同盟を再興する。それしか、テーバイが生き残る道はない！」

かつての加盟諸市に対し、ボイオティア同盟への再加盟を、いま一度、強く呼びかけたが、プラタイアとテスピアイが加盟を頑なに拒否したので、テーバイは両ポリスを攻撃し、城壁を破壊すると、強制的にボイオティア同盟に加盟させた。このため、破壊されたプラタイアとテスピアイは、当然ながらテーバイに対して怨恨を抱き、アテネも、長年の友好国プラタイアを破壊したテーバイに対し敵愾心《てきがいしん》を強めた。しかしながら、この強引な方法によってテーバイは悲願のボイオティア同盟を再興する。ひとえに、スパルタと雌雄を決するために必要な措置であった。

テーバイはボイオティアの諸都市を制圧し、ボイオティア同盟の再結成を果たすと、戦勝の勢いに乗り、さらに北に向かって進撃をつづけ、中央ギリシアにあるフォキスに矛先を向けた。ところがフォキスが恐怖しスパルタに助力を乞うたので、スパルタはクレオンブロトス王に軍を委ね、海路よりフォキスに向かわせ、スパルタ軍をフォキスに駐留させた。このためテーバイもフォキスへの進撃を断念したが、スパルタはテーバイの強大化を危惧し、これ以降もフォキスに駐屯軍を置き、テーバイの動向を監視することにした。

「フォキスを占領できなかったのは残念であったが、ボイオティア同盟の再興は成った。まことに、めでたいことだ」

テーバイは、ひとまず戦果を祝しあう。

ただ、ボイオティア同盟再興の提唱者であるはずのエパミノンダスは、複雑な想いで同盟の復活を受けとめた。温厚で学者肌の彼にとって、プラタイアやテスピアイに対してテーバイ軍が行った残虐な破壊行為は厭《いと》わしく、胸の痛いものであったからだ。親友の苦衷《くちゅう》を察したのであろう。ペロピダスが気づかい、笑顔でそばに来ると、

「スパルタ王アゲシラオスは、きみに向かって、『テギュラの戦いが、なんだ。たっ

た一度、小競合いに勝ったくらいでスパルタを滅ぼせるとでも思ったか？　いい気になるな』と言い放ったそうだな」

とたんにエパミノンダスは苦悶に満ちた顔になり、友から視線をそらす。

「アゲシラオス王の言うとおりだと、わたしも思うよ」

ペロピダスは落ち着いた声音で語りかけてきた。

「スパルタを叩きのめすには、小競合いで退けた程度ではだめだ。正々堂々の大会戦で完膚なきまでにスパルタ軍を撃ちのめし、スパルタ人に敗北を思い知らせるしかない。そうだろう、エパミノンダス？」

ペロピダスの問いかけにエパミノンダスが頷《うなず》くと、

「ならば、きみにも理解できるはずだ、エパミノンダス。次に、きみがやるべきことが、いったいなにかを。そして、いま、テーバイを取り巻く緊迫した国際情勢を鑑みれば、プラタイアやテスピアイに対して非情な措置を取るのもやむを得ない、ということを」

ペロピダスの言葉は理にかなっており、エパミノンダスの心にしみいった。

「そうだな、ペロピダス。きみの言うとおりだ」

　エパミノンダスは決意を秘めた双眸《そうぼう》で友を見返すと、

「わたしのなすべきことは、やがて起こるであろうスパルタ軍との決戦に備え、新しい戦術を考案することだ」

「その意気だ、エパミノンダス。期待しているぞ」

　ペロピダスが信頼のこもった笑顔で励ましてくれたので、エパミノンダスも迷いをふりきり、新戦術の考案に力をそそぐ。パンメネス、ダイハントス、イオライダスら信頼する教え子たちも師のそばで協力を惜しまなかった。エパミノンダスが弟子たちを前に、

「常々、講義しているように、テーバイは伝統的に分厚い戦列を組む。ギリシアでは通常、八列から十二列の横陣を組むのだが。かつてテーバイ軍はデリオンの戦いで、右翼の重装歩兵を二五列編成にした。ネメアの戦いでは、同盟軍が十六列編成で挑んだなかで、テーバイの軍勢だけはそれよりも深く戦列を組んだ」

　テーバイの戦術の歴史をひもとくと、パンメネスら弟子たちも、

「分厚い戦列が繰り出す重圧で、敵の戦列を突き破る。自然の理ですね」

と師匠に応じてきたが、エパミノンダスは補足説明を加えることも忘れない。

「しかしな、いつでもこの作戦が成功するとは限らないのだ。たとえばネオンの戦いでは、テーバイ・アテネ・コリントなどの連合軍とスパルタが対戦したのだが、テーバイだけが厚い戦列を敷いたせいで、かえって連合軍の戦列が短くなってしまった。スパルタ軍は、この弱点を衝いてテーバイ軍の側面を攻撃し、勝利したのだ」

「そ、そうだったのですか？　てっきり、テーバイが勝利したものだとばかり」

「戦列が深ければ必ず勝てるとは限らないのだ。これは大きな声では言えぬがな」

　エパミノンダスは苦笑し、

「ギリシア最強の陸軍国スパルタは、戦いに長《た》けているからな。われらは、ネオンの戦いの二の舞にならぬよう気をつけねばなるまい。スパルタ軍からの側面攻撃を阻止するためには、ひと工夫しないと」

　エパミノンダスは抜かりなく策を吟味していたが、弟子たち一人一人の顔を見まわすと、

「これから練兵場に付きあってくれぬか？　人手がほしいゆえ、他のものにも声をかけてくれ。試してみたい戦術があるのだ」

「もちろん、協力します！」

パンメネスらは二つ返事で師に応じる。エパミノンダスは弟子や若者たちを引き連れ、足早に練兵場に向かった。

第三章　レウクトラの戦い

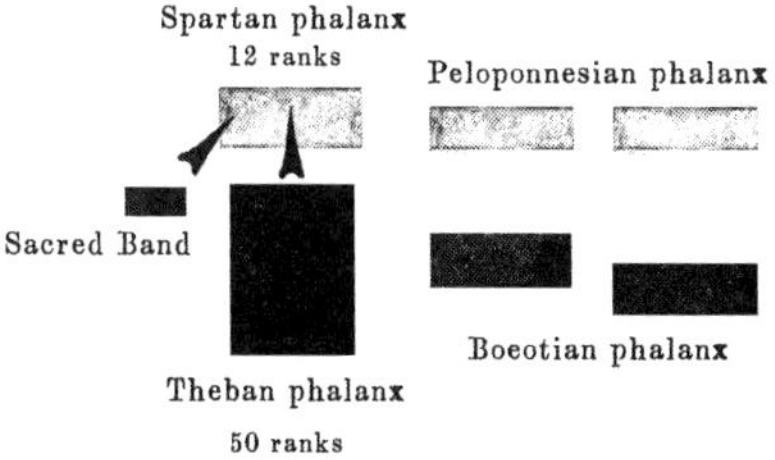

THE BATTLE OF LEUCTRA
371 B.C.

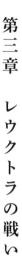

1　和平会議

紀元前三七一年。スパルタが和平会議の開催を宣言し、ギリシア中のポリスに対し、大使を寄こすよう命令した。

「スパルタはおそらくテーバイに対し、ボイオティア同盟の解体を命じる気だろう。だが、テーバイはボイオティア同盟の解体を受諾するわけにはゆかぬ」

「大使として派遣すべき人物は、誰がよかろうか？」

「エパミノンダスしかおるまい」

またしても、エパミノンダスを推挙する声があがる。

「エパミノンダスは四年前の和平会議で任務に失敗したが、彼以外に適任者はおらぬ。エパミノンダスに、会議の席でボイオティア同盟の存続と承認を訴えさせるのだ」

「しかし、ボイオティア同盟の存続に固執すれば、スパルタが激怒し、テーバイに軍勢を派遣してくるかもしれん」

じつは、数年前より、テーバイの北方フォキスには、スパルタ王クレオンブロトスが一万以上の軍勢を率いて駐留し、テーバイに対して睨みを利かせていた。

「クレオンブロトス王が、テーバイに侵攻してくる可能性も充分にある」

「スパルタ軍の攻撃も、覚悟のうえだ。どのみち、ボイオティア同盟を解体されたらテーバイは骨ぬきになる。ならば、会議の席では屈せずに、同盟の存続を訴えて、せめて諸国にテーバイの気概を見せつけようではないか」

テーバイ政府も会議への参加を決定し、エパミノンダスを大使に任命する。エパミノンダスも大任を請け負うと、

「主張すべきことは声を大にして主張する所存ですが、スパルタがボイオティア同盟を承認せぬときは、和平条約への批准《ひじゅん》を拒否します。その場合には、スパルタ軍との決戦も不可避であると、お含みおきください」

気魄《きはく》のこもった声で、テーバイの取るべき道について念を押した。

「またもや大任だな。しかも、以前より状況は厳しい」

ペロピダスの面上に、いつものような明るい笑顔はない。

「もちろん、わかっているさ。だが、たとえスパルタと一戦交えることになったとしてもボイオティア同盟の存続を守りとおす。それが、わたしに課された任務だ」

エパミノンダスは大いなる使命を胸に、再度、大使としてスパルタに赴くこととなった。


エパミノンダスは今度こそ任務を果たしてみせるぞと勇を鼓《こ》し、列国会議の席につく。会議では、またぞろ、スパルタの老王アゲシラオスが場を仕切っていた。

「おのおのがたも承知のことと思うが、和約とは各々のポリスの存立を尊重するものだ。ゆえに、各々のポリスの名で和平への誓言をいたそうではないか」

アゲシラオスは、いつにかわらぬ老練な笑みで各国大使に呼びかけ、一国での宣誓を命じたが、エパミノンダスは恐れげもなく、異議をさしはさむ。

「アゲシラオス王よ。わがテーバイは、和平への誓言を、テーバイ人としてではなく、ボイオティア人としていたしたい」

よくとおる声が議場に響きわたるや、

「また、おまえか、エパミノンダス！」

アゲシラオス王が、うっとおしそうにエパミノンダスを睨み返してきたが、

「スパルタだって、ラコニアの自治を認めないではないですか。であるならば、テーバイも、スパルタがラコニアでそうであるように、ボイオティア人として話す権利を有しているはずだ。ちがいますか？」

理路整然としたエパミノンダスの指摘に、アゲシラオスも返答につまった。見守る使節一同もエパミノンダスに視線を集中し、

「テーバイのエパミノンダス。スパルタ相手に、ずばりと痛いところを突いてみせるとは。なかなかやるではないか」

「頑固者で聞こえたアゲシラオス王が、たじろいでおるぞ」

痛快だと言わんばかりの目でエパミノンダスを見やったが、

（しかし、アゲシラオスに盾突いては、ただではすまぬぞ）

使節の中には、エパミノンダスのことを気の毒そうに窺《うかが》い見るものもいる。案にたがわずアゲシラオスは立腹し、アテネ代表も、そばからスパルタ王を掩護《えんご》して、

「テーバイ人は、十分の一税を課せられる可能性がありますな」

と、言葉をそえた。

かつて第二次ペルシア戦争のとき、テーバイはペルシア大王クセルクセスに臣従を誓った。これに対し、スパルタ・アテネをはじめとするギリシア連合は、

「強制されてもいないのにペルシア大王に降伏した裏切りものに対しては、懲罰として、ペルシアとの戦いが終わったあと十分の一税を課し、デルフォイのアポロン神に献納させる」

と、取り決めたものだ。つまり、「強制されもしないうちからペルシア王に降伏した裏切りもの」「懲罰として十分の一税をデルフォイに差し出さねばならぬ不届きもの」とは、すなわちテーバイを指した。エパミノンダスは微動だにしなかったが、こうした言いかたはテーバイ人にとっては過去のあやまちと屈辱を思い起こさせる酷烈な皮肉であった。

アゲシラオスは、アテネ人の気の利いた言いまわしが気に入り、小気味よさげに笑うと、

「テーバイの名で宣誓できぬとあくまで言い張るのなら、エパミノンダスよ、お望み

どおりテーバイの名を誓言から削り取ってやる」

　思い知らせてやると言わんばかり、アゲシラオスは言い放つ。

「和平条約からテーバイの名を消せ。いますぐに、だ！」

　スパルタ王の命令は即座に実行に移され、和約からテーバイの名前だけが削除された。アゲシラオスは、にんまり笑うと、

「テーバイは、和約に参加することあたわず！　早々に、この場より立ち去れ！」

　大音声で命令した。ついで、親切顔で言葉をそえる。

「エパミノンダスよ。最後に一つ、おまえの空元気《からげんき》に敬意を表し、忠告しておいてやろう。はやくテーバイに帰って戦《いくさ》の準備に取りかかった方が賢明だぞ、とな」

　黙ってなりゆきを見守っていた他ポリスの代表者たちは、

（ギリシア一の強兵スパルタを向こうにまわして、テーバイごときが、万に一つも勝てるものか）

　みな、内心でテーバイの愚行を憐れみ、

（この戦、テーバイの惨敗だな）

　と、誰もが、スパルタとテーバイの会戦結果を、そう予測したのであった。

事実上の宣戦布告を突きつけられたエパミノンダスは、テーバイに対する殺伐とした空気の漲《みなぎ》る列国会議の席を立ち、和平条約への記名を許されぬまま帰路につく。

スパルタで開催された和平会議の決議に従って、スパルタとアテネは、各市の駐屯軍を撤退させることに決した。

「エパミノンダスのやつ、すごすごとテーバイに帰っていきおるわ。決議に入れてもらえず、手ぶらで帰国。みじめよの」

アゲシラオスは笑いながらエパミノンダスの後ろ姿を見送ったが、スパルタの政務をつかさどる五人のエフォロス（監督官）たちは渋面を突きあわせ、

「わが王に喧嘩を売るとは、エパミノンダスは、なかなか気骨のある男。このまま黙って引きさがるとは、とても思えぬ。テーバイは、国をあげて頑強に抵抗するやも」

などと言ってテーバイの出方を憂慮するので、

「もしもテーバイがボイオティア同盟に固執して、あくまでも和平を拒むのであれば、スパルタも、武力をもってテーバイを屈服させるまでのこと」

アゲシラオス王はテーバイ討伐を主張した。とはいえ、

「わしは、ほれ、このとおり、まだ病《やまい》が癒えておらぬ。残念じゃが、スパルタ軍の総

帥としてテーバイまで出撃することはかなわぬ」

アゲシラオスは意外にも、病気を口実に自身の出撃に対しては消極的であった。

「もうすぐギュムノパイディアイの祭りじゃ。神事を疎かにすることはできぬ。なぜならば、軍事と祭事を司るのが、スパルタ王の責務であるからな。わしは本国にて大事な祭事を監督するゆえ、テーバイめに対する懲罰は、クレオンブロトス王にお任せするとしよう。クレオンブロトスは、現在一万一千強の軍勢を率いてフォキスに駐留中だ。テーバイに侵攻するならフォキスから出撃した方が圧倒的に近い。それに」

ここで、アゲシラオスは、いったん言葉を切ると、

「八年前、テーバイが蜂起してスパルタの総監たちを放逐したとき、クレオンブロトスは反撃しなかった。あのときクレオンブロトスがテーバイの反乱を鎮圧できていれば、ここまでテーバイを増長させることもなかったであろう。ゆえに！　クレオンブロトスこそが、武力をもってテーバイに鉄槌を下すべきだと、わしは断言する」

アゲシラオスが切り捨てるように言うと、王の側近たちも同意し、

「テーバイめの征伐は、クレオンブロトス王にお任せするのが道理。アゲシラオスさまには、本国にてギュムノパイディアイの祭典を監督していただきましょう」

ということになった。

スパルタ人は、六十歳になれば退役することに決まっていた。アゲシラオスはすでに七十歳を超えていたから、とっくに前線から引退してもよい年齢だ。ここで出陣を拒否したとしても、咎《とが》められることはなかったのである。

こうしてスパルタ本国で、クレオンブロトス王にテーバイ征伐を命じる決定が下された折もおり、フォキスに駐留するクレオンブロトス王のもとから急使が至り、

「スパルタの駐屯軍をフォキスより引き揚げるべきか否か？」

政府に判断を問うてきたので、アゲシラオスは使者に向かって、

「テーバイが、あくまでもボイオティア同盟の解散を拒むのであれば、容赦なくテーバイを討つべし。さよう、クレオンブロトスに伝えるように」

と命令した。使者はただちに拝命してフォキスに駆け戻り、クレオンブロトスに対し、アゲシラオスの言葉を伝えた。

「八年前の汚名を返上するためにも、クレオンブロトス王には勇戦し、スパルタ王の気概を見せるように。もしも戦わずにテーバイ人を取り逃がすようなことがあれば、重い処罰を科されるものと心得るがよい、とのアゲシラオス王のご伝言でございます」

「ううむ……」

クレオンブロトスは顔をひきゆがめた。

「威勢よくテーバイに宣戦布告を突きつけたのはアゲシラオスだというのに。それに、アゲシラオスだって、いくどもテーバイ軍を見逃してきた。テーバイがスパルタを侮る一因は、アゲシラオスにもあるはずだぞ。だのに、アゲシラオス王ときた日には、おのれの罪は棚上げし、面倒な戦闘は、わしに押しつける気か？　それも、脅し文句とともに」

ずるいおひとだな、と、クレオンブロトスも憤慨した。しかし、祭事というのはスパルタ人にとっては戦闘と同程度に重要な国家行事だ。マラトンの戦いの直前もテルモピュライの戦いの際も、スパルタはカルネイア祭を挙行しており、出撃を延期したほどだ。

（なんだか、いやな予感がするな）

クレオンブロトスは今度の出陣に気のりしなかったが、本国の命令とあれば従わぬわけにはゆかない。戦いの前に、まずはテーバイに使節を派遣すると、テーバイ人に対して最後通牒を突きつけた。

「ボイオティアのすべての都市に自治を与え、プラタイアとテスピアイを解放せよ。さもなくば、余がフォキスより一万一千の軍勢を率いて出撃し、テーバイを成敗する」

これに対するテーバイ側の返答は、和平会議のときと同様に、「否《いな》」であった。

「やはり、テーバイはボイオティア同盟の解体を拒絶してまいったか。ならば、いたしかたない。戦《いくさ》に訴えて、テーバイ人を屈服させるしかない」

クレオンブロトスは腹をくくり、麾下《きか》将兵に対して出撃命令を下した。

2　レウクトラの決戦

　スパルタ軍の進撃目標となったテーバイでは、列国会議から帰国したエパミノンダスが、ボイオティア同盟の筆頭行政官「ボイオタルケス」の第一位に挙げられていた。テーバイ政府は、フォキスに駐屯するクレオンブロトス王が、スパルタ軍とペロポネソス同盟軍あわせて一万一千余を率い、テーバイ目ざして進軍を開始したとの情報を得たので、スパルタ軍を迎え撃つため、六千の歩兵と六百の騎兵を動員することに決した。

「クレオンブロトス王は、フォキスから南下する。コロネイアで迎撃すべきだ」

テーバイ政府は応戦方法を決めると、スパルタ本国からの援軍が南方より到来することも予測して、アッティカとの国境に近いキタイロン山にも別働隊を派遣し、スパルタ本国から襲来する軍勢にも備えさせた。ところがテーバイ側の予測に反し、フォキスを出立したスパルタのクレオンブロトス王は、テーバイ軍の待ち伏せを迂回するため、ヘリコン山の険しい峡谷を強行軍で越えてボイオティア中部に姿を見せるや、テーバイ南西にあるレウクトラ平原を目ざした。エパミノンダスは意表を衝《つ》いたクレオンブロトスの山越えに驚き、他のボイオタルケスたちもクレオンブロトスの急行軍には仰天し、

「やはりスパルタ人だな。険しい山間の道を、あえて選ぶとは。ギリシア一の陸軍国を名のっているだけのことはある」

想定外のことに驚愕かつ動揺した。エパミノンダスは一貫してスパルタ軍との決戦を主張していたが、指揮官の幾人《いくにん》かはスパルタ軍に後《おく》れを取ったことで自信を失い、

「テーバイで籠城しよう」と、消極策に傾くものが出はじめる。結果、七名のボイオタルケスのうち、三人までが籠城を主張した。エパミノンダスもさすがにじれったくなり、

「我々がこれから戦う相手はスパルタ人だ。このギリシアで最強の陸軍なのだぞ。そ

れを向こうにまわして戦わねばならぬというのに、尻込みしていては勝てる道理がない」

つい、声を荒らげて言いたてると、諸将もむっとし、

「そんなことは言われなくてもわかっている。ここでスパルタ軍に敗北したら、我々に未来はないってことはな。だからこそ、こうやって互いに額《ひたい》を突きあわせ、どうしたらいいか、議論を重ねているんじゃないか」

「あんまり言いたくはないがな、エパミノンダスよ。今回の戦争の元凶は、きみなんだぞ。きみがアゲシラオス王に逆らってスパルタ人を激怒させてしまったから、こういう事態になってしまったんだ。それを忘れて、余計な口出しをせんでくれ」

エパミノンダスの横車に苛立った諸将は憤慨し、彼に対して怒りを向けてきた。このやりとりを見守っていたペロピダスは、

「この期に及んでエパミノンダスを責め立てても仕方がない。スパルタに抗《あらが》ってでもボイオティア同盟の存続を主張する。それが、テーバイ人の総意だったはずだろう？」

と、助けに入る。ペロピダスは、今回ボイオタルケスに選出されていなかった。ただ、これまで神聖隊の司令官として幾度《いくど》か勝利を得ていたので、この戦いにも神聖隊

の隊長として参陣し、軍議にも参加していたのであった。

「みんな冷静になってくれ。ここで味方同士がいがみあい、足並みがそろわないまま
スパルタ軍を迎え撃っても、勝てるわけがない。きみたちは、スパルタに隷属するこ
とになってもかまわんのか？」

ペロピダスの叱咤は、しかし諸将の心には届かない。

「力をあわせて戦ったところで、ギリシアで最強を誇るスパルタ軍に勝てるものか」

なかば自棄になって吐き捨てるものもいる。そのとき、

「いや、勝てる！」

確信に満ちた声音で言い切ったのが、エパミノンダスであった。

「諸君がわたしの作戦に従ってくれれば、テーバイ軍を必ず勝たせてみせる」

重ねてエパミノンダスが断言したが、諸将は懐疑的で、

「勝たせてみせるだと？　気軽に言ってくれるな。これだから理想家の夢想は困る」

たちまち呆れ返り、刺々《とげとげ》しくエパミノンダスに言い返してきた。が、ペロピダスだ
けは自信ありげな友の横顔を見て、エパミノンダスはきっと、あの新戦術を披瀝《ひれき》して
諸将を説得するつもりなのだなと察し、またもや助け船を出す。

「まあ、待て、諸君よ。エパミノンダスには、なにか策があるのだろう。彼の戦略を聞いてみてから、籠城戦か、決戦か、その決断を下しても遅くはあるまい」

ペロピダスが発言すると、またもや、それに対する反論が諸将の間で沸き起こる。いっこうに埒《らち》が明かない軍議に業を煮やしたエパミノンダスは、やにわに、隠し持っていた蛇をつかみあげるや、諸将の鼻先に突きつけた。

「うわ！」

諸将もペロピダスも、鎌首をもたげた蛇にびっくり仰天。そのとたん、エパミノンダスは短剣を引き抜き、さっと蛇の首を斬り落とす。どくどくと、血が溢れ出た。すっかり毒気を抜かれ、声もたてられずにいる諸将を前に、エパミノンダスは淡々と、

「見たまえ。たとえて言えば、スパルタ軍はこの蛇の首のようなものだ。獰猛《どうもう》な蛇も、首を落とされてしまったら胴体は動けぬ。ペロポネソス同盟軍も、またしかり。スパルタ軍を失えば、司令塔を失って壊滅するしかない」

首を失った蛇を、ぽん、と、地面に放り投げると、エパミノンダスは言葉をつぎ、

「自軍の最も精強な戦力を、決定的な箇所にのみ集中させる。この戦術は、かつてアテネ陸軍がマラトン平原でペルシアの大軍勢を打ち破ったときに用いた戦法だ」

「なに、あのマラトンの？」

紀元前四九〇年、寡少のアテネ・プラタイア連合軍がペルシアの大軍を撃破したマラトンの戦いは、称賛の声とともに、ひろくギリシア人の間に流布していた。エパミノンダスの戦術が、どうやらその歴史的な戦いで効力を発揮した戦闘方法に類似する戦法だと知った諸将は、目つきを変えた。諸将の視線が集中したところで、

「スパルタ兵は、右翼に布陣するしきたりだ。ゆえに、われらは敵右翼のスパルタ兵に対峙する左翼にテーバイ兵を配し、無二無三、スパルタ兵を攻め立てる」

エパミノンダスが戦術を披瀝《ひれき》すると、諸将も彼の策に納得したので、ひきつづき、具体的な陣立てを明かす。

「右翼に陣取るスパルタの戦列は、おそらく十二列。これに対し、テーバイ軍左翼は五十列の重厚な戦列を組み、圧倒的な戦力でスパルタの戦列を粉砕する」

「五十列？　そんなに分厚い戦列なぞ、見たことはおろか、聞いたこともない。さすがに会戦の常識を逸脱しているぞ」

みな仰天し、首を左右にふるばかりであったが、

「相手はギリシア最強のスパルタ兵。しかも多勢だ。尋常な方法では、とても打ち破

れぬ。翻《ひるがえ》って、わがテーバイは昔から厚い戦列を組んできた。先祖の知恵をうまく活用し、五十列の戦列でもって、十二列の戦列を破砕するのだ」

エパミノンダスが力説して、みなを説得すると、

「たしかに。奇策を講じて挑まねば、優勢を誇るスパルタ軍を打ち破れない。この決戦、エパミノンダスの戦法にテーバイの未来を託し、死力を尽くそうではないか」

諸将も、ついに賛同し、テーバイの歩兵部隊を五十列の戦列に組むことに決した。

それでもなお疑念を抱くものもおり、おずおずとした表情で問いただしてくる。

「スパルタ兵を叩《たた》けばペロポネソス連合軍は息の根を絶たれたも同然。それはわかるが、エパミノンダスよ。だとしても、まだ不安がのこる。きみが言うように、敵右翼のスパルタ兵をしとめるために、わが軍の左翼にテーバイの主戦力をすべて投入してしまったら、残りの部隊が手薄になる。スパルタ人だって馬鹿じゃない。テーバイ軍の中央部や右翼が手薄と見れば、脆《もろ》い中央部や右翼を狙うだろう。その危険を、どうやって防ぐつもりだ？」

「たしかに。最悪の場合、テーバイ軍の総崩れということだってありえるな」

聞いていた諸将も不安を抱き、問いつめるような目でエパミノンダスを見るので、

「その危険性については、もちろん、わたしも考慮している」

エパミノンダスは、このような反論が出ることを予期していたのだろう。沈着な面ざしで、疑問に対してこたえ返す。

「ゆえに、左翼にテーバイの将兵を陣取らせ、主戦力を投入すると同時に、中央部と右翼にも工夫を施す。中央部と右翼にはボイオティア同盟軍を配し、右にいくほど戦列を下げるのだ。されば、テーバイ軍の陣形は左上がりの斜線状になる。そしてまず左翼のテーバイ兵を最初に戦闘に突入させ、中央部と右翼の同盟軍を少し遅れて戦闘に入らせる。この時間差が重要なのだ。戦端が切られたら左翼から前進を開始し、スパルタ軍と一気に勝負をつける。じつは、わたしはすでにペロピダスや兵士たちとともに、この新たな戦術を用いた訓練を実施し、その有効性も確認している」

エパミノンダスは諸将ひとりひとりの目を見つめ、重厚な声で、

「斜線の形で布陣するという意味で、新しい陣形を『斜線陣』と呼ぶことにしよう」

「斜線陣！」

「斜線陣でスパルタ軍の戦列を突き破り、テーバイの手に勝利をつかもうぞ」

固唾《かたず》をのんでエパミノンダスの言葉に聞き入っていた諸将は、やがて、その戦略を

理解し、そして納得した。その結果、諸将は、戦法の発案者エパミノンダスを総指令官に推戴し、彼の指揮のもと、スパルタ軍に決戦を挑むことに決したのである。

総司令官となったエパミノンダスは、ペロピダスの方へ目を転じた。ペロピダスは、信頼する盟友に向かって、ひたと強いまなざしをあてている。ペロピダスは、テーバイの精鋭・神聖隊の指揮を任されていた。その鋭い目は、総司令官の命ずるどんな指令でも受けて立とうという気概に溢れている。意気漲る朋友に向かってエパミノンダスは、

「ペロピダス。きみの布陣すべき場所は、左翼の左側だ」

「左翼の、さらに左」

ペロピダスは息を呑む。そこは今日の会戦の要《かなめ》であり、いちばんの激戦地と目される場所だからだ。

「神聖隊には、遊撃隊として、攻撃にも防御にも臨機応変に対応してもらいたい」

エパミノンダスが炯々《けいけい》とした双眸《そうぼう》で命じると、ペロピダスも凛然と応じ、

「きみは慎重だからな。卓越した戦術を練り上げていても、なお抜かりなく最悪の事態まで予測して二重三重に策を講じておく。心強いぞ。それで、エパミノンダスよ。

わたしは、なにをすればいい？」

「スパルタは側面攻撃を得意とする。ネメアの戦いの時、スパルタ軍は寡兵《かへい》にもかかわらず、アテネの歩兵部隊やテーバイの歩兵部隊の側面に、次々と回り込んでは猛撃を加え、勝利をものにした」

「つまり、きみは、この戦いでも、スパルタ軍が側面から攻撃をしかけてくるのではないかと、警戒しているのだな」

「うむ。五十列の戦列だとて、無防備な横腹を突かれたら、ひとたまりもない。ゆえにペロピダスよ。きみはスパルタ王の動きを注視し、もし王がテーバイ歩兵の側面に回り込もうとしたら、これを撃退し、テーバイの歩兵部隊を守ってくれ」

「わかった！」

ペロピダスが胸を叩いて応じると、エパミノンダスは友に寄り、その耳に小声で囁《ささや》いた。ペロピダスは神妙な顔つきで耳をそばだてていたが、聞き終えるやニヤリと笑う。

「妙案だ。わたしにまかせておけ」

その夜、テーバイ陣営の兵士たちのあいだに奇妙な噂が流れた。

「おい聞いたか？　ヘラクレス神殿から、剣や盾が消えうせたそうだぞ」

「なに、神殿から武器が消えたって？　どういうことだ？」

「どうやらヘラクレスは武器を手に戦《いくさ》に出かけたらしい。我々にご加勢くださるそうだ」

「テーバイで誕生したギリシア一の英雄ヘラクレスのご加護があるのなら、我々は決してスパルタ軍に負けはしない。自信を持とうぜ」

テーバイの兵士たちは、ヘラクレスが掩護《えんご》してくれるのだから、この戦いに勝てるはずだと確信し、恐怖と緊張を和らげていった。


紀元前三七一年七月。レウクトラ平原の南側にスパルタ軍とペロポネソス同盟軍が布陣、平原の北側にテーバイとその同盟軍が陣取った。

テーバイ人を斬り殺した拍子に飛び散った鮮血で汚れぬよう、赤いマントを猛々しく着用し、「Λ（ラムダ）」の文字を記した大盾をかまえるスパルタ戦士を、英雄ヘラクレスの武器である棍棒が描かれた大盾で、テーバイの将兵たちが怯《ひる》まず迎え撃つ。

スパルタ軍は、歩兵一万、騎兵一千を擁し、対するテーバイ軍の兵力は、歩兵六千、騎兵六百。戦力的には、スパルタ軍が圧倒的に優勢であった。

スパルタは、右翼に陣取るのが定石であり、クレオンブロトス王も慣例どおり、右翼にスパルタの重装歩兵千八百を十二列の戦列で配し、中央部と左翼にペロポネソス同盟軍を各々配備した。

エパミノンダスもスパルタ軍の慣習を熟知していたから、スパルタ軍の右翼の真向かいに布陣するテーバイ軍の左翼の戦列を、五十列の分厚い陣形に組ませ、突出させて攻撃翼となした。ついで、中央部と右翼にボイオティア同盟軍の将兵たちを配備する。その際、中央部と右翼は右へいくほど戦列を下げて布陣したので、テーバイ軍の陣形は左上がりの斜線状になった。そして、左翼のさらに左に、神聖隊を配した。

ゆえに、テーバイ陣営左翼にいる精鋭のテーバイ兵とスパルタ陣営右翼にいる精鋭のスパルタ兵が対峙し、テーバイ陣営の中央部と右翼にいるボイオティア同盟軍とスパルタ陣営の中央と左翼にいるペロポネソス同盟軍があい対する形勢となった。

「両軍の精鋭となるテーバイ兵とスパルタ兵の激突で、この決戦の勝敗を決す」

というのがエパミノンダスの戦略だったが、テーバイ軍左翼に布陣した五十列の戦列は、合戦の常識を超えていた。そのため、スパルタ陣営では、右翼に陣取る将兵らが前面にいるテーバイ軍左翼の陣形の異様さに瞠目《どうもく》し、

「ご覧くださいませ、王よ。テーバイの戦列が、ひどく厚く組まれております。なにか、よからぬ企みが張りめぐらされているとしか思えません」

スパルタ兵たちはしきりと懸念をもらしたが、クレオンブロトスは堂々たる声音で、

「気にするな。テーバイは、むかしから分厚い戦列を組むのだ。あれは、いつもの習慣にすぎぬ。ネメアの戦いでも、テーバイを主力とするボイオティア軍はスパルタ軍の倍以上の深さの戦列を組んでいた。だが、ネメアの戦いで勝利を収めたのはスパルタ軍であった。つまり、戦列を深くしたところで勝てるとはかぎらんのだ。それに、この戦いにはペロポネソス同盟軍も参戦している。テーバイが姑息な手で攻め寄せたところで、やつらだって右翼のスパルタ兵だけに戦力のすべてを注ぎ込むことはできぬ。そんなことをしたら、ペロポネソス同盟軍が容赦なく側面よりテーバイ軍に襲いかかる。ぶざまに瓦解するのは、テーバイの方だ。そなたらは余計なことに気をまわさず、敵を蹴散らせばそれでよい」

と、麾下《きか》将兵の弱気を一蹴し、テーバイ軍左翼の五十列の戦列に備えるために、右

翼の前面に一千の騎兵を配備した。

クレオンブロトスは、会心の笑みで騎兵部隊を見上げ、

「テーバイが小賢《こざか》しい策を施したところで、スパルタは決して負けぬ。五十列の戦列であろうが、横合いから激しく攻め立てられれば混乱をきたすはずだ。テーバイの騎兵は、たかだか六百。それに対して、スパルタの騎兵は一千。テーバイ兵に側面攻撃をしかけ、目にもの見せてやる」

スパルタ軍の陣立てを、エパミノンダスとペロピダスは肩を並べ、入念に観察していたが、ペロピダスはスパルタ騎兵の布陣を見とがめるや、

「エパミノンダス。見ろ。クレオンブロトスは、一千の騎兵をすべて右翼の前面に配したぞ。わが軍の五十列の戦列に対して、策を講じたようだ」

ペロピダスが対応を促すと、エパミノンダスも即座に、

「ならば、こちらも騎兵をすべて左翼の前面に配し、スパルタ騎兵を撃退させる。五十の戦列を馬蹄に踏みにじられてなるものか。テーバイ騎兵は六百。たしかに兵数ではスパルタ騎兵に劣るが、わが騎兵部隊は、これまでオルコメノスやテスピアイとの戦いで経験を積み、熟練度も高め、複雑な菱形隊形も機敏に活用できるようになっ

た。多勢の騎兵を相手どっても、善戦できるはずだ」

エパミノンダスが断言するので、ペロピダスも勝利への確かな手ごたえを感じ、

「では、わたしは神聖隊のもとに行くよ。エパミノンダス。お互い、おのれの持ち場で力闘しよう」

「うむ。ペロピダス、健闘を祈っているぞ」

エパミノンダスは、友を神聖隊のもとに送り出すと、六百のテーバイ騎兵を左翼前面に布陣させ、一千のスパルタ騎兵に対峙させる。

スパルタ軍右翼では、クレオンブロトスの周囲に、王の親衛隊三百名が守りについた。親衛隊には、並みいるスパルタ戦士たちの中で最も武勇と武技を誇るものだけが入隊を許される。名誉ある選ばれし部隊であった。

クレオンブロトスは先手必勝とばかり、前面に配した騎兵一千に突撃を命ず。スパルタ騎兵は、喚声《かんせい》とともに駆け出した。

(騎兵の突撃は目くらまし。わが狙いは、テーバイ軍に側面攻撃をしかけ、殲滅《せんめつ》することにある)

クレオンブロトスはテーバイ兵の注意を騎兵に引きつけるや、麾下《きか》将兵に対し、

「みなのもの、右へ進め。テーバイ軍左翼を側面から攻め立て、切り崩すぞ！」

大音声《だいおんじょう》の王命を合図に、スパルタの戦士たちは素早く三列縦隊の行軍隊形をとり、整然とした足並みで、右へと移動を開始する。

だが、エパミノンダスの目にはスパルタ王の動きは見えぬ。クレオンブロトスの行軍は、テーバイ側に気取られぬよう、スパルタ騎兵の背後で行われたからだ。

エパミノンダスの目に飛び込んできたのは、むしろスパルタ騎兵の一斉突撃であったから、すぐさま麾下の騎兵部隊に対し、

「スパルタの騎兵部隊を迎え撃て！」

と出動を命ず。総大将の命令一下、テーバイの精騎たちは槍を構え、馬腹を蹴る。走りながら菱形隊形を形成し、防御を固めつつ槍先をスパルタ騎兵に向け、突進した。

これを見るや、クレオンブロトスは、してやったりと、

「テーバイ騎兵が、わしの牽制《けんせい》攻撃に食らいついたぞ。騎兵同士が戦っている隙に、われらはテーバイ軍の横っ腹から猛撃をお見舞いしてやる」

麾下の精兵たちに向かって、テーバイ左翼の側面に回り込めと命令する。

騎兵同士の激突で、両軍の戦いの火蓋《ひぶた》は切られた。騎馬隊が蹴立てた砂煙が、レウ

クトラ平原に濛々《もうもう》と巻き上がる。

かくの如くに騎馬戦が始まった頃、テーバイ軍左翼の左側で神聖隊を率いるペロピダスは、「スパルタ王の動きを注視せよ」とのエパミノンダスの指示を守り、クレオンブロトスの動きを注意深く観察していた。目を凝らしていると、三列縦隊のスパルタ兵が、規律正しい足どりで着々と、こちらに向かってくるではないか。

「やはり、エパミノンダスの読み通りだ。スパルタ王め。騎兵で攻めかかると見せて、じつは、それはただの牽制。真の狙いは、王直属の精鋭部隊で、テーバイ軍に対して側面攻撃をしかけることだったのか」

ペロピダスは敵王の戦略を見切るや、そうはさせじと、神聖隊に檄を飛ばす。

「出撃だ！　駆け足で、スパルタ王に攻めかかれ！」

「おうッ！　スパルタ王の首級を上げるぞ！」

神聖隊の勇士らは闘志満々、クレオンブロトス目がけて走り出した。

一方、騎兵同士の激突は、テーバイ騎兵の方に分《ぶ》があった。スパルタ騎兵は数の上ではテーバイ騎兵を上回っていたが、戦いの直前、富裕層から徴兵されたばかりの急ごしらえの部隊。それゆえ、技量も士気も訓練を積んだテーバイ騎兵に及ばない。スパルタ騎兵はテーバイの精騎たちに蹴散らされ、瞬《また》く間《ま》に恐慌状態に陥った。

「うわッ！」

スパルタ騎兵は泡を食って逃げ散り、あろうことか味方の隊列に突っ込んでしまい、堅固だったスパルタ軍の密集陣形を崩してしまう。

「ああ、なんたること……」

クレオンブロトスは悲壮な顔で、この不手際に舌打ちしたが、士気の低下を恐れ、

「たじろぐな。すぐに隊列を立てなおせ」

王命を受けるや、常日頃から厳しい訓練を重ねてきた生粋の戦士スパルタ人は、必要以上にうろたえず、テーバイ軍の左側面に照準を合わせ、乱れた戦列を再編しはじめる。が、そこへ、ペロピダス率いる神聖隊が、スパルタ兵に立てなおす余裕を与えるまじと、怒濤の勢いでなだれ込んだ。

「スパルタ王の親衛隊は、ギリシア一の猛者ぞろい。心してかかれ！」

「おおーッ！」

神聖隊の勇士らは強豪相手に、怖《お》めず臆《おく》せず剣戟《けんげき》を交え、がっぷり組んで奮戦した。スパルタ王の親衛隊は三百名、テーバイの神聖隊も三百名。いずれ劣らぬ、もの

のふ同士の激闘は、大地を揺るがした。

神聖隊の勇戦は、味方の側面を守ると同時に、味方有利の状況で戦端も開く。浮き足立つスパルタ軍を見たエパミノンダスは、これぞ戦機の到来とばかり、

「見よ。名にし負うスパルタ戦士が、乱れ立っている。この隙に、敵の主力部隊を切り崩し、勝利をものにするぞ！」

総大将の号令を合図に、左翼のテーバイ歩兵は雄叫び高らかに突撃すると、じわじわとスパルタの歩兵部隊に圧力をかけてゆく。五十列の兵士が繰りだす大迫力の突進は圧巻で、スパルタの豪傑たちも徐々にあとじさる。それでも、誇り高きクレオンブロトスは、容易には屈しない。

「ならば、前進あるのみ！」

クレオンブロトスも、負けじと、麾下のスパルタ将兵に突進を命じる。

テーバイ左翼とスパルタ右翼の大激突となった。そうはいっても五十列もの戦列を組んだテーバイの戦士たちが、じわりじわりと押し出してくる重量感は凄まじいものだった。スパルタ兵は、次から次へと押し寄せるテーバイ兵を、懸命に斬りはらう。

だが、テーバイ兵は、倒れても、倒れても、間断なく現れてはスパルタ兵に打ちか

かってくる。

「きりがない……」

スパルタ兵も息つく余裕がない。されど、戦士らは勇敢に踏みとどまった。

「たとえ死すとも、おのれの持ち場を守るべし」

との頑強なスパルタ精神が、逃げることを決して潔しとせず、撤退を阻んだからだ。

エパミノンダスは声に力をこめ、

「あと一歩、前進せよ！」

威風凜然たる総司令官の号令に、テーバイの将兵も意気あがり、倦《う》まず、たゆまず突撃を繰りだす。

「スパルタ軍が圧《お》されている……」

スパルタ側の中央部と左翼には、ペロポネソス同盟の将兵らが陣取っていた。とはいえ、ペロポネソス同盟の将兵たちも、目の前に展開する事態に狼狽するばかり。

「スパルタ軍を助けにゆかねば」

「だが、動けば、側面をボイオティア同盟軍に突き破られてしまう」

「これではクレオンブロトス王を救いにゆけぬ」

ペロポネソス同盟軍の将兵らは、前面に陣取るボイオティア同盟軍によって釘づけにされてしまい、スパルタ王のいる右翼の助太刀に駆けつけることさえできない。

乱戦のさなか、スパルタの王クレオンブロトスが瀕死の重傷を負い、戦場に斃《たお》れた。

「たいへんだ！　王が……！」

スパルタ王のよもやの討ち死にに、スパルタ将兵は動顚《どうてん》した。

王の遺体を敵に奪われることは、スパルタ人にとっては耐えがたい恥辱だ。かのテルモピュライの戦いでも、レオニダス王の遺骸をめぐって、スパルタ兵とペルシア兵の間で凄まじい争奪戦が繰り広げられたものである。

「王のご遺体を、決してテーバイ兵に奪われてはならぬ！」

絶叫とともに、スパルタ兵がクレオンブロトスの遺骸を抱きかかえ、血ぬれた戦場から離脱する。スパルタの軍団長デイオン、王の幕僚スポドリアス、スポドリアスの息子のクレオニュモスも、クレオンブロトス王とともに、激闘で生命を落とした。

決戦場には、千人あまりの死体が横たわった。スパルタ人が、会戦において、これほど多くの戦死者を出したのは、はじめてのことであった。

これに対し、テーバイ側は四十七名の戦死者が出ただけであり、もはや両軍の人的被害が雲泥の差であることは明白で、テーバイ軍が勝利を収めたと言えた。

激烈な戦いは終わったが、しかし、生き残ったスパルタ人の幾人かは、

「ギリシアの覇者スパルタが、テーバイごときに負けるはずがない。そんなこと、認められるわけがない。軍を再編成し、もう一度テーバイ人と戦って勝利をもぎとるべし!」

口をそろえ、指揮官たちに詰め寄ったが、

「クレオンブロトス王も戦死した。これ以上の戦いは無理だ」

スパルタの指揮官たちは力なく、そう言い返すのみだ。彼らとて敗北は受け入れがたかったが、戦闘続行には反対であった。口には出さなかったが、ペロポネソス同盟軍がすでに戦意を喪失していることもスパルタの将軍連は察知していた。いま一度、軍を立てなおすことなど不可能、と判断したスパルタ軍首脳部は、恥を忍ぶと、テーバイの陣地に使節を派遣し、「兵士の遺体を引き取りたいゆえ、休戦を求む」と懇願した。遺体の回収を乞うことは、すなわち自らの負けを認めたことを意味する。

「頑固なスパルタ人も、ついに敗北を認めたということですな」

テーバイ軍の指揮官、ボイオタルケスたちは目を輝かせ、

「では、戦没者の引き取りを認めよう」

と、スパルタ人使節に向かって返答せんとしたが、

「待て」

それをさえぎったのは、意外や、エパミノンダスであった。

「スパルタ人は、ギリシア一プライドが高い。敗北を隠蔽するために、小細工を弄して死者の数を誤魔化す恐れがある」

エパミノンダスが懸念を口にすると、

「たしかに、エパミノンダス将軍の指摘は傾聴に値する。スパルタ人は過去の会戦において、いまだかつて戦死者数を明かしたことがないからだ。勝ち戦《いくさ》のときですらスパルタ人の正確な死者数は不明なのだ。ましてや、この大惨敗。やつらが損害を隠すために策を弄するのは必至だ。もし戦死者数を偽《いつわ》られたら、スパルタに『われらは敗北したのではない』と言いきられてしまう。そうなったら、テーバイの勝利も、うやむやになる。エパミノンダス将軍よ、いかにしたら、われらはスパルタ人に欺かれずにすむだろうか？」

「先にペロポネソス同盟軍の兵士の遺体を回収させればよい。されば戦場に残った死

体が、すなわちスパルタ兵ということになる。スパルタ人も、これでは誤魔化しが利かぬ」

エパミノンダスが明快に回答すると、「それは名案」と諸将も賛同し、テーバイの大勝利を明確にするため、スパルタの使節に対し、

「まず、ペロポネソスの同盟諸市から遺体を回収するように。スパルタ人の遺体は、最後に回収すべし」

と、きつく言い渡す。とたんにスパルタ人たちの面貌が曇《くも》った。

「そんなことをしたら、スパルタ軍の死者数が白日のもとに晒《さら》されてしまう」

スパルタ人は焦ったが、ペロポネソス同盟軍の将兵たちはテーバイの命令に従い、自軍兵士の遺体を回収しはじめる。同盟軍兵士の遺骸が戦場から運び去られると、あとには一千近い兵士の遺体が残った。スパルタの指揮官たちは口惜しげに唇を噛み、

「あそこに横たわっているのは、スパルタの市民兵と、ペリオイコイ（スパルタに制圧された周辺住民）だ。しかも、スパルタ市民からなる精兵が四百名も戦死している。しかし、のこのこ出て行って同胞たちの遺骸を陣地に運べば、スパルタの市民兵が四百人も戦死した事実が、敵ばかりか、味方の同盟軍にまで知れわたってしまう。

そうしたらスパルタの威信は地に堕ちる。どうしたらいいのだ？」

スパルタ人は苦悩に満ちた逡巡の末、自軍の決定的敗北が露見せぬよう、味方兵士の遺骸の回収を断念した。その結果、ペロポネソスの同盟諸市の将兵たちは、自国兵士の死体を回収し終えたあとも、依然として戦場に残る遺体を凝視し、

「あれはペロポネソス同盟軍の将兵の遺骸ではない。とすれば、あそこに残った遺体こそ、スパルタ人の戦死者、ということになるぞ」

スパルタ軍の同盟者たちが、スパルタの惨敗とテーバイの大勝利の目撃者となった。かくしてスパルタ兵の戦没者数が判明し、スパルタ人も自軍の惨敗を覆い隠すことは不可能となった。

「スパルタ兵の遺体から武具を剥ぎ取れ。戦勝記念碑（トロパイオン）を築き、凱歌をあげるぞ」

エパミノンダスが荘厳な声音で命令すると、テーバイ兵はスパルタ兵の遺体から剣や鎧兜《よろいかぶと》を戦利品として奪い取る。『戦勝記念碑（トロパイオン）』というのは、討ち取った敵兵の鎧に武器や防具を懸けて作りあげたモニュメントだ。ギリシア世界では、こうした戦勝記念碑を築きあげた者こそが、勝者であると見なされた。

「クレオンブロトスを討ち果たした場所に戦勝記念碑（トロパイオン）を築け」

エパミノンダスが命じると、テーバイの将兵たちは、スパルタ王が戦死した、まさにその場所に、スパルタ兵の武器防具でもって戦勝記念碑を築きあげ、猛々しい勝鬨《かちどき》をあげた。

エパミノンダスも、ペロピダスとともに輝かしき戦勝記念碑（トロパイオン）の前に立つと、テーバイの勝利の証《あかし》を誇らしげに見つめ、

「ペロピダス。きみは言ったな。『スパルタを叩きのめすには、小競合《こぜりあ》いで退けた程度ではだめだ。正々堂々の大会戦で完膚なきまでにスパルタ軍を撃ちのめし、スパルタ人に敗北を思い知らせるしかない』と」

ペロピダスは、「ああ」と言いながら大きく頷《うなず》くと、

「これを見たら、スパルタ人もアゲシラオスも認めざるを得まい。スパルタ史上、初の大惨敗を、な」

「テーバイに勝利をもたらせた。わたしにとって、これ以上の喜びはない」

エパミノンダスが感無量といった面持《おもも》ちで応じると、

「やったな、エパミノンダス！　我々は見事に誓いを果たしたんだ。わたしにとって

も、これ以上の幸せはないぞ」

ペロピダスも溢《あふ》れんばかりの笑顔で友を抱きしめる。両将軍も、心の底から祖国の勝利を祝しあった。

テーバイの二将軍の勇姿を、スパルタ兵たちは恨めしげに見つめるしかない。

「なんてことだ。テーバイごとき小国に、王を殺され、四百名もの市民兵を殺されて、惨敗を喫しただけでも、耐えがたい屈辱なのに。敵味方の将兵たちが見守る前で、武具を剥ぎ取られ、戦死者の数も暴露され、わが王が討ち死にを遂げた場所に戦勝記念碑（トロパイオン）まで築かれてしまった。これ以上の恥辱があろうか」

テーバイに、容赦ない敗北の証を次から次へと突きつけられて、頑健なスパルタ兵も、もはや唇を噛みしめ、悔し涙を流すばかりだ。

大惨敗に打ちひしがれるスパルタ兵の見守る前で、テーバイの将兵たちは、誇らかに高らかに凱歌をあげ、満天下《まんてんか》にテーバイの大勝利を知らしめる。「スパルタの覇権」が終焉を迎え、「テーバイの覇権」が打ち立てられた瞬間であった。

ちなみに、エパミノンダスが考案した「斜線陣」は、寡少の兵力で大軍を覆す戦術の原型となる。後世、マケドニアのアレクサンドロス大王も、イッソスの戦いとガウガメラの戦いで、寡兵《かへい》ながらも、この斜線陣を活用してペルシアの大軍を撃破し、ペルシア帝国を打ち滅ぼすこととなる。

3　第一次ペロポネソス遠征

レウクトラの戦いがスパルタ軍の惨敗で幕を閉じていたころ、スパルタ本国は「ギュムノパイディアイの祭り」の最終日であった。だが、賑やかに合唱隊の競技が挙行されている最中、急使が駆け込んできてレウクトラでの凶報を告げたので、「二十日前には、スパルタ主導の和平会議が、この地で催されたというに」「王が戦没するのは、レオニダス王がテルモピュライで戦死して以来のことだ」「しかし、レオニダス王は、わずか三百名の兵力で大ペルシアを敵にまわし、難戦苦闘の果ての戦死。敗北もいたしかたなしと言えようが、クレオンブロトス王は一万強の兵力で挑みながら、六千そこそこのテーバイ軍に敗北した。勝って当然の戦いに、むざむざ敗北したうえに、四百ものスパルタの市民兵を喪ったのだ。情けないとしか言えぬ」

四百名ものスパルタ市民の喪失は戦力的には大打撃であり、スパルタ人は、みな競技もそっちのけで、はなはだしく動揺した。

「リュクルゴスの訓戒を忘れて、なんべんもテーバイと戦ったゆえ、テーバイ人がスパルタなみに強力になってしまったのだ」

スパルタ人たちは、悔しそうに、そう言いあった。

リュクルゴスは、「同じ敵と、何度も戦うべからず」と戒めている。スパルタの戦闘方法を教えないようにするために、同一の敵との再戦を禁止しているのだ。

「テーバイ人を訓練して、わざわざ強靭な戦士に鍛え上げてやったようなものだ」

音《おと》に聞こえた戦士スパルタも、史上初の惨敗に気落ちして、態勢を立てなおす気力も喪失した。そんななか、老王アゲシラオスは屈しなかった。

「たしかに、スパルタの王が戦死するのはレオニダス王以来の惨事ではある。しかし、あのときのスパルタは、王を喪っても戦いぬいた。プラタイアの戦いで、見事にペルシア軍を撃滅してみせたではないか。今度の相手は、大ペルシアどころか、小国のテーバイじゃぞ。これしきのことで音《ね》をあげてくたばったら、ご先祖さまに申しわけがたたぬ」

威勢のよい演説をぶちあげると、アゲシラオスは、ギュムノパイディアイ祭を中止させることもなく、段取りを変更したり省略させることもせずに最後まできっちり挙行させた。祭りを途中で止めたら、それこそスパルタ人は臆病風《おくびょうかぜ》に吹かれたと噂されて、ギリシア中の笑いものになると危惧した末の決断だ。そして祭りが終了してのち、アゲシラオスは戦死者宅に使節をやって不幸を告げ、遺族たちに対し哀悼の意を表したのであった。

その反面、勝者のテーバイは、アテネに急使を派遣して輝かしき戦勝を告げた。ところがアテネの反応は冷ややかで、テーバイの勝利を寿《ことほ》いではくれなかった。

「スパルタを打ち破るとは、テーバイは危険きわまりない」

むしろアテネはテーバイの巨大化を恐れ、

「テーバイを牽制するため、いっそのことスパルタと組んだほうが賢明なのではないか？」

と、算段するアテネ人もいるほどであった。

スパルタではもちろん、アテネでも「レウクトラの戦いでのテーバイの勝利」は危険視されたが、スパルタから強い干渉を被っていたペロポネソス半島の諸ポリスにおいて、「レウクトラの戦いでのテーバイの大勝とスパルタ軍の大敗」は、当然ながら大いに歓迎された。特に、それまでスパルタに威圧されていた「アルカディア」に変革をもたらした。

アルカディアは、ペロポネソス半島の中央部にある地方であり、スパルタの北に位置する。アルカディアの諸都市は長らくスパルタの支配下に属し、テゲアが、スパルタ主導の大同盟「ペロポネソス同盟」に参加したのを皮切りに、マンティネイアなどの諸都市が、あいついでペロポネソス同盟への加盟を強いられていた。彼らはペロポネソス同盟の一員として、盟主のスパルタが出撃を命ずれば出兵を余儀なくされた。もちろん諸市はレウクトラの戦いにも参戦したが、その決戦場でスパルタ軍の大敗を目撃したため、自立の気運が高まった。

わけても意気盛んであったのは、マンティネイアであった。マンティネイアは、紀元前三八五年スパルタ軍に敗北し、城壁を破壊された。そのためスパルタに対して遺恨と脅威を抱いていたから、レウクトラでのスパルタの大敗は独立のための好機に

映った。折しもマンティネイアには、血の気の多いリュコメデスというリーダーが出現し、

「アルカディア人のあいだで一大同盟を結成し、スパルタに対抗しよう」

と呼びかけ、マンティネイア、テゲアなどの有力ポリスが中心となり、「アルカディア同盟」が誕生したのであった。

アルカディア人が新しく同盟を結成し、反スパルタの狼煙《のろし》をあげたと知ると、アルゴスもこれを支持した。ペロポネソス半島の東北にあるアルゴスはスパルタとは犬猿の間柄で、反スパルタとしてギリシア世界でも知られ、もちろんペロポネソス同盟にも参加していない。

エリスも、アルカディア同盟を支持した。エリスは、紀元前三九七年、西南にあるトリフィリアをスパルタに奪われて以来、スパルタを敵視していたので、マンティネイアが城壁を再建する際には費用を送ってこれを支援したほどだ。

ちなみに、紀元前四一八年、アテネの将軍アルキビアデスが主導したマンティネイアの戦いの折、アルゴス・エリス・マンティネイアは同盟を締結したことがあったから、むかしの友誼《ゆうぎ》を思い起こし、アルゴス・エリス・アルカディアの三勢力は同盟し

てスパルタに対抗することとした。だが、彼らにも懸念があった。

「スパルタの猛反撃が予測される。われらだけでは、まだまだ力不足。スパルタの攻撃を、防ぎきれないであろう。ゆえに、テーバイに協力を仰ごう」

アルゴス・エリス・アルカディアは協議しあい、テーバイに使節を派遣すると、

「アルゴス、エリス、アルカディアが、スパルタ軍の攻撃を受けないよう、テーバイには是非とも、ペロポネソスに遠征して力を貸してほしい」

と、援軍の派遣を懇願した。

これに対し、テーバイではペロポネソス半島への派兵をめぐり、意見が割れた。とりわけ援軍派遣に猛烈に反対したのは、メネクレイダスであった。かつてペロピダスとともにテーバイを解放した同志のひとりであるが、メネクレイダスは対外遠征には消極的で、

「スパルタ軍を撃退し、ボイオティアは安泰だ。わざわざ遠征する必要はない。レウクトラでの大勝利に傷がつくような危険は犯すべきではない」

と主張し、出兵に反対したが、

「積極的に打って出て、スパルタを孤立させるべきだ」

と力説したのは、エパミノンダスとペロピダスであった。レウクトラでスパルタ軍を撃滅した両名がペロポネソスへの出撃を主張したので、テーバイ政府も出陣を決意した。

「テーバイ軍のペロポネソス遠征」を聞き知ると、反スパルタ感情の強いアルカディア人の間では自立の気運が盛り上がり、スパルタ人は恐怖した。

「アルカディアが反旗を翻した。これでは、ペロポネソス同盟は崩壊したも同然だ」

スパルタ人の受けた衝撃は計り知れなかったが、ただひとりアゲシラオス王だけは、

「謀反になぞ動じるな。スパルタが、まだ意気軒昂であることを諸国に見せつけるのだ。手はじめに、造反したアルカディアを成敗してくれる。征伐には、わしが行く！」

と息巻いた。アゲシラオスの号令にスパルタ人も勇みたち、

「マンティネイアを攻め、アルカディア同盟を破壊すべし」

と、アゲシラオス王をアルカディアに派遣した。アゲシラオスがマンティネイアを攻め、略奪行為を展開したので、アルゴスとエリスは、アルカディアを支援した。

この頃、季節はすでに冬に入っていたが、テーバイも出撃を決断し、エパミノンダス、ペロピダスら、七人のボイオタルケスが指揮官となり、六千強の軍勢を率いてペ

ロポネソス半島を目ざした。だが、テーバイ軍がマンティネイアに到着すると、これを察知したアゲシラオスは、はやばやと略奪を切り上げ撤退した。

アルカディアに援軍として赴いてきたアルゴス軍とエリス軍も、テーバイ軍に合流し、マンティネイアにおいて作戦会議が開かれる。アルカディア同盟、アルゴス、エリスは、

「このまま勢いに乗って、スパルタ本国に進撃すべきだ」

と主張した。スパルタ本国に打撃を与えるのが今遠征の主目的であったエパミノンダスとしては、意気あがる同盟軍は頼もしかった。だが、ペロピダス以外のボイオタルケスたちは、スパルタ本国への進撃に、あまり乗り気ではなかった。

「アルカディアを守るのが、われらに課された任務。スパルタ本国に進軍することには賛同しかねる。ラコニアに侵攻した軍勢は、いまだかつてない。レウクトラで敗北したとはいえ、スパルタは言わずと知れた戦士の国。そう易々《やすやす》と敵軍の侵攻をゆるすとは思えぬ」

「弱気な発言をする。情けないことだ」

ペロピダスが、がっかりすると、

「弱気ではない。現実的、かつ、妥当な判断だ」

「現実的？」

「ペロピダス。きみだとて、忘れたわけではあるまい？　われらボイオタルケスには、任期という制約があることを」

じつは、ボイオタルケスには任期があり、一年という期限が定まっていた。つまり、冬至が来たら、現在のボイオタルケス職を有するエパミノンダス・ペロピダスを含めた七名は、職を辞し、新任のボイオタルケスに職務を移行しなければならないのだ。

「いまからスパルタまで進軍するあいだの時間、スパルタ軍と戦闘する時間、それに加えて、テーバイに帰国するまでの時間。すべての時間を総計してみろ。冬至が終わってしまうではないか。つまり、我々に残された時間は、そう長くはないということだ」

ペロピダスも、このもっともすぎる指摘には反論の言葉を失った。任期が切れてもボイオタルケスの指揮権を掌握しつづけた場合、有罪とされ、悪くすると死刑になりかねないからだ。だが、そうして議論している折もおり、陣地を訪れるものがいた。

カリュアイ人と、スパルタから逃げてきたペリオイコイたちであった。

カリュアイというのは、スパルタの北にあるポリスで、スパルタからの圧迫を常に受けていた。また、ペリオイコイはスパルタの周辺住民で、スパルタ人からは強制的に工業や商業に従事させられ、奴隷のように扱われていた。つまり、カリュアイ人もペリオイコイも、長年にわたってスパルタへの不満と憎悪を滾《たぎ》らせており、テーバイの勝利を独立の好機と判断し、テーバイの陣営に駆けつけてきたわけだ。

エパミノンダスがカリュアイ人とペリオイコイを快く迎え入れ、事情をたずねると、

「テーバイの軍勢がスパルタに侵攻するなら、われらが道案内をいたそう」

カリュアイ人が先導役を買って出た。また、ペリオイコイはスパルタの内情を明かし、

「われらペリオイコイも、ヘロット（スパルタの農奴）も、スパルタ人への憤懣と反抗心が蓄積しております。ですからテーバイ軍がラコニアに進撃してくれれば、こぞって蜂起しましょう」

実際のところ、スパルタという国家は厳格な階級社会であった。スパルタ市民が支配者として社会の頂点に立ち、その下に、スパルタが制圧した周辺民のペリオイコ

イ、最下層に農奴のヘロットがいた。しかし、テーバイがスパルタを撃破したので、ペリオイコイとヘロットは自由を勝ち取る機会と見て、テーバイ軍を歓迎したのだ。これはエパミノンダスらにとっても好機であった。

「スパルタへの進撃路にあるカリュアイが味方につけば、われらも侵攻しやすい。ペリオイコイとヘロットも反乱を起こすなら、内側からもスパルタを揺さぶれよう」

エパミノンダスもペロピダスもスパルタへの侵攻作戦に希望を持ち、

「勝算は充分にある。スパルタに進撃するぞ」

エパミノンダスは声高らかにスパルタへの侵攻を宣言し、故国テーバイの軍勢、同盟国のボイオティアの軍勢、ペロポネソス半島内の反スパルタ勢力も引き具して、ラコニアに攻め込んだ。スパルタには町を防護するための城壁がないので、

「防壁のないスパルタは、裸同然だ。一気に攻め込むぞ」

テーバイの軍勢は一息にたたみ込まんと、気勢をあげてスパルタを目ざす。

「エウロタス川を渡って、スパルタ市内に侵攻するぞ」

エパミノンダスは言い放ち、川岸まで進軍する。川を渡ればスパルタだ。が、真冬の川は凍《い》てつき、身を切るような冷気で、足先を入れることすら、ためらわれた。

（怯《ひる》んでいては、戦機をつかめない）

エパミノンダスは将兵たちに範を示すため、勇をふるい、先陣きって冷水に身を投じるやエウロタス川を押し渡る。果敢に攻める総大将の姿に励まされ、

「エパミノンダス将軍におくれるな！」

兵士たちもあとにつづき、テーバイ軍、ボイオティア同盟軍、その他の同盟軍の将兵たちが、冷水をものともせずに川を押し渡った。

「敵の軍勢がエウロタス川を渡ったのは、建国以来、初めてのことだ」

対岸で、この光景を見守っていたスパルタ人は愕然とした。わけてもスパルタ王アゲシラオスは、先頭きって進軍してくるエパミノンダスを歯ぎしりしながら睨みすえ、

「昨年スパルタで開催した和平会議に出席したときには、あの男、しれっとした顔をして、しつこく、わしに盾突きおったが。誰もなしえなかったラコニア侵攻も果たし、スパルタも包囲してのけるとは。まったく、どえらいことをしでかす男だ」

憤怒を声にこめて吐き捨てるや、麾下《きか》のスパルタ兵に号令した。

「絶対に、やつらを市内に入れるな！　大盾を連ね、防御を固めるのだ！」

アゲシラオス王の厳命を死守せんと、スパルタの戦士たちは大盾をびっしり連ね、

敵軍の入城を頑《がん》としてはねつける。強靭な戦士こそが、なによりの防壁であると言わんばかり、スパルタに限っては、町を守る城壁がないからと言って、たやすく攻め入れるものではなかった。しかも町の中は道幅が狭く、大人数で突入することができないから、エパミノンダスとテーバイ軍も、せっかくの大軍勢を活かせない。それを見すまして、テーバイ側がどんなに挑発してもスパルタ人は町から打って出ようとはしなかった。

「大挙して攻め寄せたものの、戦果なしでは、逆に、こちらが膠着《こうちゃく》状態に陥ってしまう」

テーバイの諸将も焦燥感に焙《あぶ》られた。

「スパルタ人は、どうあっても応戦する気はないようだ」

「これが並みのポリスなら戦意を喪失し、とっくの昔に降伏しているところだ。さすがは、ギリシア一の戦士の国を自負するスパルタだ」

「感心している場合ではない。ぐずぐずしていたら我々の任期が切れる。任期を過ぎてもなお指揮権を行使しつづけると、懲罰を科される。はやく膠着状態にけりをつけねば」

テーバイの将軍連は焦りたち、ペロピダスを見やると、

「エパミノンダスはどうしているのだ？　ずっと陣幕に閉じこもったままだぞ。なにかよい手立てはないものかと、考えをめぐらせているのかも知れんが、総司令官が、そういつまでも、ひとりで思い悩んでいるとあっては、みなの不安が募るばかりだ」

「それは、そうだが……」

ペロピダスも歯切れ悪く応じた。彼とても親友の真意を測りかねていたからだ。

（ひとりで、いったい、なにを思案しているのだ？　ひとりきりで思い悩むなど、水臭いではないか、エパミノンダスよ）

ペロピダスは、他の将軍たちとは別の意味でやきもきしていた。

「戦果なしで帰国したら、確実に死刑だ」

ひとりが弱々しい声で、ぼそりとつぶやくと、

「エパミノンダスの威勢のよさに引きずられ、危険もいたしかたなしと割り切って、ここまで従ってきたが、最後の最後で裏切られたな」

エパミノンダスへの恨み言を吐くものさえいる。ペロピダスは内心むっとしたが、彼らを責めなじる気には、とてもなれなかった。そうして将軍連が気を揉んでいる

と、噂の主エパミノンダスがひょっこり姿を現した。

「おお！　待っておったぞ、エパミノンダス。なにか妙案は浮かんだか？」

諸将は総司令官を取り巻いたが、彼らの期待に反し、エパミノンダスは首をふる。

「残念だが、スパルタ人を会戦に引きずり出すための奇策は思い浮かばない」

とたんに諸将の間から失望のため息がもれたが、エパミノンダスは悠然とした表情で、

「だがな、諸君。その代わりといってはなんだが、スパルタ人を外交的にも経済的にも追いつめられる妙案を思いついた」

「外交的にも、経済的にも、追いつめられる妙案？」

「スパルタ人の支配下に隷従させられているメッセニア人を、解放するのだ」

「なに？」

エパミノンダスの打ち出した新戦略は、ペロピダスにとっても青天の霹靂《へきれき》だった。親友の心の内ならば、いつでも読みとれる自信のあった彼も、今度ばかりは真意が理解できず、

「メッセニア人を解放して、それから、どうする気だ？」

ペロピダスが問いかけると、

「メッセニア人を、彼らの故郷に帰してやる。そして、彼らに祖国メッセニアを再建させてやるのだ」

エパミノンダスは即答すると、にこりと笑った。

「メッセニア」はスパルタの西隣に広がる平原であり、肥沃な農耕地帯だ。メッセニアの地には、かつてメッセニア人が国家を構えていた。彼らメッセニア人は、ドーリア人がペロポネソス半島に侵入するよりも以前から、かの地に住む先住民族だった。だが、スパルタは豊かな農業地帯の掌握を図ってメッセニアに侵攻し、紀元前八世紀から紀元前七世紀、スパルタ・メッセニア間で二度に及ぶ熾烈なメッセニア戦争が行われた。この戦いに敗北したメッセニアはスパルタに併呑《へいどん》され、メッセニア人は、農奴であるヘロットに落とされて、スパルタに隷属を強いられることとなった。

「スパルタに隷従しているメッセニア人を解放し、メッセニアという国家を再興する。さすればスパルタは西のメッセニアと東のアルゴスに挟撃され、身動きもままならなくなる。肥沃なメッセニアの喪失は、スパルタにとっては経済的にも大きな痛手になるはずだ」

エパミノンダスは炯々《けいけい》たるまなざしで宣すると、アルゴス人の指揮官を見やり、

「むかしアルゴスは、スパルタからの攻撃に備えるために町を要塞化した、と聞いたことがあるが、しかと、それに相違ないかね？」

アルゴスの将は即座に頷《うなず》くと、

「ええ。われらの祖先はスパルタの猛攻を防ぐため、町を強固な城壁で取り囲みました」

と、先祖の要塞構築について語る。エパミノンダスはアルゴス人から話を引き継ぐと、

「お聞きになったか、ご一同。我々も、かつてのアルゴスと同様に、メッセニアに強固な要塞都市を築きあげてスパルタに対抗させるのだ。幸い、メッセニア平原のイトメ山にはメッセニア王国の都イトメの遺跡がのこっている。イトメ山の頂《いただき》にはゼウス・イトマタスの聖域もある。メッセニアの人々の心のよりどころであるイトメの地を、いまこそ再建しよう。都市づくりには我々も協力し、スパルタ軍の攻撃を阻止する。されば工事も迅速に進むであろうし、メッセニアの人々にとって大きな励みとなるに相違ない」

諸将もメッセニア再建計画に賛同したので、エパミノンダスは、メッセニア人に向かって故郷に帰るよう呼びかけた。これに応じ、多くのメッセニア人が続々と故郷の地に戻ってきた。三百年もの長きにわたり国を失って放浪していた人々は、懐かしき郷土のイトメ山に登り、テーバイ人やアルゴス人らとともに都市再建の儀式を行う。メッセニア人、テーバイ人、アルゴス人、アルカディア諸都市の面々は、メッセニアの守護神や英雄たちに対し、恭《うやうや》しげに犠牲獣を捧げると、

「神々よ。英霊たちの魂よ。どうか、故郷の地に、お帰りください。われらとともに、このメッセニアの地にお住みください」

と、呼びかける。かくして、メッセニア復興のための儀式は滞《とどこお》りなく行われ、メッセニア人の国家が、重圧をかけるようにスパルタの西に復活したのであった。

「とんでもないことになった……」

スパルタ人は、この事態に恐怖した。肥沃な農耕地帯メッセニアを奪われたスパルタはさらなる大打撃を被り、じわじわと衰退へと向かうことになる。

4　死刑宣告

ペロポネソス遠征という大仕事を無事に終えたエパミノンダスとペロピダスは、テーバイの軍勢と同盟軍を率い、帰国の途についた。キタイロン山を北に越えると、テーバイのアクロポリス・カドメイアが望める。ペロピダスは紅潮した顔で親友を見上げると、

「エパミノンダスよ。きみは今回のペロポネソス遠征で……いやいや、レウクトラの戦いでスパルタ軍に大勝利を収めて以来、きみは、ひと回りも、ふた回りも大きくなった。友として、わたしは、きみのことが、とても誇らしいよ」

忌憚のない言葉で友を褒める。エパミノンダスが慎ましげに目を伏せると、テーバ

イの方角から、蹄《ひづめ》の響きとともに一騎の騎馬が走り寄ってくる姿が見えた。

「なにごとだ？　血相変えて馳せてくるぞ」

ペロピダスが険しい表情になると、

「お待ちを。しばらくお待ちを。まだ町に入ってはなりませぬ！」

駆け寄りざま騎馬兵が叫ぶので、エパミノンダスは歩みを止め、

「テーバイで、なにかあったのか？」

問いただすと、その騎馬兵は、

「政府は、今回の遠征で四ヶ月も指揮権を延長した将軍たちを槍玉に上げ、国法を破ったかどにより断罪するつもりです。テーバイの町では、いままさに死刑裁判が開かれようとしているのです」

「なに？」

ペロピダスが声を荒らげ、

「誰なんだ？　そんな愚かな訴えを起こした卑怯者は？」

その騎馬兵につめよると、兵士はじつに言いにくそうに、

「首謀者は、メネクレイダスです」

「メネクレイダスだと?」

その名を聞いたとたん、ペロピダスは唖然とした。

「彼は九年前、一緒にテーバイを解放した同志ではないか。その彼が、なぜ? どうして、仲間を裁こうとする?」

「将軍とともに故国解放の戦いに参加なさったとはいえ、あの御方は、将軍ほどに名声を得てはおられませんから……」

「嫉妬か!」

ペロピダスは顔を引きゆがめ、

「我々がスパルタ軍と戦っているあいだ、故国では将軍たちを殺すための謀議が進行中とはな。恥知らずめが。あいつら、自分で自分の首を絞める気か?」

激昂すると、忌々しさのあまり、ペロピダスは、やりきれない表情になる。すると、それまで黙していたエパミノンダスが、ようやく口を開いた。

「ペロピダス。それに他のかたがたも、いまからわたしが言うことを、どうか、よく聞いてもらいたい」

諸将は、総帥であるエパミノンダスの方に顔を向けた。

「今回の遠征に対する責任は、すべて、総指揮権を握っているわたしにある。罪はすべて、このエパミノンダスにあるのだ。だから、法廷で裁かれるべき人間も、わたし一人で充分だ。きみたちまで一緒に処断される必要はない。もしも裁判への出頭を命じられたら、こう言うのだ。『自分たちは総帥であるエパミノンダスの命令に従っただけで、テーバイの法を犯すつもりはなかったのだ』と。『エパミノンダスに強要されて、心ならずも国法に背《そむ》いたのだ』と。そうすれば、政府も、きみたちを裁くことはあるまい」

エパミノンダスの言葉を聞いた瞬間、ほとんどの将は、

「おお、それならば」

と、もらし、ほっとした表情を見せたが、ひとりペロピダスだけは憤然と、

「なにを馬鹿なことを言っているんだ、エパミノンダス。きみに、すべての責任をなすりつけろと言うのか？　そんなこと、できるわけがない。みんなも、そうだろう？　エパミノンダス一人にすべての罪を押しつけて、それで助かろうなんて虫が良すぎるぞ！」

責任のがれをしようとする他の将軍たちに向かって、食ってかかった。ついで、ひ

とりで罪をひっかぶろうと言うエパミノンダスに迫るや、そんなことをさせてなるものかと言わぬばかりにペロピダスは声を張りあげた。

「エパミノンダスよ。たしかに、ボイオタルケスの在任期間を過ぎても、指揮権を掌握すべきだと命令したのは、きみだったし、全軍の指揮をとっているのも、きみだ。だから、自分が全責任を負うべきだと、一人で思い詰めているのかも知れないがな、あのとき、我々は、きみに強要されたからそうしたわけじゃない。そうすることがテーバイのためになると判断したからこそ、我々はみんな、国法に背くことも承知で、あえて決行したんだ。きみ一人に責任を押しつけて、我々だけが助かるわけにはいかん」

「落ち着けペロピダス。いいから、わたしの言うとおりにするのだ」

「なぜだ？　スパルタ人を撃退した我々が、なぜ、同国人の手で裁かれ、殺されなければならん？　ばかげている！　こうなったら、こっちも、それ相応の手段を講じて対抗するまでだ。あの恥知らずな男と、真正面から、正々堂々と戦ってやる」

「ペロピダス……」

エパミノンダスは親友をなだめにかかったが、ペロピダスの激情は鎮まるどころかますます激化した。息まくペロピダスを前に、将軍連は困惑し、騒ぎを聞きつけた兵士たちまでが動揺しはじめた。

(弱ったな)

親友の激情はエパミノンダスにとって嬉しかったが、危急の際に逆上されては困る。意を決するや、出しぬけにペロピダスの腕をぐいとつかむ。

「おい、なにするんだ?」

ペロピダスは、陣地から引き離すように連れ出す友に向かって叫んだが、エパミノンダスは無視して突き進む。

「エパミノンダス。こんな理不尽なことをされて、よく黙っていられるな? ええ? 我々は栄誉を与えられて当然なんだ。それなのに、祖国の人々に、ここまで愚弄されて、きみは悔しくないのか?」

喚《わめ》きたてるペロピダスを小高い丘の上まで引っ張っていくと、エパミノンダスはようやく歩みを止めた。

(ここならば、大声で喚き散らしても将兵たちの耳に達する心配はない)

激していたペロピダスも興奮から冷めたのか、いまは口を閉ざしていた。エパミノ

ンダスは友をふりかえると、

「いいか、よく聞け、ペロピダス」

きつい口ぶりで諭しはじめた。

「自分ひとりの責任において実行し、すべての罪をひっかぶって処罰をうける。将軍とは、そういうものだ。将軍職を拝命してテーバイを出撃した瞬間から、わたしは、いつもその覚悟で、ことに臨んできたぞ」

毅然と言い放つエパミノンダスを前にして、ペロピダスも唇をきつく噛む。が、まだ納得できかねてもいた。

「エパミノンダスよ。きみの言うことは、よくわかる。しかし、わたしは、やつらの裏切りだけは、どうあってもゆるせないのだ」

ペロピダスは声を落とすと、

「エパミノンダス。将兵たちは、きみに心服している。メッセニア人、アルゴス人、アルカディア人だって、きみを畏敬し、絶大なる信頼を寄せている。きみが呼びかければ、彼らも助力を惜しまないだろう。もしも、テーバイ政府を相手に戦争をおっぱじめたとしても、我々が敗北するとは思えない」

「それで？　テーバイ人同士が争って、いちばん喜ぶのは誰だ？」

「それは……」

ペロピダスは急に、言葉に窮す。

「スパルタ人が息を吹き返すかも知れぬぞ」

と、エパミノンダスのまなざしが語っているのが、ペロピダスにもわかった。

「このエパミノンダスを信じているというのであれば、最後まで信じて従いたまえ」

エパミノンダスは雄々しく言うと身を翻し、将兵たちのもとに戻ってゆく。

「ええい……！」

ペロピダスも喚くや、友に遅れまいと、早足でエパミノンダスのあとを追った。


遠征軍を率いてテーバイに帰還した将軍たちは、ボイオタルケスの任期が切れたにもかかわらず指揮権を行使しつづけた廉《かど》により、断罪され、法廷で裁かれたが、みな、エパミノンダスの命令に従い、すべての責任を総帥のエパミノンダスに帰したので、ペロピダスをはじめとする将軍たちは、いずれも無罪を言い渡され、死罪を免れたのであった。

いよいよ、総指揮官エパミノンダスの裁判が開かれることになった。エパミノンダスが法廷に姿を現すと、告発者たちは、彼が観念したと見て取り、

「ペロピダスも、罪をなすりつけて逃げたらしいぞ」

「親友にも見捨てられた。エパミノンダスには弁解の余地も助かる見込みもないな」

ざまを見ろと言わぬばかり、痛罵した。今回の弾劾裁判を起こしたメネクレイダスが、ひときわ勝ち誇ったような顔つきでエパミノンダスを迎え、

「おかえりエパミノンダス。勝利に驕って、いつまでも指揮権を手放さないからこのザマだ。戦《いくさ》の誉れにかけてアガメムノンに比肩できると思い上がっていたのではないか？」

エパミノンダスはそれまで無表情であったが、これを聞きつけると、つかつかとメネクレイダスのもとに歩み寄り、

「アガメムノンが、なんだと言うのだ？　あの、おん大将は、全ギリシアの軍勢を率いて勇躍トロイアに攻め寄せていながら、十年もの歳月をかけて、やっと一つの都市を陥落させたにすぎないではないか。しかし、わたしはちがうぞ。ただ祖国テーバイの力だけを頼りに、たった一日でスパルタ軍を撃破し、全ギリシアを救ったのだから」

エパミノンダスの潔い言いっぷりに、メネクレイダスも毒気を抜かれて黙りこむ。

エパミノンダスは毅然と顔を上げると、深呼吸とともに被告席についた。

傍聴席には、裁判のゆくえを見守ろうと大勢のテーバイ人がつめかけていた。囁《ささや》き声、罵声、泣き声が、あちこちから聞こえ、エパミノンダスの耳朶《じだ》を打つ。

「レウクトラの戦いで故国を救ったエパミノンダス将軍を裁くなんて、政府もどうかしている」

「なんとかならんのか？　将軍を失ったら、テーバイは滅びるぞ」

心あるものは、かかる仕儀に憤り、涙を流したが、

「傲慢だから裁かれるんだ。スパルタ軍に勝ったくらいで、いい気になりやがって」

「僭主《せんしゅ》（独裁者）になる気だったたんだろ？」

などと、エパミノンダスを罵るものもいる。

「静粛に！」

裁判官が大音声で一同を制すと、法廷は静まり返った。裁判官は、ごほん、と、ひとこえ咳ばらいをしたのち、冷徹な声で、

「ボイオタルケスの任期を四ヶ月も延期して指揮権を独占しつづけた罪。同僚たちに

向かって指揮権を寄こすよう命令した罪。二つの越権行為に対し、死刑を求刑する」

　容赦なく、エパミノンダスに向かって判決を言い渡した。

（予想していたとおりの判決だな）

　エパミノンダスは、従容《しょうよう》として判決を受けとめた。

「エパミノンダスよ、きみに異存はあるかね？　反論したくば、弁明したまえ」

　裁判官が鷹揚に、弁明の機会を授けてくれたので、エパミノンダスは、ちらりと陪審員の方に目をやり、一同の表情を窺った。

（政府の愚行をあげつらって反論しても、かえって逆効果。ここは陪審員の心情に訴えるのが得策だ）

　判断すると、エパミノンダスは陪審員たちに顔を向け、

「わたしは、自分が成し遂げた業績にまさるほどの弁明の言葉を持ちあわせていない。それでいけないというのであれば、そのときには遠慮なく、わたしを死罪にしてくれ」

　凛とした声で言いきった。そして、そのあとに「ただし」と、条件を付加した。

「わたしの墓碑には、以下のような銘文を刻んでいただきたい。『エパミノンダスは、

テーバイ人に強要して、建国以来、一度も外敵に蹂躙《じゅうりん》されたことのなかったスパルタの国土に火を放って攻略させたし、スパルタ人に従属させられていたメッセニア人を、スパルタの軛《くびき》から解放し、初めて独立させ、建国させもした。また、アルカディア人の統一を成し遂げ、ギリシア人に自治を回復した』と」

とたんに、満座の陪審員たちから苦笑がもれた。

エパミノンダスを断罪してやろうと手ぐすねひいていた政敵たちも、彼を責めなじる言葉が出てこなかった。それどころか、これが恥ずべき行為であることを痛感し、うつむくものがほとんどだ。

陪審員たちの下した判決は、「無罪」であった。

エパミノンダスがほっとした表情で裁判所を出ると、ペロピダスが苦悩と不安を凝縮したような顔をして彼を待っていた。エパミノンダスが手短に首尾を告げると、ペロピダスは、ただひとこと、「よかった」と言い、心の底から安堵の息を吐いた。

ふたりは、無言のまま帰路につく。なんとか命拾いすることができた。だが、それは虚しい勝利であった。

第四章　テーバイの覇権

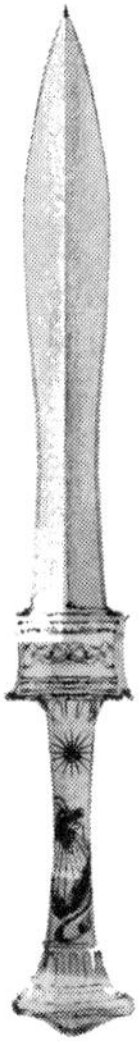

1　覇者の責務

レウクトラでの大勝利、その後の、よもやの故国の裏切りをともに乗り切り、苦楽を共にしたことで、エパミノンダスとペロピダスの友情と信頼は、よりいっそう深まった。

ペロピダスは、人一倍、友達思いであったから、ある日エパミノンダスの屋敷を訪れると、少しおどけたような口ぶりで、

「エパミノンダス。テーバイの国情も落ち着いたことだ。どうだ、きみもそろそろ妻を娶《めと》っては。独り身でいると、なにかと不自由だろう?」

エパミノンダスは虚を衝かれ、沈着な彼には珍しく、たじろいだ。友が、よもや縁

談話を持ち出してくるとは夢にも思わなかったので、かぶりを振ると、

「せっかくのご好意だが、わたしは今のままで充分だ。独りの方が気楽でいいからな」

と言い返したが、ペロピダスの顔は真剣そのもので、いつになく食い下がってきた。

「きみのように文武に優《すぐ》れた男が、子孫も残さずにいるのは無責任きわまりないことだぞ。それこそ、テーバイに損害を与えているというものだ」

ペロピダスが、見合いから挙式まですべて仕切ってやるぞと言わんばかり、並々ならぬ意気ごみで、たたみ込んできたので、エパミノンダスも苦笑せざるを得ない。

「子孫、か。なら、ペロピダスよ、きみもわたしの嫁取りをとやかく言うより、ご子息の将来について心を砕いた方がよいぞ、と忠告させてもらおうか。なに。わたしのことならば、心配ご無用。わたしにだって、祖国に誇れる息子がちゃんといるのだから。『レウクトラの戦い』という名の立派な息子がね。この子は、わたしが死んだあとも生きつづけ、末永く、我々の功業とテーバイの勇名を後世に伝えてくれるにちがいない」

とたんに、ペロピダスは饒舌な口を噤《つぐ》んだ。

「うちの道楽息子のことを言われると、わたしもまったく立つ瀬がない。あれは、わ

たし個人の頭痛の種であるばかりでなく、下手《へた》をするとテーバイの災厄になりかねん」

にがりきった表情のままエパミノンダスを見返し、

「そうか、レウクトラの戦いが、きみの息子か。きみらしい切り返しだな。きみのご子息が羨ましいよ。ハハハ……」

ペロピダスが声をあげて笑うと、エパミノンダスもつられて明るい笑い声をあげ、ふたりして愉快そうに笑いあった。


テーバイの繁栄とは対照的に、レウクトラの戦いで大敗したスパルタは、かつての同盟国や属国にまで叛《そむ》かれ、じり貧に陥っていた。

「東のアルゴス、北のアルカディア、それに加えて西には忌々しいメッセニア。三方向から牽制されて、息もできぬ」

窮地に陥ったスパルタは、事態を打開せんとアテネに救援を要請した。スパルタから支援を求められたアテネは、これに応じ、スパルタと手を組むことを了承する。

アテネは紀元前三七〇年代、スパルタの覇権に対抗するためテーバイと同盟を締結したものだが、いまやスパルタは落ちぶれ、テーバイが大いなる脅威と化したので、

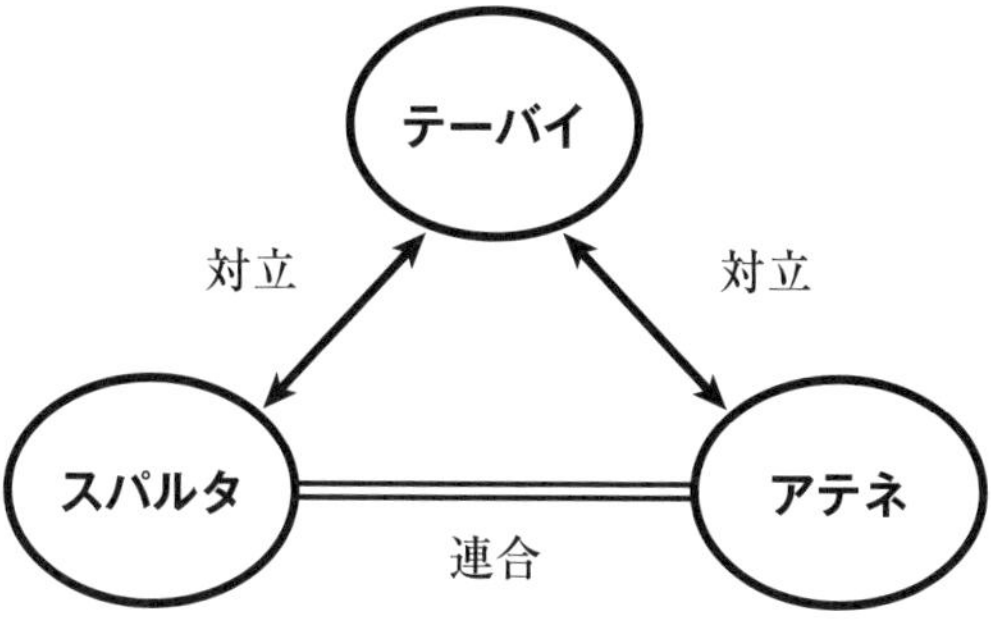

アテネは一転、今度は落ち目のスパルタと手を組みテーバイに対抗しようというのだ。

「スパルタとアテネの連合なる！」

との知らせがギリシア中に知れわたる。テーバイは、むろん、反テーバイのためのスパルタ・アテネ連合に脅威を感じたが、ペロポネソス半島にある反スパルタの諸ポリス、マンティネイア、アルゴス、エリスも、スパルタ・アテネ連合に恐怖を覚え、

「スパルタがアテネに支援を要請したら、アテネの軍勢がスパルタの加勢に来る。スパルタ・アテネ同盟軍と戦って、われらに勝ち目はない」

「では、テーバイに救援を要請しよう」

議論の結果、マンティネイア、アルゴス、エリスは、テーバイに使者を派遣し、援軍を要請する。そうなると、援軍を請われたテーバイは迷惑顔を隠せ

ない。

「また、遠路はるばるペロポネソス半島にまで出撃するのか？」

「しかも、今度はスパルタとアテネの連合軍が相手だぞ。ペロポネソス半島の厄介事に首を突っ込みすぎるのは危険だ。出撃を見あわせた方が、賢明なのでは？」

テーバイの政府内ではスパルタ・アテネ連合に恐れをなし、消極的な意見が大勢を占めた。だが、この年のボイオタルケスに選出されていたエパミノンダスは「マンティネイアなどの援軍要請に即応し、ペロポネソス半島に出撃すべき」と訴えた。そのさい「攻撃目標は、ラコニア本土ではなくコリントにすべし」と、戦略構想も示した。

「コリントを攻撃目標に？」

政府は、すぐには意味が呑みこめない。すかさずエパミノンダスは説明を加える。

「コリント地峡は、ペロポネソス半島とアッティカを結ぶ結節点。スパルタとアテネが連合するとなれば、今後、両国の連絡路として、かの地が戦略的に重要になるはず。それゆえ、コリントを押さえ、スパルタ・アテネの連繋を遮断するべきと考えます」

エパミノンダスの主張はもっともで、出陣を渋っていた政府を唸らせた。ここで、エパミノンダスは、さらに熱のこもった演説をつづけ、

「ペロポネソス半島北部の八つのポリスは、昨年スパルタに援軍を派遣しています。コリント、シキュオン、エピダウロス、トロイゼン、ペレネなど、ペロポネソス北部のポリスは、依然としてスパルタの同盟国であるわけです。この機に出撃して、これらの都市もテーバイの傘下に加える。しからば、スパルタをペロポネソス半島内で完全に孤立させることも可能であると考えます」

エパミノンダスが、軍事上のみならず、外交上の利点も強調して出撃のメリットを説くと、多くのものが賛意を表し、ペロポネソス半島への遠征が決議された。

「昨年度のペロポネソス遠征もエパミノンダスが指揮をとっていたから、半島情勢には詳しいし、戦闘経験も豊富。戦略も秀でている。ゆえに、こたびの遠征軍の司令官には、エパミノンダスが適任であろう」

発案者のエパミノンダスが援軍を率いて出撃することも決まり、エパミノンダス率いるテーバイ軍による「第二次ペロポネソス遠征」が発動する。

「不思議なものだ。エパミノンダスといえば、むかしは学者然とした物静かな男だっ

た。哲学を志《こころざ》し、戦争とは無縁の世界で超然と生きていた。だのに、いまは、大勢が戦争をしぶるなか、果敢に出陣すべしと演説をぶちあげるとは」

「レウクトラの大勝利で、一躍、名将として、名を轟《とどろ》かせて以来、スパルタのアゲシラオス王も顔負けの強硬論者に変貌してしまったようだ」

「連戦連勝に驕《おご》って、ヘマをせねばよいがな」

などと言って、エパミノンダスの豹変ぶりに対して戸惑いの声をあげるものも少なくない。親友のペロピダスでさえ刮目《かつもく》し、

「まるで、根っからの将軍みたいに勇ましくなってしまったな」

少し、からかうように言うものだから、

「わたしはただ、故国の脅威となるものを取り除いておきたいだけさ」

こたえ返すエパミノンダスは、面映《おもは》ゆそうに苦笑する。ペロピダスは、ならば自分も友の力になろうと、

「エパミノンダスよ。ペロポネソス遠征には、わたしも同行しよう。わたしだってボイオタルケスなのだ。政府にかけあえば出撃も許可されようから、昨年やり残した仕事をペロポネソス半島でともにやり遂げようではないか」

「いや。ペロピダス、きみにはテーバイに残ってほしい」

「なぜだ？」

「理由は、アテネの動向にある。あの国は、エーゲ海一円に同盟市を有している。テーバイに対抗するために、どこに火をつけるか予測できないから、戦場はペロポネソス半島だけとは限らない。別の場所でテーバイの脅威となるような動きが起こったら、そのときこそ、ペロピダスよ、きみに対処してもらいたいのだ」

「故国の守りとなるために、わたしに残れと言っているのだな。わかった、エパミノンダス。留守は、わたしに任せておきたまえ」

ペロピダスは胸を叩《たた》いて請け負った。

ペロピダスとは別行動をとることにしたエパミノンダスは、友の代わりとして、パンメネス、ダイハントス、イオライダスといった教え子たちをペロポネソス遠征に同行する。次代を担うことになる若者たちにも、実戦経験を積ませるべきだと判断したからだ。むかしは「先生」と呼び親しんで慕いよっていたパンメネスらも、師匠が、いまやテーバイの命運を担う将軍となり、緊張した面持ちで師の遠征に付き従った。

ところが、ペロポネソス半島の入口であるオネイオン山という山の頂《いただき》で、エパミノンダス率いるテーバイ軍は、待ちかまえていたスパルタ軍に封鎖されてしまった。出撃早々の失態に、エパミノンダスも呻吟し、やむなくスパルタ軍のポレマルコスと休戦協定を結び、なんとか下山を果たした。

一方のスパルタ・アテネ連合軍も、エパミノンダスと野戦でまみえることを避け、コリント市内に籠城して防御に専念した。このため、エパミノンダス率いるテーバイ軍は、進軍を邪魔されることなく西進し、約束の地ネメアで、アルカディア・アルゴス・エリスの同盟軍と合流を果たす。エパミノンダスは同盟軍の将軍たちを集めると、シキュオンを攻撃目標にすえる意図であることを明かした。

「シキュオンの港は、コリント湾に面している。つまり、シュキオンを掌握できれば、コリント湾をはさんで、ボイオティアとペロポネソス半島の連絡が容易になる」

シュキオン制圧を心に期すと、エパミノンダスはテーバイと同盟軍を率いてシキュオン包囲に向かう。その途上、弟子のパンメネスを呼び寄せると、

「別働隊を率い、シュキオン港を獲得するように」

と命令した。若手に経験を積ませるためのよい機会と見たのであるが、パンメネスにとっては師と離れ、一人で初の大仕事に挑まねばならぬから緊張もひとしおである。

スパルタ・アテネ連合軍は、エパミノンダスのシキュオン攻囲を知ったが、コリントの防衛を第一と考えて援軍には駆けつけなかった。見捨てられたシキュオンは、それでも懸命に抵抗したが、外港の方もパンメネスの別働隊に掌握されたので、抗戦を断念し、エパミノンダスに降伏した。

開城したシキュオン人に対して、エパミノンダスはテーバイとの同盟を迫った。シキュオン政府は寡頭《かとう》政体であったが、エパミノンダスはシキュオンの内政を変革することは思いとどまった。ただ、シキュオン人を監視させ、スパルタ軍の攻撃からシキュオンを防衛させる目的で、テーバイの駐屯軍を同地に残す。シキュオンの港は、北ペロポネソスにおけるテーバイの海軍基地となり、この基地を通してボイオティアとアルカディアの新しい連絡線が確保されることになった。

第二次ペロポネソス遠征でエパミノンダスが成果をあげていた頃、テーバイ本国は、新たな外交局面に立たされていた。

北方にあるテッサリアより、調停を懇願する使者が到来し、

「テッサリアのフェライには、暴虐な僭主《せんしゅ》（独裁者）アレクサンドロスがおり、テッサリアを圧迫しているのです。テーバイのかたがたよ。どうか、テッサリアに援軍を

派遣してフェライを撃退してくださいなにとぞ、われらテッサリア人をお助けください」

テッサリア人の陳情を受けたテーバイ政府は、北方からの懇願を渋面で検討した。

「フェライ」というのは、テッサリアの都市で、交易の中心地であったため、商業で財をなした。先々代の僭主イアソンは英傑で、交易で稼いだ資金を元手に、優秀な傭兵部隊を組織し、テッサリアに覇を唱えたが、暗殺されてしまった。

「かつて、フェライの僭主イアソンとテーバイは友好関係を築いていた。新しい僭主アレクサンドロスは、イアソンの甥で、イアソンの真似をしてはいるが、志《こころざし》と行いはイアソンとは似ても似つかぬ。ただの乱暴者のようだ」

テーバイ政府が事情を呑みこむと、テッサリアの使節たちは、

「フェライの暴君アレクサンドロスを成敗するため、優秀な将軍を派遣してください」

と、助力を乞うてきた。しかし、このときペロポネソス半島に派兵中のテーバイ政府はテッサリアの面倒事を背負い込むのを嫌がった。ただ、テッサリア情勢を聞き知ったペロピダスは、

（南のことは、エパミノンダスに任せておけば間違いはない。わたしは、北の厄介事

を引き受けるとしよう）

凛然と意を決し、テッサリアの使節と会って北方情勢の詳細を聞き出して、使節たちとともにテーバイ政府に対し、「テッサリアに出兵すべきである」と力説した。

だが、テーバイ政府の返答は煮え切らない。

「エパミノンダスが、いまペロポネソス半島で作戦中だ。北方にも遠征するとなると、わが国は相当な負担を強いられる。第一にテッサリアに出撃するだけの価値があるのか？」

政府が及び腰と見たペロピダスは、テッサリア遠征を促すために一策を講じ、「テッサリアの使節たちが言うには、フェライの僭主アレクサンドロスは、アテネと同盟を締結したそうですぞ」

「なに？　アテネがテッサリアに触手を動かしたとなれば、見過ごしにはできぬ」

二の足を踏んでいた政府も目の色を変えた。すかさずペロピダスは熱弁をふるい、

「フェライがテッサリア全土を掌握したら、テッサリアもアテネの属国と化す。そうなれば、テーバイは南北から挟撃されますぞ」

「ペロピダスの言いぶんもわかるが、テッサリアに遠征するだけの戦力がない。なに

せ、エパミノンダスが軍の大半を率いてペロポネソスに出撃中ゆえ」

「戦力が必要なら、テッサリアで志願兵を募ればよい。フェライと戦うためにテーバイ軍が到来したと知れば、参戦を希望するテッサリア人は少なくないはず。他にも、傭兵を雇うという手段もあります。それで兵力は補強できましょう」

「なるほど」

ペロピダスの熱意と主張に心動かされたテーバイ政府は、テッサリアへの使節派遣を票決し、発案者のペロピダスを、テッサリアに派遣する大使に任命。ペロピダスの同僚として、イスメニアスが同行することも決まった。イスメニアスは、紀元前三八二年、スパルタによって処刑された民主派のリーダー・イスメニアスの同名の息子であり、ペロピダスにとっては同志の息子ということで気心の知れた同僚であった。

「エパミノンダスは去年と同様、ペロポネソスで辣腕をふるっているはずだ。われらも彼に負けぬよう、心して任務にあたろうではないか」

イスメニアスは、心安くペロピダスに声をかけたが、

「わたしにはエパミノンダスに張り合う気はないよ、イスメニアス。ただ、実力も意欲もあるくせに、力を出し切らないというのは怠慢だと感じたゆえ、出撃を志願した

のさ。テッサリアへの遠征は、勘を取り戻すための良い機会になるだろう」

ペロピダスは意欲満々で、テッサリアへの出撃準備に取りかかる。

『エパミノンダス！　わたしの背中は、きみに預ける。きみの背中は、わたしに任せろ！』

マンティネイアの戦場で友と声を励ましあったことを思い出し、

（エパミノンダスが南、わたしが北を担当する。マンティネイアの戦場でそうだったように、ふたりで背中を合わせ、防御を固めながら戦えば、四方を敵に囲まれたとしても負けはしない。そう言ったら、きっとエパミノンダスも笑って頷《うなず》いてくれるだろう）

などとペロピダスも含み笑いを浮かべ、テッサリア遠征に意気込んだ。

「エパミノンダスのあとにくっついて従っていたペロピダスが、ひとりで出撃したいと名のりをあげた。これは驚きだ」

「それはちがうぞ。エパミノンダスより先に、ペロピダスがテーバイをリードしてきたではないか。スパルタ軍の手から祖国を解放したのもペロピダスなら、テギュラでスパルタ軍を初めて打ち破ったのもペロピダス。神聖隊の司令官としてレウクトラの戦いで力闘したのもペロピダスだ。だが、レウクトラでは総司令官のエパミノンダスばかりが脚光をあび、ペロピダスはすっかり名声を奪い取られてしまった。このまま戦績なしで燻《くす》ぶっていたら、ペロピダスの名はエパミノンダスの陰に隠れて、かすむいっぽうだ」

「気の毒なペロピダス。危機感と競争心を掻き立てられ、名誉と軍功を欲してテッサリア遠征に志願したというわけだ」

「ペロピダスを揶揄するなよ。妬み心から弾劾裁判を起こすメネクレイダスなんかに比べれば、はるかに男らしく、潔いではないか」

こもごもペロピダスの胸中を推し測ったが、当のペロピダスは出陣できるのが嬉しいのであろう。心気充実して、イスメニアスとともにテッサリアを目ざした。

「ペロピダスは勇んで北に出撃していったが、さて、南に出陣したエパミノンダスは、どうしている?」

テーバイ政府は、ペロポネソス半島に出陣したエパミノンダスの戦況を気づかった。

「北と南。双方で、よき戦果を得られれば、テーバイも万々歳なのだが」

　ペロピダスが北に向かって出撃した頃、親友のエパミノンダスは、ペロポネソス半島において遠征の攻撃目標であったコリントに攻めかかっていた。だが、コリントの城壁は堅固で攻めづらい。そこでコリント周辺を略奪して威嚇してみたが、商業で生計を立てているコリント相手に田園地帯の略奪作戦はあまり効果がなく、エパミノンダスもコリント制圧を断念せざるを得ない。その後、シキュオンなど海港都市を掌握できたものの、前の年に比べると第二次ペロポネソス遠征は明らかに見劣りする戦果になってしまった。

　エパミノンダスは、同盟者のアルカディア、アルゴス、メッセニアに後事を託し、本国に引き揚げたが、帰国するや否やメネクレイダスが出迎えてくれた。昨年、第一次ペロポネソス遠征から帰還したエパミノンダスに向かって死刑宣告を突きつけた男だ。

（なにか、いやな予感がするな）

　エパミノンダスが身構えると、メネクレイダスはやけに上機嫌で声をかけてきた。

「おかえりエパミノンダス。ペロピダスは留守だぞ。テッサリアに出撃したのでな」

「ペロピダスが、テッサリアに出撃？」

驚くエパミノンダスに、メネクレイダスは、フェライの脅威に怯えるテッサリア情勢をかいつまんで説明した末に、

「ペロピダスときたら、きみに対するライバル心から勇んでテッサリア遠征の指揮官に名のりをあげ、ペロポネソス遠征も終わらぬうちから、北に出撃してしまったのだ」

競争心に火を点けるようなメネクレイダスの言いかたがエパミノンダスには不快ではあったが、親友のテッサリア遠征に対しては必要以上の懸念を抱くことはなかった。

「ところでエパミノンダス。コリントでスパルタ軍と休戦協定を締結したそうだな」

メネクレイダスがなおも高飛車に言うので、エパミノンダスも気色ばみ、

「それがなにか?」

「敵との休戦は、故国への反逆だぞ、エパミノンダスよ」

「味方の損害を防ぐために、やむなく結んだ休戦協定だ。反逆と断定されるような種類のものではない」

「しかし、敵とつるむのはいただけないな。わたしは、スパルタ軍と休戦協定を結んだきみを告発するつもりだ。エパミノンダス。今度こそ、覚悟しておきたまえ」

「メネクレイダス。また告発とは、きみは、あいかわらず卑怯な男だな。昨年はしと

められなかったので、今度こそ、わたしの息の根を止めようというわけか？」

　去年はエパミノンダスの機転で死刑宣告が取り下げられたばかりか、結果的に、裁判騒ぎがエパミノンダスの評判を高める効果をもたらした。意想外のことに臍《ほぞ》を噛んだメネクレイダスの目には、スパルタ軍と締結した休戦協定は、エパミノンダス追い落としのための好材料に映ったわけだ。

「人聞きの悪いことを言わんでくれよ、エパミノンダス。わたしはただ、国家のために、ことの理非を明確にしたいだけだ。将軍の独断専行を許したら、国はたちゆかん」

　メネクレイダスは雪辱を果たす機会を待ちかまえていたのであろう。宣告どおりエパミノンダスを起訴すると、スパルタ軍と休戦した件をあげつらい、「敵との休戦は反逆罪に相当する」と言いたてた。これがまた、すんなりテーバイ人に受け入れられて、

「反逆罪により、エパミノンダスからボイオタルケスの職務を剥奪する」

　と判決が言い渡されたから、エパミノンダスも唖然とするしかない。

（死刑にされなかっただけまだましと、思うべきなのだろうか？　しかし味方同士でこんなことをしていたら、テーバイの命取りになる。そのことの方が危惧されてならぬ）

第二次ペロポネソス遠征においてエパミノンダス率いるテーバイ軍が無策で引き揚げたことは、テーバイ国内のみならず、ペロポネソス半島内の同盟市においても物議を醸した。つまり、ペロポネソス半島にいるテーバイの同盟者たちの間に、不安と同時に、

「テーバイは、あてにならぬのではないか?」

との疑念を生じさせたのである。わけてもマンティネイアでは、アルカディア同盟の発起人でもあるリュコメデスが同胞たちに大望を吹き込み、独立を呼びかけた。

「われらの力なくしてはスパルタ人もアテネに侵攻できなかったし、テーバイ人にしてみたところで、われらの助力がなかったらラコニアへの侵攻は不可能だったはずだ。われらアルカディア人は、ペロポネソス半島では唯一の土着民。われらは由緒ある民族なのだ。ゆえに、テーバイの命令に唯々諾々《いいだくだく》と従ってはならない。かつてスパルタに従軍することでスパルタを強大にしたように、いまテーバイにやみくもに従ったら、テーバイが第二のスパルタになる。我々の力を、他者を強大化するために使うべきではない。さいわいテーバイは、こたび無為無策で撤退した。いまこそスパルタに侵攻し、われらの力だけでもスパルタ人に太刀打ちできることを証明してみせよう

ではないか」

リュコメデスは同胞たちを鼓舞すると、アルゴス人と共謀してスパルタに侵攻した。だが、勇んでスパルタに出撃したものの、リュコメデスの思惑ははずれ、スパルタは猛烈に反撃してきた。スパルタは、じつのところレウクトラの痛手から立ち直れてはいなかったが、シラクサの僭主ディオニュシオスがくれた援軍も手もとにあったので、反撃に打って出たのだ。アゲシラオス王は病《やまい》がぶり返し、とても出陣できる状態ではなかったが、代わりに息子のアルキダモスが出撃する。

「すまぬな、せがれよ。肝心のときに、体が思うように動かぬ」

「わたしにお任せください、父上」

王子アルキダモスは、どんと胸を叩くや軍を率いてアルカディアに侵攻した。アルキダモスは、昨年、父王がアルカディア侵攻のさいに利用した街道をとおって出撃すると、アルカディア軍とアルゴス軍を攻撃した。アルカディア軍とアルゴス軍は甚大な被害をこうむったが、スパルタ側には一兵の死者も出なかったから、スパルタ側は大いに意気が上がる。帰国したアルキダモスを、父王のアゲシラオス以下、エフォロスや長老会の面々が総出で出迎え、全員がスパルタ軍の勝利を祝し、はらはらと涙を流した。

「ようやった、ようやった。せがれや、でかしたぞ」

昔日のスパルタならば、雑魚《ざこ》を蹴散らしたくらいで、いちいち涙など流して喜んだりはしなかったが、レウクトラの惨敗からこっち、落ちぶれて勝利を拾うこともままならず、これが初めての勝利であったから、喜ぶことこのうえもなく、全員が感極まって泣いた。それゆえ、この勝利は「無涙の勝利」、つまり「涙なくしては語れぬ勝利」と称された。

スパルタ人が勝鬨《かちどき》を上げた一方で、敗北したアルカディアは意気消沈した。また、アルカディア人とスパルタ人との激突の顚末を聞き知ったテーバイは、アルカディアの慢心が挫かれたので溜飲を下げる。ただ、多くのテーバイ人がアルカディアの負け戦《いくさ》を喜ぶなか、エパミノンダスは憂慮していた。

（スパルタが、この勝利に自信を回復し、勢力を盛り返したら厄介だ。スパルタへの対抗策を早いとこ講じておかねば）

と判断したのである。だが、ボイオタルケスの職を剝奪されて、出撃することは不可能だ。良策はないものかと、エパミノンダスは知恵を絞った。

（そういえば、第一次ペロポネソス遠征の折、アルカディア同盟の中心となる一大都市を新たに建設したいと考えたものだ。いまこそアルカディアの守りとなる要塞都市を新設し、スパルタ軍の次なる侵攻を阻止すべきではないか）

要塞都市の建設という良計を閃《ひらめ》くや、エパミノンダスは、新都市建設の候補地として南西アルカディアに目をつけた。

（南西アルカディアには、スパルタからのびている主要道路が通っている。にもかかわらず、脆弱で攻撃を受けやすい。だから、アゲシラオス王もアルキダモス王子も、このルートを利用してアルカディア本土を攻めた。この無防備な侵攻路に、堅固な要塞都市を築いておけば、スパルタ軍の攻撃も防げよう）

考えがまとまると、エパミノンダスは弟子のパンメネスを呼びよせ、おのが計画を打ち明ける。パンメネスは、教え子の中でも謹厳で、文武両道にすぐれた若者だ。シュキオン港を奪取して戦績も積んでいたから、おのれの意志を代行させるには最適の人物と、エパミノンダスは考えたのである。

「パンメネスよ。おまえは二度のペロポネソス遠征にも参加し、かの地の事情にも通じている。これより、わたしが政府に具申するゆえ、おまえは、わたしの代理人としてアルカディアに赴き、同盟諸市と協力して南西アルカディアに新しい都市を築け。アルカディアには弱小ポリスが数多くあるから、建設者と植民者をひろく募り、この新しき都市に集住させて、スパルタ軍の攻撃に備えうる要塞都市を建設しろ。そして、新しき町には『メガロポリス（巨大都市）』の名を与えよ」

パンメネスにとっては、シキュオン港の占拠以上の大任であったから、まじろぎもせずに師匠を見つめ返すと、

「メガロポリスとは、まことに良き名です。将軍の戦略とご期待を損なわぬよう、新都市の建設を、必ずやり遂げてみせます」

「うむ。しっかりやれよ、パンメネス」

エパミノンダスも愛弟子に活を入れる。エパミノンダスは軍職を剥奪されはしたが、政府に建言することまでは禁止されていなかったので、「スパルタの脅威に備えるために、抑えとなる新都建設が不可欠である」と、テーバイ政府に向かって説いた。「アルカディア人がまだ後ろ盾としてテーバイを必要としているということを、ギリシア全土に示すためにも、メガロポリスを建設すべきです」

エパミノンダスが熱弁をもって説得にあたると、政府も計画を妥当であると判断

し、パンメネスにテーバイの精鋭一千を統率させ、アルカディアに派遣。スパルタ軍が建都を妨害せぬよう、パンメネス率いるテーバイ軍が監視するなか、新都市「メガロポリス」の建設が始まった。テゲア、マンティネイア、クレイトル、マイナロス、パラシア地方の五つのポリスから建設者が選ばれて、ペロポネソス半島中央の要地に新設されたメガロポリスは、以後、反スパルタの中核都市となる。

「都市をつくることでスパルタを牽制してみせるとは。エパミノンダス将軍の戦略眼には、恐れ入りました」

軍事的な才幹だけでなく、外交戦略にも秀でた才を発揮するエパミノンダスは、本国のテーバイでは軽視されることもあったが、ペロポネソス半島の諸国で盛名をあげた。しかし、レウクトラでの勝利により全ギリシアのリーダーとして一気に表舞台に躍り出たテーバイは、それがために、かえって重い責務も背負いこむ羽目になる。

2　ペロピダスの北方遠征

エパミノンダスがテーバイで兵権を剥奪されていた頃、ペロピダスは、友がそのような事態に陥っていることも知らず、同僚のイスメニアスとともにテッサリアを目ざしていた。しかし、関門テルモピュライも越え、テッサリアに足を踏み入れる段になって、「じつは」と、テッサリアの使者たちが、申しわけなさげに打ち明けてきた。

「われらは、マケドニアにも支援を求めたのです」

「なんですと？　テッサリア人は、テーバイだけでなく、マケドニアに対しても、派兵を要請なさったのか？」

ペロピダスとイスメニアスは、そろって声を張りあげた。そんなことは聞いておら

ぬぞと、責めなじるような目でテッサリアの使者たちをねめつけると、

「非常の事態ゆえ、やむをえなかったのです。なにしろ、あの時点では、まだテーバイのかたがたに救ってもらえるかどうか、なに一つ確証がなかったわけで」

「それで、念のために、マケドニアにも支援を懇願したというわけですか？」

「じつをいいますと、マケドニアとテッサリアは国境を接しているという地理的関係からも、交渉の歴史は古いものでして」

テッサリア使節は釈明口調で、マケドニアとテッサリアの間にある、長く、密度の濃い交渉の歴史を語って聞かせた末に、

「現在のマケドニア王はアレクサンドロス二世といい、まだ二十一歳の若輩者です。昨年、即位したばかりゆえ、戦闘経験も外交経験も浅い未熟者。百戦錬磨のペロピダス将軍の敵ではございません」

テッサリア使節は媚びるように言ったが、ペロピダスの表情が和らぐことはなかった。

「フェライの僭主《せんしゅ》もアレクサンドロス。マケドニアの王もアレクサンドロス。同じ名前とは、ややこしいことだ。フェライの君主もマケドニアの君主も、血気盛んな若者

のようだから、事態までが、ややこしくならぬよう、祈りたい気分だ」

などと、ペロピダスも、つい皮肉の一つも口にする。その後、ペロピダスたち一行がテッサリアに入るや、ラリサからの急使がこれを迎え、

「マケドニア王のアレクサンドロス二世が、われらの町ラリサを占領してしまいました。ペロピダス将軍。どうか、お助けを」

と、嘆願してきた。ペロピダスとイスメニアスは、しかめ面《つら》を見合わせ、

「援軍に駆けつけたマケドニア王が、町を占領した。テッサリアの弱みにつけ込んだのであろうな」

「しかし、マケドニア王に居座られては、われらもやりにくい。マケドニアの駐屯軍を早々《そうそう》に追い払っておくとしよう」

ペロピダスがラリサからの使者に対し、マケドニア王アレクサンドロス二世の動向を聞き質《ただ》すと、ラリサの使者は、

「マケドニア王はラリサを占領したあと、駐屯軍を置いて本国に引き揚げました」

「なるほど。マケドニア王は、ラリサを急襲して手中に収めたものの、あとが続かず、遠征続行を断念して故国に撤退したというわけだな」

ペロピダスはラリサに進軍すると、ラリサに駐留中のマケドニア軍を蹴散らし、町を解放した。

「さすがは、テーバイの精鋭・神聖隊の司令官どのだ。ギリシア一の陸軍国スパルタを、レウクトラで骨抜きになされただけのことはある」

ラリサの市民たちは、頼もしげにペロピダスを褒めそやす。

ペロピダスがマケドニアの駐屯軍を放逐したので、フェライの僭主《せんしゅ》アレクサンドロスも、恐れをなしたか自国に引き揚げていった。

「暴君とやらも、たあいもないな」

ペロピダスは、マケドニア王についで、フェライの僭主も退け、テッサリア人の期待に応えた。その後、ペロピダスはテッサリア諸国の使節らと会合し、今後の策を練った。

「諸君は、フェライの僭主アレクサンドロスと和解する気はないのか？　先々代の僭主イアソンの時代には、テッサリアはイアソンとも連繫していたではないか。アレクサンドロスとも同じようにやってゆけぬものかね？」

テッサリアとフェライの和解の道はないものかと、ペロピダスがやんわりさぐりを

入れてみると、テッサリア人たちは殺気だち、とんでもないとばかりに首をふると、

「イアソンは名君でしたから、われらも同盟者として受け入れました。しかし、アレクサンドロスはイアソンとは似ても似つかぬ乱暴者。テッサリア諸市の自治を決して認めず、従属を強いる一方なのです。いかなる和解も話しあいも、やつには通用しない。アレクサンドロスを退陣させぬかぎり、テッサリアに平和など訪れません」

激しく拒絶反応を示した。テッサリア人がアレクサンドロスへの嫌悪感をあらわにしたので、ペロピダスは、まずテッサリア人の恐怖感を鎮めておかねばと、

「わかった。では、わたしの提案だ。諸君ら、連合を組んだらどうだね？　個々のポリスでは無力でも、同盟を組んで対抗すれば、フェライだって、おいそれと諸君を攻撃できまい。ペロポネソス半島では、スパルタに対抗するために、アルカディアの諸都市が連合を組んでアルカディア同盟を結成し、スパルタ軍を撃破したこともある」

「同盟を結成して、フェライに対抗？　なるほど。それは妙案ですね」

諸都市の代表者たちも賛意を表し、ここに「テッサリア連邦」が発足した。連合会議が設けられて、連合のリーダーを「アルコン（執政官）」とした。

こうしてテッサリア連邦の組織が決まると、次は軍隊の強化だ。テッサリアは、広

い平原と名馬に恵まれており、ギリシアでも有数の騎兵を誇っていた。しかし、歩兵は弱かった。そこでペロピダスは、テーバイの精鋭・神聖隊の訓練方式を教示して、テッサリア歩兵の強化をはじめる。

そうしてペロピダスがテッサリアで戦闘準備にいそしんでいると、北方のマケドニアから、使者が二人、それも別々に、ペロピダスの陣営を訪れてきた。ひとりは、マケドニアの若き王アレクサンドロス二世の使者、いまひとりはマケドニアの王族のプトレマイオス・アロリテスが派遣してきた使者だった。

使者たちの用向きを、それぞれ聞いてみると、マケドニアの王位をめぐり、若年の王アレクサンドロス二世と、プトレマイオス・アロリテスとが対立し、そのどちらもが、敵対者の排除を期して、テーバイに助力を乞うてきたことが判明した。

「マケドニア王家のお家騒動か」

ペロピダスは顔を輝かすと、

「これを機会に、マケドニアにも足をのばすのも悪くないな」

「なに？　マケドニアにも手を出すのか？」

慎重なイスメニアスは、たちまち顔をしかめ、

「それは、ちと勇み足がすぎるぞ、ペロピダス。我々は、フェライの僭主アレクサンドロスを詰問するためにここへ来たのだぞ。まずは与えられた任務を完遂し、地盤をしっかり固める。それが筋というものだろう？」

「尻込みするのか？　マケドニアは、内紛の真っ最中だぞ。干渉するには絶好の機会だというのに、きみが二の足を踏むから、せっかくの好機を逃がす羽目になる」

「わたしはなにも臆病で反対しているのではない。テッサリアに出兵するのは、テーバイ史上初の試みなのだ。慎重に対処せねば。テッサリアすら鎮定していないのに、ましてや、さらにその北の、ギリシア世界から『バルバロイ』と蔑《さげす》まれているマケドニアにまで手を出すなど、欲張りが過ぎると言うものだ」

「欲張り？　意欲的、と評してほしいものだな」

　ペロピダスは笑みさえたたえ、

「イスメニアス。きみだって小耳にくらいははさんでいるだろう？　アテネがトラキアに進出していることを。アテネは、黒海との交易が生命線だから、むかしからトラキアの掌握に熱心だ。昨今では、トラキアに将軍のイフィクラテスを派遣している。そして、マケドニアはトラキアとは目と鼻の先だ。マケドニアが内紛で不安定と聞きつければ、イフィクラテスは好機と見て、マケドニアのお家騒動に首を突っ込んでくるにちがいない。イフィクラテスに、もしも先を越されたら、マケドニアにアテネの軍事基地が築かれてしまうぞ。そうしたら、テッサリアだって、テーバイよりもアテネと同盟した方が得《とく》だと考え直し、テーバイとの友誼《ゆうぎ》を断ち切るかも知れん。そうなったらテーバイにとっては大損害だ。イスメニアスよ。きみは、それでも、かまわないと言うのか？」

「ううむ……」

ペロピダスに脅されると、用心深いイスメニアスも返答につまる。ペロピダスは、イスメニアスに聞かせるともなく呟《つぶや》いた。

「これで、アレクサンドロス二世がテッサリアに出撃してきた理由がはっきりしたな。マケドニア王の権力は、国内では強力とはいえない。それで、テッサリアに遠征したのだ。戦果を挙げられれば、国内の反対派を黙らせることができると踏んで。ところがもくろみははずれ、遠征は失敗。作戦は裏目に出て、反対派の巨頭プトレマイオス・アロリテスが反旗を翻し、こうしてテーバイに加勢を要請してきた、というわけだ」

ペロピダスは高揚した顔をイスメニアスに向けるや、

「さあ、マケドニアに向かうぞ。これ以上の好機はない。すぐに出立の準備にかかれ」

「しかし、ペロピダスよ、本国の了承もなしに勝手な行動は許されんぞ」

あいも変わらず及び腰のイスメニアスが心配顔で反対したが、

「テーバイに使者を派遣して、政府に事後承諾させれば問題あるまい。政府だって、テーバイに利する軍事行動ならば賛成するはずさ。エパミノンダスだって、ペロポネソス半島でそうしているぞ」

ペロピダスは言うが早いか、使者をテーバイに送り出してしまった。

「これで、もう安心だろう、イスメニアス？」

せき立てられると、イスメニアスも、もはやペロピダスの命令に従うほかない。ペロピダスは北に足をのばし、マケドニア王家のお家騒動の鎮定に向かった。

ゼウスの神殿があると信じられている厳粛な神の山オリュンポスを北に越えると、もはやギリシアではない。生い茂る森は、深く暗く、肌寒い。この地は、ギリシア人から「バルバロイ（異邦人、蛮人）」と称されるマケドニア人の住まう場所だ。

「テーバイ人で、マケドニア王と正式に外交交渉を行うのは、我々が最初だな。有意義な旅にしたいものだ」

ペロピダスは、誇らしげにイスメニアスに言う。

プトレマイオス・アロリテスは、マケドニア王家の男で、大いなる野心家であった。アレクサンドロス二世がテッサリアで思うように戦果を挙げられないのを見て、若年の王を侮り、マケドニアの王位を奪取せんと行動を起こしたのだ。

ペロピダスは、マケドニアの王都ペラに乗り込むや、王位をめぐって対立していたアレクサンドロス二世とプトレマイオス・アロリテスの間に割って入り、

「プトレマイオスは王位を諦め、アレクサンドロスを王と認めるように」

決然と裁きを言い渡したので、プトレマイオスも苦虫を噛み潰したような顔をして、ペロピダスの裁断に従わざるを得なかった。

ペロピダスは、アレクサンドロス二世に対しても、テーバイとの同盟締結を迫った。テッサリア遠征に失敗し、プトレマイオスにも圧迫されたアレクサンドロス二世は弱気になっていたので、ペロピダスの要求になすすべもなく同意し、

「マケドニアは、テーバイと友を同じくし、敵を同じくすることを約束いたします。

また、テーバイの敵とは、決して同盟を締結いたしません」

と誓約した。同盟といえば聞こえは良いが、実態は、マケドニアがテーバイの従属国のようなものである。ペロピダスは、容赦なくマケドニア王に念を押す。

「テッサリアにおけるテーバイの活動に対して、妨害工作など、なさらぬように」

「ご安心を。わたしは、テッサリアに対し、二度と手出しはいたしません。わたしにはもう、そんな気力はありませんから……」

アレクサンドロスが病人のように青い顔で力なく返事をすると、

「大丈夫ですか、兄上?」

アレクサンドロスを見かね、傍《かたわ》らに侍っていた少年が気づかわしげに声をかけた。

年のころは十五、六であろうか。

「うむ……大事ない。心配するな、ペルディッカス」

ペロピダスが「ペルディッカス」と呼ばれた少年をさぐり見ると、アレクサンドロス王は少年をさし示し、

「ペロピダス将軍。これはわたしの弟でペルディッカスと申します。わたしには弟が二人おり、こちらのペルディッカスが長弟で十五歳になります。末の弟はフィリッポ

スと申し、ペルディッカスとは一つ違いの十四歳。ここに呼んで、ご挨拶をさせましょう」

弟が二人いることを打ち明けるので、ペロピダスはペルディッカスを窺《うかが》いながらイスメニアスに耳打ちする。

「マケドニア王がテーバイとの約定をたがえることのないように、王から誓約の証《あかし》を取っておくべきだと、わたしは考える」

「誓約の証？」

「王はまだ若い。変心せぬとも限らぬ。さいわい、王は弟君を二人もお持ちのようだ」

「まさか！　ペロピダスよ。王に、弟を差し出させる気か？」

「トラキアには、アテネの将軍イフィクラテスもいる。アテネの軍人は強引だからな。テーバイとマケドニアが盟約を交わしたと知れば、黙ってはおるまい。対策として、マケドニア王の弟を人質にとっておけば、王もおいそれとテーバイを裏切れぬ」

ペロピダスに押し切られると、イスメニアスも異を唱えることができなかった。ペロピダスは峻厳な面持ちになると、若きアレクサンドロス王に向かって、

「この同盟が、テーバイとマケドニアの両国にとって末永い友好の礎《いしずえ》となることを

願ってやみません」

「わたしも同じ気持ちです、ペロピダス将軍」

「では、王よ。誓約の証《あかし》として、人質を頂戴できますかな?」

「人質、ですか……」

アレクサンドロスは消え入りそうな声で応じるが、プトレマイオスは悠然と、

「そのお役目、フィリッポスさまではいかがでしょう?」

たちどころにアレクサンドロスは気色ばみ、

「無体なことを申すな。あれはまだ十四歳。幼きものに苛酷な人質など……」

「おや、そうでしょうか? フィリッポスさまは、父王アミュンタスさまの時代にもイリュリアに人質として差し出されておいでだったではありませんか。アミュンタスさまがイリュリア王に敗北し王位も危うくなったとき、貢《みつ》ぎものとともに。フィリッポスさまは、異国での人質生活もすでに経験済み。ならば、テーバイに赴くことになっても冷静に事態を受け止められるはず。いや、むしろ、お国のために心して役目を引き受けられるかと」

プトレマイオスがしれっとした顔で言うと、

「きさま！　王の意向を無視して、勝手に話を進めるとは、なにごとだ！」

怒声がプトレマイオスを遮った。ペロピダスが驚き、声の発せられた方へ目をやると、王のそばにいるペルディッカスがプトレマイオスを睨みすえている。

しかし、プトレマイオスは微笑さえ浮かべて王弟の眼光を受けとめると、

「わたくしは、ただ、王に最善と思われる策を進言いたしておるのでございます。ペルディッカスさまこそ、会話に割り込むような無礼なおふるまい、二度となさいますな」

若い王子を軽くたしなめ、再びペロピダスに視線を戻す。

「お見苦しいところをお見せいたし、申しわけございません、ペロピダス将軍」

王兄弟とプトレマイオスとの間に、険悪な空気が立ちこめた。

(丸くおさめたと思ったら、またしても睨みあいか。困ったことだ。しかし、プトレマイオスのお陰で、王の実弟を人質にもらえそうだ)

ペロピダスは、玉座にいるアレクサンドロスを見上げると、

「フィリッポス王子にお会いしたい。王子をここへお呼び願えますか？」

アレクサンドロス王も観念したか、憂いをおびた瞳でペロピダスを見つめ返すと、

「わかりました、ペロピダス将軍。テーバイとの盟約に違背せぬための証《あかし》として、わが弟フィリッポスを将軍の手に委ねましょう」

「フィリッポスを人質に？　兄上、馬鹿な真似はおやめください」

傍《かたわ》らのペルディッカスが、またしても声を張りあげたが、

「マケドニアのためだ。十四歳といえば、貴族の子弟が近習《きんじゅう》として王に奉公している年齢だ。幼くはあるまい。それに、フィリッポスが他国に人質に出されるのは、これが二度目だ。フィリッポスも、動揺するようなことはあるまい」

若き王は不服面《づら》の長弟に向かって有無を言わさぬ口調で命令し、

「ペルディッカスよ。奥へ行き、フィリッポスを連れてこい。あれにはきちんと事情を話してな。なにせ、気性の激しいやつだから。くれぐれも将軍の御前で粗相のないように、ちゃんと言い含めてくるのだぞ」

不承不承といった表情でペルディッカスは別室に退いた。

しばらくすると、ペルディッカスに伴われて末の王子が姿を現したので、アレクサンドロス二世は末弟に向かって噛んで含めるように言い聞かせた。

「フィリッポス。こちらがテーバイの将軍ペロピダスどのだ。これからは、おまえの

保護者になってくださる。なにごとも、将軍のお言いつけに従うのだぞ」

と言い、自分の腰に帯びていた短剣をはずしてフィリッポスに手渡すと、

「剣の柄を見よ。ライオンの紋章が刻まれているだろう？　ライオンはヘラクレスのシンボルであり、マケドニア王家がヘラクレスの末裔であることを示している。テーバイはヘラクレスが生まれた町だ。ご先祖の勇名を胸に抱き、テーバイでしっかり生きよ」

「はい、兄上」

フィリッポス王子は力強いまなざしで短剣を受け取り兄王に応じたが、ペロピダスに投げつける視線は鋭く、闘争心まるだしだ。少年ながらも、ふてぶてしげな面《つら》がまえに、ペロピダスが苦笑をもらすと、アレクサンドロス二世は、

「人質が少年ひとりだけでは、将軍も心もとないことでしょう。弟とともに、貴族の子弟三十名も将軍にお預けいたしますので、ともにテーバイにお連れください」

と、人質の派遣について言葉を付け加えた。

「大盤ぶるまいだな」

イスメニアスが、そばから小声でペロピダスに囁《ささや》く。

「それだけテーバイを恐れているということだろう」

ペロピダスも小声で返す。これならば信用してもよかろうと、二人も確信を持てた。

マケドニアの王アレクサンドロス二世との交渉に成功を収めたペロピダスは、フィリッポス王子をふくむマケドニアの人質たちを先に故国テーバイに送り出すと、テッサリア目ざして南下を開始した。

「マケドニアに首を突っ込んでしまったせいで、時間を食ってしまったな。外交交渉は成功したから、マケドニアはこれでよしとして……問題は、テッサリアだ。フェライの僭主《せんしゅ》アレクサンドロスが、悪さをしていなければいいんだが」

「なにを言っているんだか、ペロピダス。きみの望みどおりに、ことが運んだというのに。いまとなっては、テッサリア情勢が悪化しておらぬことを祈るのみだよ」

イスメニアスは、やれやれといった表情でため息をついた。

しかし、ペロピダスたち一行が、マケドニアを出国し、テッサリアの北部に到達する頃、ラリサの使者たちが険しい顔でペロピダスとイスメニアスを出迎えた。

「やっと、お戻りになられましたか」

「フェライに変化は？」

「ペロピダス将軍がマケドニアに赴かれたので、これ幸いと、フェライのアレクサンドロスは悪魔のごとく、諸市に危害を加え始めておりまするぞ」

「なに？」

ペロピダスは事態の深刻化を知るや、眉をはねあげ、

「やはりな」

イスメニアスは、ほれ見ろと言わんばかり、にがい顔になり、

「すぐに行って、フェライの猛撃を止めねば」

「わかっている」

ペロピダスは、フェライの僭主アレクサンドロスに備えるため、パルサロスとその近隣都市で徴兵を開始する。が、そこへ、マケドニア王アレクサンドロス二世が暗殺されたとの凶報がもたらされた。

「なんだと？」

ペロピダスは信じられぬと言わんばかりの目で、駆けつけたマケドニアの使者を見るや、

「つい先日、わたしが仲立ちして、アレクサンドロス王とプトレマイオス・アロリテ

スを和解させたばかりではないか。だのに、なぜ？」

「プトレマイオス・アロリテスは、虎視眈々《たんたん》と王位を窺う卑怯者。ペロピダス将軍がマケドニアの国境を出るや否や、暴走し、王を弑殺《しいさつ》してしまったのです」

「しかし、王の身辺には護衛官が侍っているはず。暗殺者の刃をかわせぬはずは……」

「プトレマイオスは狡猾な男。巧妙に機会をとらえたのです。アレクサンドロス王が宴会で踊っている最中に、ここぞとばかり、王のお体に刃を突き立てたのです。舞踊の間は武器防具をはずし、裸同然の恰好でおりますから」

「なんということだ……」

ペロピダスは両手で頭をかかえこんだ。

「ペロピダス将軍！　嘆いている猶予はありませんぞ。王の暗殺を機に、マケドニアでは由々《ゆゆ》しき事態が続発しているのです」

「由々しきこと？」

「マケドニアの国外に亡命していた王族のひとりパウサニアスが、傭兵部隊を率い、王位を狙って、マケドニアに攻め寄せてきたのです」

「なんと……！」

「それだけではありません。混乱を見たアテネの将軍イフィクラテスが、行動を起こしました。イフィクラテスは、アレクサンドロス二世の弟のペルディッカスを、新しき王として担ぎ上げ、マケドニアを牛耳《ぎゅうじ》る心算。われこそはペルディッカス王子の擁護者なりと、名のりを上げ、いまにもマケドニアに攻め入る気配」

「なに、アテネが？」

ペロピダスは色をなし、

「次から次へと……。まったく！　マケドニアとは、なんという難儀な国か！」

苛立たしげに吐き捨てると、おっとりしているイスメニアスでさえも、

「我々もすぐに行動を起こさねば、アテネにマケドニアを掠《かす》め取られてしまうぞ」

「うむ。フェライ問題が、また、あとまわしになるが、しかたあるまい。徴集した兵士たちはこのままここに残し、マケドニアに引き返して、なるたけ早いこと混乱を収拾して戻ってくる。それしか手はあるまい」

ペロピダスは、にがい表情でイスメニアスに指示し、マケドニアに急行した。

このころ、マケドニアにいるプトレマイオス・アロリテスは、事態の悪化に青く

なっていた。アテネの将軍イフィクラテスは、王殺しのプトレマイオスを敵視していたから、プトレマイオスは孤立無援であった。

「アレクサンドロスを殺して王座を手に入れる計画であったのに、別の王族が横合いから割り込んできおった。おまけにアテネの将軍までが邪魔だてを……ええい！」

目算が狂って、プトレマイオスは進退極《しんたいきわ》まってしまった。

ペロピダスは北上する道々、マケドニア王家に関する情報を収集し、イスメニアスとも協議して対策を練る。その結果、王弟のペルディッカスをマケドニアの新王となし、プトレマイオスを摂政に任命することとした。

「王の暗殺者なぞと手を組むのは不本意だが、アテネに、パウサニアス。他にも、敵たちが控えている。いまはプトレマイオスを生かし、マケドニアを掌握するしか道はなかろう」

ペロピダスは、イスメニアスをプトレマイオスのもとに派遣し、「パウサニアスとイフィクラテスを排斥するために協調しよう」と共同戦線を持ちかける。プトレマイオスにとっても、テーバイ人の申し出は闇夜の灯火と言えたから、利害一致した両者は手を結ぶ。

そのころ、アテネの将軍イフィクラテスは、パウサニアスの傭兵部隊を撃退し、ペルディッカス王の庇護者としてペラの王宮に乗り込まんと意気あがっていたが、先にペロピダスがペラに乗り込み、新王ペルディッカス三世の後見人としてアテネの前に立ちはだかったので、イフィクラテスも撤退を余儀なくされた。

アテネよりも先にマケドニアの王都ペラを制圧したペロピダスは、

「イフィクラテスがパウサニアスを撃退してくれたお陰で、手間がはぶけた」

イスメニアスともどもマケドニアの掌握を喜んだ。腹黒いプトレマイオスも、今回の件で、おのれの身の危うさを痛感したらしく、

「野心に猛りたつ乱暴者どもにあいついで攻め込まれて、わたしも生きた心地がしませんでした。マケドニアの救世主ペロピダス将軍に対して、心より御礼申し上げます」

自分の悪事は棚上げし、プトレマイオスは平身低頭でペロピダスにおもねったが、志操堅固なペロピダスがそう簡単に懐柔されるはずもなく、

「それもこれも、あなたのしでかした背信行為が引き金になったことをお忘れなく」

痛いところを突かれ、プトレマイオスが口を閉ざすや、ペロピダスは一息に、

「摂政として、このマケドニアに留まりたくば、テーバイの条件を呑むように」

「条件？」

「ペルディッカス三世をマケドニア王として認めること。今後は決して王を殺《あや》めぬと誓うこと。誓約の証《あかし》として、ご子息をテーバイに人質として差し出すこと。この三箇条が呑めるなら、摂政の地位に留まることを認めよう」

厳しい条件だった。プトレマイオスはまたもや苦虫を噛み潰したような顔になる。

（今度はテーバイが余計な口出しを。だが、まあよいわ。ペルディッカスはまだ十五歳。後見人といったところで、テーバイは遠い。いつまで干渉しつづけられるか、あやふやなもんだ。しばらくの間は、条件を呑んだふりをして辛抱するとしよう）

野心は胸奥深くひた隠し、怯えきった目でペロピダスを仰ぎ見ると、プトレマイオスは、

「金輪際、王に対して無体な真似はいたしません。せがれも人質としてテーバイに差し出します。なにとぞ、よしなにお取り計らいを」

と、神妙に言いおおす。内心おさまらないのはペルディッカス三世も同様で、

「こんなかたちで王になれても、嬉しいことなど一つもありません」

怒り、無念、不満を凝縮させたような声音で、ペルディッカス王は吐き出した。無

理もないと、ペロピダスもペルディッカスに同情したが、若い王が憤激にまかせ、兄王の暗殺者に対して報復したら、またしてもマケドニアは混乱に陥る。ゆえにペロピダスは、

「国の未来をおもんばかり、思慮深く行動するのが王というものです。まして、いまのマケドニアは内憂外患の難局にあります。ゆめゆめ、復讐など考えられませんよう」

ペルディッカスは返答しなかったが、真一文字に引き結ばれた唇からは、ペロピダスの言葉を心のうちで噛みしめているようにも見えた。

（テーバイには弟のフィリッポスが人質として奪われている。王とて自分の立場は充分に弁《わきま》えているであろう。プトレマイオスの悪辣さを思うとマケドニア人を信用しきれぬが、フェライのこともある。現時点で施す処置としては、これが最善であろう）

そばにいたイスメニアスが、いたましげに王を見やり、

「ペルディッカス王は、わたしの息子と同じ年頃だ。不憫でならぬよ」

「まあ、なんにせよ、フィリッポス王子を人質にとっておいて正解だったな。新王も、弟の身を思えばテーバイに叛けまい。息子をテーバイに取られたプトレマイオスも、同様の理由で、これからは野心を慎しむだろう。これでマケドニアへの処断は終

了だ。さあ、イスメニアスよ、気分一新して、これからテッサリアに戻るぞ」

ペロピダスは、同僚イスメニアスの肩をポンと叩くと、マケドニアの王都ペラを出立し、再びテッサリア目ざして南下を開始した。

3　囚《とら》われのペロピダス

フェライとの国境に近づくと、イスメニアスは不安を顔一面に漲《みなぎ》らせ、

「大丈夫だろうか、ペロピダスよ。フェライの僭主《せんしゅ》アレクサンドロスは、とんでもない暴君だという噂だ。以前は逃げ出して、我々との会談を拒んだし……」

「しかし、イスメニアスよ。こっちはれっきとした外交使節なのだぞ。少々荒っぽい僭主であろうと、無防備な使節に向かって、よもや襲いかかることはあるまい」

だが、ペロピダスは自分の甘さをすぐに思い知らされることになった。

フェライの僭主アレクサンドロスは、威勢のいい傭兵を雇い、精強で忠実な親衛隊をつくって、おのれの身辺警護をさせていたから恐いものなしで、

「捕まえろ！」

アレクサンドロスの命令一下、テーバイの使節団は捕縛されてしまったのである。

アレクサンドロスは、猛獣のような男だった。テーバイ使節団の長であるペロピダスを嘗め回すように見やると、くっくっくっ、と、不気味な声で嗤《わら》い、

「いまを時めくテーバイの勇者ペロピダス。神聖隊を引き連れて、レウクトラでスパルタ軍を打ち負かしたギリシア屈指の将軍が、ぶざまに縄を打たれるとはな。どんな気分だ？」

　いたぶるような目でペロピダスを見おろしたが、ペロピダスは毅然と顔を上げ、

「なにゆえ、このような無体なことをなさるのか？　貴殿は、フェライの主《あるじ》として信義を重んじる心はないのか？」

「信義？」

　アレクサンドロスは勢いよく肩をゆすって嗤い、

「そんなもの、クソくらえだ！」

「なに？」

　ペロピダスが睨み上げると、アレクサンドロスは自慢の槍兵たちを見せびらかし、

「伯父イアソンの代から、屈強な傭兵部隊が、わがフェライの強みだ」

言い放った。先々代のフェライ僭主イアソンは英主で、パガサイ湾の港湾収入を元手にして優秀な傭兵部隊を雇い入れ、忠実で精強な親衛隊をつくりあげた。アレクサンドロスも、伯父の衣鉢を受け継いだというわけだ。

「おれは、テッサリア連邦など絶対に認めない。ふざけた茶番なぞ、この手でぶちこわしてやる。テッサリア人はすべて、フェライの奴隷になってしかるべき存在なのだ。弱者は強者に属するものなのだから。テーバイだってそうだろう？」

「わが国は、力で弱者を圧したりはしない」

ペロピダスは堂々と言い返したが、アレクサンドロスは鼻で笑い、

「綺麗事《きれいごと》をぬかすな、ペロピダスよ。ボイオティア同盟から離脱したプラタイアとテスピアイを、テーバイは情け容赦なく破壊してのけたではないか」

アレクサンドロスの指摘に、ペロピダスも反論できぬ。

「なにが、ボイオティア同盟だ。実態は、テーバイが力で他市を脅しつけているくせに。それでよく、いけしゃあしゃあと、おれを非難できたもんだ」

黙りこんだペロピダスをさげすみきって、アレクサンドロスは言いたてた。

「アテネも、おれの実力を認め、フェライを同盟者となした。テーバイは、最近、増長している。背後から襲いかかって、せいぜい苦しめてやってくれと、おれはアテネ人から頼まれているのだ」

「アテネと組んだゆえ、粋《いき》がって我々を捕縛したというわけか。アテネの後押しを得たくらいで強気になって、いばり散らすなぞ、知恵たらずの乱暴者のやることだな」

「ほざいてろ！」

アレクサンドロスは、せせら笑った。

「アテネとスパルタが手を組むのは、ペルシア戦争以来のことだな。ギリシア世界では、テーバイはペルシアと同等の、嫌われもの、と言うわけだ。なあ、ペロピダス。アテネやスパルタでは、きさまらテーバイ人のことを、なんと呼んでいるか知っているか？　裏切りもの！　薄汚いペルシアの犬！　いや、犬以下の奴隷だ、とな。ペルシア戦争のとき、クセルクセスに魂を売ってペルシア軍の先導をつとめたテーバイを、ギリシア人は、みな心の底から軽蔑しておるぞ。きさまらテーバイ人の血は祖先の代からすでに穢《けが》れ、腐っておるのだ。ハッハッハッ！」

「おのれ。祖先のことまで侮辱するか！」

ペロピダスは怒りに身をよじり、フェライ僭主につかみかかろうとしたが、

「無駄なあがきを」

アレクサンドロスは親衛隊の手から槍を奪うと、槍の柄で、血の噴き出るほどペロピダスを打ちすえた。

呻き声が、噛みしめた唇から、もれ出る。

同僚のイスメニアスは恐怖のあまり、身を縮《ちぢ》こめ、目を瞑《つむ》る。

アレクサンドロスは血まみれになるまでペロピダスを打ちのめして憂さを晴らすと、満足したか、手を止めた。しかし僭主の乱暴が、これで終わったわけではなかった。

「フェライでは、このアレクサンドロスこそが法なのだ。逆らうものには、決して容赦はせぬ。その証拠を見せてやる」

宣言すると、親衛隊兵士に向かって顎をしゃくった。僭主の命令に応じ、ひとりの老人が連行されてきた。

「なにをする気だ……」

ペロピダスは胸騒ぎがした。イスメニアスは顔面蒼白で、ふるえるばかりだ。

「やれ！」

アレクサンドロスが親衛隊に命じると、獰猛《どうもう》な猟犬が数匹連れてこられ、老人めがけて、けしかけられる。猟犬どもは狂ったように吠えるや、老人の肩や両の手脚に食らいつき、皮膚を裂き、肉を引きちぎる。

絶叫が轟きわたり、ペロピダスとイスメニアスの心を引き裂いた。

「なんという、むごいことを……」

ペロピダスは、怒りに燃えたった両目でアレクサンドロスを睨みすえ、イスメニアスは、ほとんど失神せんばかり、目をそむけるのがやっとだった。

「なあに、ほんの座興だ。恐怖に怯え、苦痛にのたうつ人間の姿を見るときほど、心地よく愉快なことはないわ。フハハハハ！」

アレクサンドロスは、腹をかかえて笑い出す。

ペロピダスは唇をきつく噛みしめると、はらはらと涙を流した。目ざとくそれを見つけたアレクサンドロスは、

「おやおや、さっきまで威勢よく大口たたいていた男が、女みたいにメソメソ泣き出しおったわ。さては、怖《お》じ気《け》づいたな」

「まちがえるな。わたしは、おのれのことで涙したのではない。おまえのような残忍至極な暴君に支配されているフェライの人々が気の毒だと思ったゆえ、彼らのために涙を流したのだ」

「なんだと？」

「罪もない民人《たみびと》たちをいたぶって、なんになる？　これが国を統《す》べる人間のすることか？　いいか、よく聞け、アレクサンドロス！　その残虐非道な所業を即刻あらためぬと、わたしはきさまを決してゆるさん。テーバイの総力を挙げて、きさまを攻め滅ぼすぞ！」

「おのれ！　言わせておけば図に乗りおって。きさまこそ、自分の置かれている立場が少しもわかっておらぬようだな」

アレクサンドロスはペロピダスを憎々しげに睨みつけると、親衛隊に命令した。

「おい、こいつを獄舎にぶちこんでおけ！」

ペロピダスは、屈強な兵士たちに左右からはがいじめにされ、地下に引きずられてゆく。そのまま、石壁の冷たい牢屋に閉じこめられた。ペロピダスとともに、イスメニアスも牢獄に押しこめられてしまった。

「外交使節を投獄するとは、道義を知らぬ野蛮人め」

「それより、ペロピダス。傷の手あてを……」

一緒に牢にぶちこまれたイスメニアスが、とぎれ、とぎれに言葉を吐く。そうやって気づかうイスメニアスも、いまにも倒れそうな顔色だ。

「すまない、イスメニアス。わたしのせいで、きみまで投獄されてしまったな」

「気にするな。そんなことより、ペロピダスよ、後ろを見ろよ」

イスメニアスは、怯《おび》えた目線を背後に送った。薄暗い牢獄の中には、他にも大勢の囚人たちが閉じこめられていたからだ。

「凶悪な犯罪者だったらどうしよう。武器は取り上げられて、裸も同然だ。襲われたら、防ぎようがないぞ……」

イスメニアスの声は恐怖にふるえていた。ペロピダスも一瞬ぎくりとしたが、よくよく見ると、囚人たちの瞳には凶暴な光は宿っていない。それどころか、恐怖と不安に表情を曇《くも》らせ、怯えた小動物のような目でペロピダスの方を窺い見ている。

ペロピダスが不審に感じ、声をかけて事情を聞いてみると、彼らは僭主に反抗的だという罪状で、ここに投獄されたフェライ人たちであることが判明した。

「無実のものを、こんなむごい目にあわせるなんて。とことん非道な男だ」

ペロピダスは怒りを新たにした。囚人たちを温かい目で見やると、

「みんな、元気を出すのだ」

と言っては励まし、いたわった。獄中にいるペロピダスが、囚人たちの間で人望を得はじめたと聞き知ったアレクサンドロスは、激怒した。

「ペロピダスめ。おれを怒らすと、どういう目にあわされるか、知らぬはずはあるまいに。やつはどうして死に急ぐのだ？」

アレクサンドロスは、囚人たちと隔離するため、ペロピダスを独房に移した。イスメニアスとも引き離されたペロピダスは、ひとり、狭く冷たい石牢に監禁される。

（アレクサンドロスめ、わたしを凍死させる気か？）

剥き出しになった石は、凍てつくように冷たい。ペロピダスは、ぶるっと身ぶるいした。季節はすでに晩秋であった。

（朝夕は冷えこむというに、薄いシーツがたったの一枚とは。本格的に冬が到来したら、凍え死んでしまうかも知れぬ……。だが、まあ、いいさ。これしきのこと、我慢《がまん》できないで大使がつとまるか。それよりも、問題は外の世界のことだ。テッサリア問

題も未解決の状態で、自由のきかぬ身になってしまった。いまとなっては、テーバイ政府が、この状況を聞き知って手を打ってくれることを待つしかないな）

弱りきって、ため息をつく。石牢にも面食らったが、食事もろくに与えられず、ペロピダスを凍死、もしくは餓死させようというアレクサンドロスの悪意が、ありありと見て取れる。だが、ひもじさと寒さに身も心も憔悴《しょうすい》しはじめた、ある朝のこと。

「ペロピダスさま……」

やさしく呼びかける声がし、食事とともに毛皮の外套が一枚さしいれられた。

「さぞ、お寒いでしょう。せめて、それを身に纏《まと》って、冷気を凌いでくださいまし」

声音は女のものであった。ペロピダスには驚きであったが、僭主の目を盗んで独房に忍びこんでくることのできる女性といえば、ただものではない。

「あなたはいったい、誰なのです？」

ペロピダスが、おずおずと声をかけると、意外なこたえが返ってきた。

「わたくしは、アレクサンドロスの妻……」

ペロピダスは、再度、驚愕し、

「なぜ、囚《とら》われびとのわたしを助けてくださるのです？　なにゆえ、夫を裏切るような真似を？」

「わたくしは、先々代の僭主イアソンの娘。アレクサンドロスは、僭主としての正統性を手に入れたくて、わたくしを娶《めと》ったにすぎないのです」

扉の向こうから、かぼそい女性の声が響いてくる。

「あなたの奥さまに申しわけがありません。このようなひどい場所に閉じ込められて、むごい目にあわされておいでになる……」

「お気になさいますな。それよりも、あなたこそ、お気の毒だ。鎖にこそ繋《つな》がれてはいないが、理不尽に耐えておいでになる」

「いいえ、わたしはいいのです……。でも、弟が受けている仕打ちを思うと、いてもたってもいられず、ペロピダスさまのお力におすがりしたくて、ここに来てしまったのです」

ふるえる声で、幼い弟がアレクサンドロスの稚児にされているのだと、その女性は打ち明けてきた。

「なんということだ」

鬼畜の所業にペロピダスが歯ぎしりすると、扉の向こう側からも、すすり泣く声が

響いてくるので、

「しっかりして。わたしが投獄されたと知ればテーバイ政府が黙ってはいません。本国政府はアレクサンドロスの暴挙に怒り、軍隊を派遣してくるにちがいない。テーバイには頼りになる友人がたくさんいる。きっと我々を助けに来てくれるはずです。そうしたら、わたしはアレクサンドロスを倒し、あなたと弟さんを必ず救い出してあげましょう」

ペロピダスが力づけると、アレクサンドロスの妻も勇気づけられたのであろう。泣き声がやんだ。ペロピダスはすかさず、たずねてみた。

「なんとおっしゃるのです?」

「え?」

「あなたのお名前ですよ」

ペロピダスが微笑しながら問うと、アレクサンドロスの妻は慎ましい声で、

「テーベーと申します」

「テーベー」

ペロピダスは、明るく声をはずませた。

「奇遇ですね。わたしの祖国に名を与えた王妃と、同じお名前とは。テーバイの建国伝説よると、テーバイの王ゼトスの妻テーベーにちなんで、わが国は『テーバイ』と名づけられたといいます」

「まあ、そうですの」

「王妃テーベーは、アソポス川の神の娘。あなたのように心やさしいニンフでした」

「いえ、わたしはそんな……」

テーベーの声は熱っぽくかすれた。恥じらっているであろうことが扉越しに伝わってくる。

（いじらしいひとだな）

ペロピダスもテーベーに心惹かれたが、アレクサンドロスの気性を思うと、彼女をここに長居させるのは危険と判断し、

「テーベーよ。わたしはもう大丈夫だから、ご自分の部屋に戻りなさい。そして、もう二度とここへ来てはいけない。アレクサンドロスに見つかったら、あなたも、ただではすまないのだから」

ペロピダスは諭してテーベーを去らせたが、そののちも、ときおりテーベーは牢獄

を訪ねてきては薬や食事や衣服をさしいれ、心をこめてペロピダスの面倒を見てくれた。ペロピダスにとってはありがたい半面、戸惑いも抑えきれず、

「ご婦人が、牢屋にたびたび足を運ぶのは危険だ。もうこれきりにして、二度とここへは来ないように」

少しきつい語調で戒めたが、テーベーは首をふり、

「危険を感じたことは一度もありません。だって、ここにいる方が安心するのですもの」

などと無邪気に言うものだから、ペロピダスも思わず、「あなたが来てくれると、わたしも安堵するよ」と口にしかけて、あわてて、その一言を呑みくだした。

テーベーは、いつも、かつぎを深く被《かぶ》っているので相貌は窺《うかが》い知れなかった。家族以外の男性に顔を見せないのが婦人としての礼儀であったから、その一事をもってしても彼女がたしなみ深い女性であることが推し測れた。しぐさや言葉づかいからも情の細やかさ、温かさが伝わってきて、打ちひしがれたペロピダスの心を慰めてくれる。いけないことだと思いつつも、ペロピダスは、いつしかテーベーの訪れを心待ちにするようになっていた。妻以外の女性に心を奪われるなど、はじめての経験であっ

た。

（いやいや……。国では、妻がどんなに心配していることだろう）

テーベーに傾きかける、おのれの心を打ち消すため、ペロピダスは故郷を想い、妻を想った。

4　一兵卒に落とされたエパミノンダス

エパミノンダスはボイオタルケスの職を剥奪されてしまったゆえ、出撃もできず、テーバイで蟄居《ちっきょ》を強いられていた。エパミノンダスがスパルタの指揮官と休戦協定を結んだので、テーバイ政府にスパルタとの裏取引を疑われたのだ。年が改まってもエパミノンダスは依然、許されず、ボイオタルケスに選出されなかった。

エパミノンダスは、このように将軍として出陣する機会を失いはしたが、心を腐らせて屋敷に引きこもるような真似はせず、体が鈍《なま》らぬよう練兵場に出向いては武技の鍛錬に励む。弟子たちも彼を慕い、練兵場に同行し、ともに軍事訓練に身を入れた。

エパミノンダスの心を占めていたのは、職務を剥奪されたことなどよりも、

（ペロピダスは、どうしているだろうか？）

ということであった。

（北からの報告によると、ペロピダスはテッサリアへの遠征途上、マケドニア王家のお家騒動にも首を突っ込み、さらに北へと足をのばしたという。年若いマケドニア王アレクサンドロス二世と同盟を締結し、王の末の弟を人質にとり、先に人質だけをテーバイに送り届けて、彼自身は、またテッサリアに舞い戻ったらしいが……。たしかに、ペロピダスは並々ならぬ情熱家だ。有能な男であることも認める。だが、あまりに手を広げすぎると、身動きがとれなくなるのではないか？　事態が悪い方向へゆかねばよいが）

などと親友の動向を懸念していたエパミノンダスであったが、思案から現実に戻ると、弟子たちが声を荒らげて政府批判を交わしている声が耳に飛び込んできた。

「まったく！　エパミノンダス将軍からボイオタルケス職を剥奪してしまうとは、政府もどうかしている。テーバイがこうしてギリシア中に威令を響かせられるのも、将軍のお力があってこそ。その事実をころっと忘れて、ばかばかしい決定を下したものだ」

「やっかみですよ、きっと。将軍ばかりが脚光をあびるので、ねたみ深い小者メネクレイダスには面白くないのでしょう。おのれの野心を大義にすりかえていたが」

弟子たちの言いたい放題には、エパミノンダスもつい気色ばみ、

「いつまでくだらないお喋りにうつつをぬかしているのだ？　口よりも体を動かせ。ペロピダスはテッサリアで任務を遂行中だ。ペロポネソス半島の情勢とて、いつまた不穏になるか知れぬ。いつ何時《なんどき》でも出撃できるよう常日頃から心身を鍛えておかねばなるまいぞ」

「はい……」

叱責された弟子たちは首をすくめて黙り込む。しかし、彼らとて将軍の手前、口を閉ざしたものの、テーバイ政府に対する不信感はぬぐいきれるものではない。

エパミノンダスが鍛錬のために練兵場にやって来ると、青年たちが大きな輪をつくって騒いでいる。不審を感じ、輪のいちばん外側に立ち、遠巻きに輪の中を覗《のぞ》きこむと、そこでは青年たちが一人の少年を相手に口論していた。

「ずいぶん激しくやりあっているな。しかし、あの少年。見かけない子供のようだが。年の頃は、十三、四。小ざっぱりした身なりに、腰には剣も帯びている。貴族の

子だな」

　エパミノンダスが首を捻っていると、そばにいる青年が、

「あれは、マケドニア王アレクサンドロス二世の末の弟です。先頃ペロピダス将軍がマケドニア王家のお家騒動を収拾した折に、マケドニア王から預かってきた人質です」

「なに？　あれがマケドニアの王子か。たしか、名をフィリッポスとかいう」

　エパミノンダスは目を細め、王子の相貌を窺《うかが》い見た。フィリッポスは、マケドニア王アレクサンドロス二世のもとから誓約の証《あかし》として連れてこられ、数人のマケドニア貴族の子弟とともにテーバイに抑留されている。

「それで、王子はここで、なにをしているのだね？」

「我々が訓練をしていると、いきなりやって来て、自分も中に入れてくれと割って入ってきたのです。王子はまだ子供だし、マケドニア王から預かった大事な人質ですから、怪我でもされては大変と、丁重に断ったのです。でも、子供のくせに強情で。自分にもやらせろ、誰でもいいから相手をしろと、うるさく言ってきかないのです」

「ふうむ」

　エパミノンダスが状況を呑みこんだそのとき、輪の中から、ひときわ大きな悲鳴が

あがった。王子が剣の柄に手をかけたのである。

「危ない……！」

エパミノンダスは人垣をかきわけて走り寄り、王子の背後より、ぐいと右腕を引っつかむや、力まかせに捻《ひね》りあげた。

「は、はなせ、このっ！」

背後から、ふいに大きな力にすくいあげられた王子は仰天し、じたばたもがく。

「王子、いけませんぞ」

エパミノンダスが叱ると、少年は上半身を捻り、ぎらりと睨み返して喚《わめ》きたてた。

「うるさい！　こいつらは、おれを『バルバロイ』だと罵った。ゆるさぬ。王子を愚弄した罪を、存分に思い知らせてやる」

鋭利な刃物のごとき少年のまなざしに、エパミノンダスも胸を貫かれ、一瞬たじろいだ。その隙をつき、王子は敏捷な身のこなしで剣をふりあげる。

（まるで、毛を逆立てたライオンの子だな）

エパミノンダスは苦笑し、再度、王子の利き腕をとらえるや、勢いよく、その左頰に平手をはった。

「王子！　このようなご無体、ひとの上に立つもののすることではありませんぞ」

ぶたれたことが初めてだったのか、王子は赤く腫れあがった左頬を手で押さえ、呆然と開いた目でエパミノンダスを見あげるばかりである。さっきまでの威勢の良さが嘘のように立ちすくむ王子の手から、エパミノンダスは、すばやく短剣をむしり取った。

「あッ！　きさま、なにをする！　それは兄上の……！」

我に返った王子は再び火のついたような勢いでエパミノンダスに食らいついてきた。

「畜生！　返せ！」

「あなたが心を改めるまで、返すわけにはまいりません。この剣は、わたしが預かっておくことに致しましょう」

「心を改めろだと？　無礼者め！　そういうおまえこそ、いったい、なにものだ？」

エパミノンダスは、言葉つきも穏やかに自分の名を名のった。

「エパミノンダス？」

相手の名を聞いた瞬間、荒々しかった少年の表情がかすかに緩んだようだった。が、あいも変わらず傍若無人な手つきでエパミノンダスの腕を押しのけるや、いならぶ一同を睨みつけ、王子は憤然と去っていった。

「おっかねえガキだな」

「王家の出なんていっても、しょせんはバルバロイ、乱暴なのも道理だぜ」

青年たちは、王子の背めがけ、口々に罵声をあびせた。

「これ！」

エパミノンダスは強面《こわもて》で青年たちを叱ると、

「さあ、訓練をはじめるぞ」

手を打って、その場にいる青年たちを整列させる。ただ、ちらりと王子の去っていった方角に目を転じ、ついで、さきほど王子の手から奪い取った短剣に視線を落とす。短剣の柄のところには、ライオンと太陽の紋章が刻まれていた。

(ライオンはヘラクレスの、太陽はマケドニア王家のシンボルだ)

エパミノンダスは、ライオンの模様を指先で撫でながら、

(ライオンの子みたいな王子だったな)

含み笑いをもらし、精悍《せいかん》な獅子のようなフィリッポスの双眸《そうぼう》を思い起こした。

ほどなくして、ペロピダスとイスメニアスがフェライの僭主《せんしゅ》アレクサンドロスによって投獄されたという知らせがテーバイに伝わった。そのころにはアレクサンドロスが、むかし休戦協定を結んで間もない友邦の住民を皆殺しにしたことも判明した。友誼《ゆうぎ》を交わしあい武装解除したところを急襲すると、丸腰の住民たちを次々に殺していったという。由々しき事実が明らかになるにつれ、テーバイ政府は、凶悪な野獣の檻の中に丸腰のペロピダスを放り込んでしまったことに、ようやく気がついた。

「このまま放置しておいたら、ペロピダスの生命があやうい。いや、それどころか、将軍が拘束されたなどとギリシア中に知れ渡ったら、テーバイの威信は失墜だ。すぐにでもペロピダスを救い出さないと」

焦ったテーバイ政府は、ペロピダス奪回のための軍をフェライに急派することに決したが、エパミノンダスに対しては一兵卒での従軍を命じ、ヒュパトスとクレオメネスをボイオタルケスに任命、八千の歩兵と六百の騎兵を委ね、

「大々的にテッサリアに軍勢派遣するのは、これが最初となる。わが国の威信がかかっている。絶対に失敗するな」

と、両将軍には口を酸っぱくして言い含めたうえで北へと送り出した。ところが、

国威をかけた奪回戦は遅々として進まなかった。フェライの僭主アレクサンドロスは、ただの乱暴者ではなく、狡知《こうち》に長《た》けた戦上手《いくさ》であったから、反テーバイのアテネに大使を派遣し、同盟の締結と援軍の派遣を要請したのだ。

アテネは、テーバイへの反撃の機会と断じ、アレクサンドロスと同盟を締結し、将軍アウトクレスに三十隻の艦隊と一千の兵、兵糧などの物資も委ね、海路、フェライに派遣した。アテネからの援軍を率いるアウトクレスは、テーバイの軍勢が陸路から北上する間にエウボイア島を迂回し、フェライに先に到達したので、アテネからの力強い援軍と軍需物資も得たアレクサンドロスは、いよいよ鼻息荒く、

「アテネも味方にした。これで、テーバイの連中が、ペロピダスを取り返しに攻め込んできても、手痛い返り討ちにあわせてやれる」

優秀な麾下の騎兵部隊と、アテネの重装歩兵を率いて出陣すると、いの一番にテーバイ軍の輜重《しちょう》部隊を襲撃し、テーバイの将兵たちを飢えに陥れた。このため、テーバイ軍はろくに戦わぬうちから痛烈な痛手を被った。アレクサンドロスは得意の騎兵部隊で攻めかかってきては、投槍の雨をあびせかけてくる。アレクサンドロスの猛撃に、テッサリアの同盟軍も音《ね》を上げて、テーバイを見限って逃走してしまった。

「ギリシア一の強国スパルタを惨敗に追い込んだはずのテーバイ軍が、意気地《いくじ》なく敗走を重ねるとは。テーバイの将兵は、いつから、こんなに気概を失ってしまったのか」

テーバイ兵の間からは、無念の叫びが口をついて出てくる始末であった。

しかし、戦列には気骨のある兵士もいた。仲間の将兵たちを鼓舞し、崩れた戦列を立て直そうと力をふりしぼる。むろん彼は誰にも負けないほど勇敢だった。しかし、ただの一兵卒では、彼の実力を充分に発揮することができないのである。心ある兵士らは、この仕打ちに義憤を禁じえなかった。

「エパミノンダス将軍が、なぜ、一兵卒に甘んじねばならぬのか」

「将軍は、ペロピダス将軍の安否を、誰よりも案じておいでになるはずだ。口には出されぬが、ご胸中は、いかばかりか。察すると、こちらも胸が痛くなる」

「よし！　こうなったら、我々がヒュパトスとクレオメネスに直談判し、エパミノンダス将軍の手に指揮権を渡すよう、説得しようではないか」

憂国の兵士たちは、指揮権を有する二人のボイオタルケス、ヒュパトスとクレオメネスのもとへ出向くと、エパミノンダスのために弁じた。

「名誉ある将軍を一兵卒に落として辱《はずかし》めることこそ、テーバイの恥だ」

だが、ヒュパトスらは心を動かされる風もない。

「エパミノンダスを免職したのは、テーバイ政府なのだ。われらはただ、政府の意向に従っているに過ぎぬ」

憂国の兵士とヒュパトスらが言い争っている、まさにそのとき。

「敵襲だ！」

叫び声が陣営内に轟きわたり、アレクサンドロスの騎兵が喚声をあげ、襲いかかってきた。フェライの僭主アレクサンドロスは戦上手《いくさじょうず》であったうえ、アテネの後援を得ているという強みも手伝って、テーバイ軍を隘路《あいろ》に閉じこめて身動きままならぬ状態に追い込んだ。

「口ほどにもない。ガキと遊んでいるようなもんだ。テーバイには、おれと互角に戦える将すらおらぬとはな。張りあいがなくて、あくびが出るわ」

アレクサンドロスはテーバイ軍を嘲弄し、攻めたてる。たび重なる敗退に、テーバイ兵の憤りは司令官たちへと向けられた。

「無能な指揮官に生命を預け、無駄死《むだじ》にさせられるのだけは、ごめんだ」

「そうだ。我々には、有能な指揮官を選ぶ権利がある」

兵士たちは、歩兵の戦列の中からエパミノンダスを連れて来ると、ヒュパトスとクレオメネスに向かい、

「さあ、エパミノンダス将軍に指揮権を譲りなさい」

語気つよく指揮権の譲渡を迫った。ヒュパトスとクレオメネスは、おどおどと当惑顔を見あわせ、

「このままでは、わが軍は壊滅だ。敗残兵を連れて、のこのこテーバイに引き揚げたら、政府に死刑を宣告されるぞ。いまは、面子《めんつ》にこだわっている場合ではない」

ヒュパトスとクレオメネスはエパミノンダスに深々と頭を下げ、

「指揮権を貴殿に譲渡するゆえ、これまでのことは水に流して、テーバイ軍のために指揮をとってくれまいか？」

エパミノンダスは一言の不平も言わず、即座に難局を引き受けることを承知した。

「エパミノンダス将軍が指揮をとられるのなら、もうこっちのものです。一気に攻めたててアレクサンドロスをぎゃふんと言わせ、ペロピダス将軍を取り戻してやりましょう」

兵士たちは沸きたったが、エパミノンダスは彼らの予測に反し、

「アレクサンドロスとの交戦は切りあげ、いまよりテーバイに撤退を開始する」

思いもよらなかった撤退表明に、将兵たちは耳を疑い、

「なにを言われるのです？　エパミノンダス将軍が復帰された以上、われらに恐いものなどありません。ペロピダス将軍とイスメニアスどのを、一刻もはやく救い出さねば。アレクサンドロスは獰悪《どうあく》な男。お二人の身が案じられてなりません」

兵士たちは雪辱戦を渇望し、ペロピダスたちの救出を乞うたが、エパミノンダスは首を左右にふるばかりだ。

「ここ数日の戦闘で、わが軍の損害と疲弊は甚だしい。それに、季節はもう冬だ。いったんテーバイに帰国し、将兵たちに充分な休養を与えたのち、来春、改めて出兵し、アレクサンドロスと対戦する」

「そんな……」

「諸君の逸《はや》る気持ちもよくわかる。だが、傷ついた兵たちを無事に撤収させることも大切なことなのだ。わかってくれ」

懇々《こんこん》とエパミノンダスに諭されると、兵士たちも従わざるを得ない。

エパミノンダスは全軍に対して撤退を命じると、フェライの騎兵部隊からの猛攻撃

から身を守るため、密集方陣を組んで守備をかため、エパミノンダス自身が、騎兵とハミッポイ（歩兵装備の騎兵）を指揮して殿《しんがり》をつとめ、フェライ騎兵の猛攻をはねつけたので、威勢よく攻めかかっていたアレクサンドロスも、テーバイ方の応戦態勢の変化に気づく。

「テーバイの指揮官が、エパミノンダスに代わったようです。テーバイ軍の殿も、エパミノンダスがつとめているもよう」

「なに、エパミノンダス？　ふうむ。スパルタ人を苦戦に追い込む手だれだけのことはある。道理で、手ごたえが違うと思った」

アレクサンドロスも納得し、

「あの男が指揮をとっているとなれば、深入りは禁物だ。本気を出されたら、小手先の戦術ぐらいでは間にあわぬだろうからな」

「エパミノンダスの目的は、どうやら故国テーバイへの撤退のようです」

「ムム……。ならば、このまま行かせてやるか。テーバイ人は存分に痛めつけてやったし、冬が近づいている……。よし、われらもフェライに引き揚げだ」

アレクサンドロスも、ここが潮時と判断し、矛を収めると撤兵した。

こうしてテーバイ軍は尾羽《おは》うち枯《か》らして故国に撤収したが、レウクトラの勝利以降、勝ち戦《いくさ》つづきのテーバイにとって、今回のテッサリア遠征は初めての手痛い惨敗であった。

帰国後、二人のボイオタルケス、ヒュパトスとクレオメネスは、敗戦の責任を問われて重度の罰金刑に処された。また、対アレクサンドロス戦に関してはエパミノンダスの建言が採用されて、来春早々、エパミノンダスをボイオタルケスに任じて指揮権を付与し、軍を再編成してテッサリアに再出撃することとなった。

明けて、紀元前三六七年、初春。

「冬のあいだ、みなも充分に英気を養った。今度こそ、フェライのアレクサンドロスに目にもの見せてやりましょう」

兵士たちは雪辱戦を期して勇みたったが、エパミノンダスは相変《あいか》わらず慎重で、

「信義も誓約も、あの男には通用しない。それに、アレクサンドロスはあのとおり激しやすいたちだ。ここで徹底的に叩いて追いつめたら、逆上してペロピダスとイスメニアスを処刑するかも知れぬ。いまは、ペロピダスたちの生命を守ることが先決だ。

ここはじわじわ攻めて、アレクサンドロスを消耗させ、戦意を喪失させる」

　宣言するや、エパミノンダスは麾下将兵に下命し、田園を焼き払うなどしてアレクサンドロスの戦意を削る作戦を展開した。アレクサンドロスも、テーバイ軍の略奪行為にはまいった。この年はアテネからの支援も得られなかったので、戦争を続行しても勝機が薄いことも、この男にはわかっていた。アレクサンドロスが戦意を失いはじめた頃合《ころあ》いを見計らってエパミノンダスが休戦を打診する使者をフェライ陣営に派遣すると、

「テーバイ軍の指揮官は、どうせエパミノンダスだろう?」

　アレクサンドロスは腹立たしげに吐き捨てる。テーバイの使者たちは頷《うなず》くと、

「われらの将軍エパミノンダスは、こう申しております。テーバイの目的はフェライを滅ぼすことではない。我々がフェライに望むことは、ただ一つ。ペロピダスとイスメニアスの身柄を無事にもらい受けることだけである、と」

「くそう。エパミノンダスのやつ、涼しい顔をして厚かましいことをぬかしやがる」

　アレクサンドロスは扼腕《やくわん》したが、エパミノンダス相手に戦っても勝ち目がないことは身をもって痛感していたので、降参し、ペロピダスたちを解放することに同意するが、

「釈放するにしても、あいつらを、ただでテーバイに返してやるのは癪《しゃく》だ。好条件で人質を売らねば、割が合わぬ」

と計算し、エパミノンダスに対して、「アレクサンドロスに、タゴス（テッサリアの最高官職）の職を認めること、テッサリアでの行動の自由を認めること」を和睦の条件として提示した。突きつけられた和解条件に、エパミノンダスも眉を顰《ひそ》めた。

（アレクサンドロスの条件を認めたら、テーバイはテッサリアを見捨てたことになる。とても受諾しがたい条件だ）

ペロピダスを見捨てるか？　それともテッサリアを見捨てるか？

板ばさみにエパミノンダスも迷い、和平締結を逡巡したが、ここはまず人質の生命を優先してアレクサンドロスの条件を承諾せざるを得ないと、判断する。

「エパミノンダスは、話のわかる男ではないか。ふふふ」

望んでいた地位と権力を手にしたアレクサンドロスは満足し、ペロピダスとイスメニアスを獄舎から釈放して、エパミノンダスのもとに送りつけてきたのであった。

冬のあいだ、冷たい石牢に放り込まれていたペロピダスは、げっそりと痩せ衰え、鞭打たれたのか、体は血膿にまみれていた。痛々しい姿に、エパミノンダスは涙をう

かべ、急いで友に駆け寄り、

「ああ、ペロピダス。なんという、いたましい姿に……」

よろめく友を全身で支えるや、外套で身をつつみ、両肩をしっかり抱きしめた。

「しっかりしろ。もう大丈夫だ」

だが、ペロピダスは友人の声が聞こえぬのか、焦点の定まらぬ目で虚空を見つめると、

「あの、凶暴な獣のもとからフェライの人々を助けなければ……」

うわごとのように繰り返す。

「気持ちはわかるが、ペロピダスよ、そのようにやつれきった体では無理だ」

しかし、ペロピダスはエパミノンダスの手をふりはらうと、

「いいや……。わたしは約束したのだ。必ず、助け出してみせると。このまま去ってなるものか。なあ、エパミノンダス、力を貸してくれ。一緒にフェライを解放しよう」

憑かれたように言いつのるばかりだ。

「いま、きみに必要なのは休養だ。これ以上、無茶をしたらフェライを救えんぞ。なあ、ペロピダス。わたしの言うことを聞いて、おとなしくテーバイに帰るんだ」

所期の目的を達成したエパミノンダスは、傷ついた友を抱きかかえ、早々に軍を取りまとめてテーバイに引き揚げたのであった。

第五章　覇者の栄光と苦悩

1　マケドニアの王子フィリッポス

無事に故国テーバイへの帰還を果たせたものの、ペロピダスを待っていたのは、ごうごうたる非難の嵐であった。

「ペロピダスは軽率だった。欲を出してマケドニアにまで手を伸ばしたのが、そもそも、まちがいのもと」

「フェライをなめてかかったからアレクサンドロスに投獄されてしまったのだ。その結果、テッサリアはフェライの手中に陥った。勝ったのはフェライのアレクサンドロス。テーバイはレウクトラ以来、初の敗戦だ。これでは、なんのための大使かわからん」

「いざというとき頼りになるのは、やはりエパミノンダス。ペロピダスはあてにならぬ」

痛烈な嫌味まで投げつけられたから、ペロピダスにしてみれば、治りかけた傷口に短剣を突きたてられたような心地であった。

「また、きみに助けてもらったな……」

ペロピダスは、見舞いに訪れたエパミノンダスに、気まずそうに謝るばかりであった。

「わたしときみの仲だ。気にするな」

エパミノンダスは微笑で応じたが、テッサリア遠征の失敗は、ペロピダスには相当こたえたようだ。すっかり気落ちし、自嘲気味に、

「政府には、こっぴどく叱られたよ。外交使節が縛り上げられて鞭打たれるとは、なにごとか。テーバイの恥を諸国に曝《さら》し、著しく威信を貶《おとし》めたと、耳に痛い叱責が、後から後から飛んできて、じつにいたたまれなかったよ」

「いつものことながら、政府は無情だな。こちらの戦略も苦労も、おかまいなしに、

好き勝手に罵ってくれる。しかし、政府の無策ぶりが今回の事態を悪化させたと言っても過言ではない。ろくな軍勢も授けず、援軍さえも送らずに、きみをテッサリアに送り出したのは政府なのだから。その点を、政府にもきちんと自覚させ、反省を促すよう、わたしも諫言したいと思っている」

エパミノンダスは冷静に事態を分析し、ペロピダスをいたわった。

「気にするな、ペロピダス。前線では、いつだって思わぬことが出来《しゅったい》しうるものさ。場合によっては臨機応変の措置も必要だよ。わたしは、きみの判断に間違いはなかったと思う。きみは最善のことをしたのだ。いまはあれこれ深く考えず、ゆっくり養生したまえ」

「やさしいな、きみは」

ペロピダスは淋しげに笑った。それでも、友に慰められて少しは気が楽《らく》になったのであろう。遠征中の出来事などを、少しずつ話しはじめた。エパミノンダスも穏やかな表情で友人の語る北方情勢に耳を傾けていると、

「そうだ、エパミノンダス。きみは、マケドニアのフィリッポス王子に会ったそうだな」

練兵場の一件を聞いたらしい。ペロピダスは、マケドニア王アレクサンドロス二世のもとから盟約の証《あかし》として連れ帰ってきた王子の名を出した。

「ああ、会ったよ。練兵場でな。あの王子は、なんと評したらよいか……。とにかく、威勢のよい少年だな」

ペロピダスは愉快そうに笑うと、

「フィリッポス王子は十四歳。まだ子供だし、末の弟ということなので、わたしもイスメニアスも、さほど扱いには困らぬと踏んで預かってきたのだが、これがなかなかどうして、すさまじく気性が激しくてな」

「手こずっているのだな」

「いささかな」

ペロピダスは、今度は、ほろ苦《にが》く笑い、

「人質という境遇が、王子さまには堪《たま》らないらしい。連れ帰ってはきたものの、どう扱ったらよいか思案しあぐねている。とりあえず、王子の身柄はイスメニアスに預けたのだが、彼は知ってのとおり、おっとりした性分。あの駻馬《かんば》をもてあまし、自分にはとても面倒を見切れぬゆえ、保護者の役はもう勘弁してもらいたいと、政府に訴えたそうだ。政府もイスメニアスを気の毒がって訴えを聞き入れたらしいが、はてさて、王子の身柄をいったい誰に委ねればよいものか。わたしはこのとおり、いつまた出撃命令を受けるかわからぬ身。王子の世話など、とてもとても。きみだって、そうだろう?」

「そうだな」

エパミノンダスが、フィリッポスの剣《つるぎ》のような鋭く激しい眼光を思い出していると、

「他聞を憚《はばか》る話なのだがな、エパミノンダスよ。フィリッポス王子は、父王のアミュンタスの時代にもイリュリアに人質として差し出されていたそうだ」

「ほんとうかね?」

「ああ。アミュンタス三世は、むかしイリュリア軍にこっぴどく敗北し、王位も捨てて命からがらテッサリアに亡命した。貢納金と末息子を差し出すことで、辛うじてイリュリアの猛攻をそらし、マケドニアの王位を確保したというわけだ」

「息子の生命と引き換えに、アミュンタス王は屈辱的な和平を贖《あがな》ったのか」

「マケドニアの北方・東方・西方には、パイオニア、トラキア、イリュリアといった屈強な蛮族どもがひかえている。国内には王家の内紛ありと、外憂内患の絶えない、

お国柄さ」

「いたましいことだ」

「臣下の凶刃に兄を奪われ、屈辱に満ちた人質生活を耐え忍ばねばならぬとは、フィリッポス王子も哀れな少年だ。そのうえに、母親の密事を知ったら、地獄だろうな」

「母親の密事？　どういうことだ、ペロピダス」

エパミノンダスが鋭く詰問すると、ペロピダスはやや声をひそめ、

「それがな、フィリッポス王子の母エウリュディケ王妃はな……プトレマイオスと、できているという話だ。あくまでも、噂だがな」

「エウリュディケ王妃が？」

エパミノンダスは思わず目を剥いた。信じられぬといわんばかりの顔で、

「けしからん！」

声を荒らげた。

「息子が異国でひとり苦労に耐えているというのに、母たるものが不倫とは！　しかも、不義の相手プトレマイオスは、娘の夫ではないか。いや、それどころか、息子のアレクサンドロスを殺した張本人だぞ！　そんな……そんな信じがたいことが、どう

してできるのだ？　息子を殺した男と！　なんてことだ。狂っている！」

物静かなエパミノンダスが激昂するので、ペロピダスも面食らい、

「まあ、落ち着きたまえ、エパミノンダス。子持ちといっても王妃はまだ三十半ば。頼もしい男に、やさしく言い寄られたら、ふらっとよろめくこともあるんだ」

やんわりと宥《なだ》めたが、エパミノンダスは聞く耳もたず、

「なにを馬鹿げたことを言っているのだ？　いい加減な言葉で、はぐらかすな」

表情も言葉つきも、ともに険しく、ペロピダスを叱りつけた。

「ペロピダス。きみはなぜ、そんなふしだらな女を放置しておくのだ？　仮にも一国の王妃が、かくも人倫に悖《もと》るふるまいをしでかしているとは……！」

「では、エパミノンダス。このわたしに、王妃を呼びつけて説教しろとでも言うのか？　不倫はよくない、妃という立場をわきまえ、子供たちのことも考えろと、諄々《じゅんじゅん》と諭せばよいのかね？　外国の一大使に過ぎぬわたしが、マケドニア王の母親に向かって？　そんなこと、できるわけがないだろう。わたしには、そこまで干渉する権限はないのだから」

「王妃のことはさておいても、ペロピダスよ、きみは、なぜ、プトレマイオスのような男を同盟相手に選んだのだ？　プトレマイオスは、義理の兄であり、王でもあるアレクサンドロス二世を殺害し、義理の母と密通する。そんな残忍で貪婪《どんらん》な男を、よりにもよって、なぜ？　他に、ひとがいないわけでもあるまいに」

「同盟相手の人格まで選べるものか。暴君だろうと暗殺者だろうと、不義密通の無節操男だろうと関係ない。これまでも、テーバイは、相手の品性など度外視して同盟を締結してきた。そうではないかね、エパミノンダス？」

ペロピダスが逆に問うてきたので、エパミノンダスはぎくりとした。

（わたしが、フェライの僭主《せんしゅ》アレクサンドロスと和約したことを非難しているのか？）

エパミノンダスは、やるせなくなり、それ以上、言葉を継ぐことができなくなった。ペロピダスは、実直な彼にしては珍しく、かわいた薄笑いを片頬に浮かべ、

「ひとの上に立つ立場の人間は、道義に外《はず》れた行いをすべきではないと、きみは考えているようだがな、エパミノンダスよ。王族に、僭主。ひとの上に君臨し、ひとの生殺与奪権を握っている連中に限って、極悪非道な所業をしでかすものなのさ」

ペロピダスは顔を歪《ゆが》めて笑った。エパミノンダスには初めて目にする親友の、嫌悪

感さえもよおす、どす黒い表情であった。

「暗殺に、不倫、いずれも禽獣《きんじゅう》のごとき悪業だ。しかし、そうした弱みがあるから、こちらとしても逆に扱いやすくて好都合ともいえる。プトレマイオスはすでに人望を失っているからな。孤立したあの男は、もはやテーバイに臣従せざるを得ぬというわけさ」

エパミノンダスはしばし言葉を発することもできなかったが、ややあって、無理に微笑を浮かべると、

「ペロピダス。とにかく、いまは静養に専念しろ。また、来るよ」

手短に別れを告げ部屋から出ると、扉の向こう側にはペロピダスの妻が立っており、聞き耳をたてていた。唐突にエパミノンダスが現れたので、ペロピダス夫人は度を失って小さな悲鳴を発した。が、すぐに、おのれの失態を恥じ、非礼を詫びるつもりか、あるいは夫を救い出してくれた恩人に感謝を捧げるつもりか、深々と頭を下げた。陰鬱な表情からも夫の様子をひどく心配していることが窺《うかが》え、エパミノンダスもあわてて会釈し、

「ペロピダスには静養が必要です。しばらく屋敷で休ませてやってください。わたし

も、できる限り力を貸すつもりです。どうか、奥さんも心を強く持って。なにか心配事があれば、いつでもわたしに相談を」

「ありがとう存じます」

夫人は声を潤《うる》ませ、いまいちど深々とエパミノンダスに対して頭を下げた。エパミノンダスも軽く会釈し、夫人に別れを告げると、親友の屋敷をあとにしたが、

(ペロピダスは、ずいぶんと皮肉なものいいをするようになったな)

家路についたエパミノンダスは、しきりに重苦しいため息をつく。

(フェライで監禁された折に受けた恥辱と傷が、心をすさませているにちがいない。昔から熱情的で誇り高い男だったから、よほど身に堪《こた》えているのだろう。しかし、フェライ僭主アレクサンドロスとの一件を指摘したら、よけい傷口を広げることになる。加えて、わたしに対する競争心が、彼の焦燥感を煽《あお》りたてている。わたしの戦果と比較して、いっそう、たまらない気持ちになるのだろう)

だが、と、エパミノンダスは冷静に事態を分析してもいた。

(同じボイオティアのポリスやスパルタ・アテネ相手の交渉ならば幾年《いくねん》にもわたる外交の歴史と経験がある。しかし、テッサリアもマケドニアもテーバイにとっては初め

ての交渉相手だ。南のギリシア諸国とは国情も違い複雑だ。しかも、見倣いたくとも先例もあまりないときている。テーバイの威信をかけ、失敗せぬようにと神経を尖《とが》らせつつ気心も容易に窺い知れぬ相手と交渉せねばならぬとあれば、ペロピダスが苦労を強いられるのも無理はない)

ペロピダスの苦衷を察すると、エパミノンダスも友に強いことは言いかねた。

(それにしても、ペロピダスと昔のように腹を割って話すことも難しくなってしまった。難儀なことだ)

頭をかかえつつエパミノンダスが家路を急いでいると、背後から足音がついてくるのに気がついた。

(だれか、わたしの後をつけている?)

エパミノンダスが立ち止まると、後ろの足音も止まる。歩き出すとまた、急ぎ足で追いかけてくる。軽い足音。これは子供だな、と直感した。

(しかし、いったい誰が?)

エパミノンダスは早足になると、角を曲がり、建物の陰で息をひそめた。背後の足音も小走りに駆けてくる。エパミノンダスは相手を見定めてやろうと、さっと、建物

の陰から姿を現した。が、相手の顔が目に飛び込んだ瞬間、

「フィリッポス王子？」

エパミノンダスは驚きあきれ、

「なにをなさっておいでです？」

まじまじと王子の顔に見入りつつ問うた。フィリッポスは決まり悪げに下唇を噛みしめ、だんまりを決めこんだ。

「お供《とも》も連れず、ひとりで出歩《であ》るかれては、あぶのうございますよ」

エパミノンダスが注意すると、今度は開き直ったか、フィリッポスはエパミノンダスをまっすぐ見返し、

「この国じゃ、ガキでも平気でおもてを歩いているじゃないか。おれは、十四だぞ。マケドニアではな、貴族の息子は十四歳になったら近習として王に奉公するしきたりなんだ。従者なんかいなくったって、ひとりで町ぐらい歩ける」

あいかわらずの威勢のよさに、エパミノンダスもあきれいり、

「王子さま。わたしと話がしたければ、素直にそうおっしゃい。尾行なんて姑息なやりかたは、いただけませんぞ」

「尾行なんかするもんか。おまえが、ただ、おれの前を歩いていただけで……」

「まあいい。拙宅はすぐそこです。ついておいでなさい」

エパミノンダスはフィリッポスにくるりと背を向けるや、返答も待たずに歩き出した。

「おい、待てよ。おれは行くとは言っていないぞ」

フィリッポスは怒鳴ったが、エパミノンダスは、おかまいなしに先に立ってすたすた歩いてゆく。

「しかたないな……」

渋々といった表情で、フィリッポスもあとに従うしかなかった。

後《うし》ろも振り返らずに自宅前まで来たエパミノンダスが、そっと背後を見返してみると、王子はちゃんと、あとについて屋敷の前まで来ている。

(よしよし、素直になったみたいだな)

含み笑いを浮かべ、エパミノンダスが先に立って屋敷の奥へといざなうと、王子も屋敷に入り、室内のあちこちに目を走らせはじめた。

「おや、短剣をお捜しですか？」

エパミノンダスが、からかうように声をかけるや、

「ちがう。将軍の家にしては貧相すぎるゆえ、驚いて眺めているだけだ」

フィリッポスはムキになって否定する。エパミノンダスがほろにがく笑うと、王子は少し言いすぎたかという顔になって口を噤《つぐ》み、しばらく黙ってあとに従っていたが、好奇心旺盛な性質《たち》らしく、きょろきょろとあたりを見回しながら、

「がらんとしていて、人気《ひとけ》がないが。もしかして、ここに、ひとりで住んでいるのか？」

「いいえ。執事がひとりに、奴隷が数人、それに、犬が一匹おりますよ」

「それだけ？　家族は？」

「彼らが家族みたいなものです」

「じゃあ、彼があなたの家族？」

フィリッポスは、中庭で、のんびりと昼寝している老犬を目ざとく見つけるや、駆け寄り、しゃがみこむと、笑いながら犬の背中を撫で、

「ねえ。この犬、名前は？」

エパミノンダスも中庭に出てくると、

「スパルトイと申します、王子さま」

「スパルトイ？　ふうん、スパルトイ……。あ、そうか！　カドモスが大地に蒔《ま》いた龍の牙から生まれた伝説の勇士のことだな。カドモスを助けてテーバイの町を造ったっていう」

「ご名答」

「でも、この犬、龍の戦士にしては、おっとりしすぎだな。名前負けしているぞ」

「『蒔かれたもの（スパルトイ）』は、わたしのご先祖さまでして」

「それで、愛犬にスパルトイ、か……。ふうん、そうか。あなたの家は、むかしからテーバイの守り神だったんだな」

フィリッポスは納得し、

「ねえ、エパミノンダス将軍。玄関の壁に大盾が掲げられていたけど、盾の上に、大きな蛇が描かれていたよね。あれが、スパルトイの紋章？」

「いかにも。あの大蛇が、スパルトイです。あの紋章は、わが家の家紋ゆえ、大盾に描き、父祖から代々受け継いで、戦場で掲げてはテーバイを守ってきたのです」

エパミノンダスが誇らしげに語ると、フィリッポスは、はじけるような笑顔を見せる。つられてエパミノンダスも微笑し、今度はこちらから問いかけてみた。

「どうです、王子さま。テーバイでの暮らしには、少しは、なじみましたか？」

「ああ、悪くない。テーバイは、マケドニア王家とは因縁があるからな。おれも違和感なく過ごしているぞ」

「テーバイとマケドニア王家との縁《えにし》？」

「テーバイは、英雄ヘラクレスの生まれ故郷だ」

「ヘラクレス？　ああ、なるほど、それで因縁と申されたのですね。マケドニア王家は、ヘラクレスの末裔ですからな」

「この町に来てすぐ、おれは、ご先祖さまに敬意を表し、ヘラクレス神殿にも詣でたぞ」

「それは、それは。殊勝なお心がけですな」

「ヘラクレス神殿に行って、まず驚いたのは、参詣するテーバイ人が多いってことだ。そこで会ったじいさんが、テーバイ解放のときも、同志たちが神殿で決起の成功を祈ってから町に潜伏したんだって話してくれた。それを聞いて、胸が熱くなったよ」

「ほう」

「こうも話してくれたぞ。レウクトラの戦いの直前のことだ。神殿に奉納されていた武器が、一夜にしてすべて消えうせてしまった。すると、神官たちは、聖なる英雄はテーバイ軍に味方するために出撃されたのだと言って、兵士たちを鼓舞した。ヘラクレスの加護を得たテーバイ兵は勢いづき、レウクトラでスパルタ軍を見事に打ち倒したのだって」

「ああ……」

「そんなことってあるものか？　ヘラクレスの加護があったから勝てたって、テーバイ人は純粋に信じているみたいだけど、おれは信じないね」

「どうしてです？」

「胡散《うさん》くさくてさ」

「胡散くさい？」

「戦いの前は、緊張と恐怖でびくびくするものさ。ましてや、相手はギリシア最強のスパルタ軍。兵士に自信を持たせるためには、ちょっとした奇跡も必要だ。だから、神官たちに言い含めて演出させた黒幕がいるにちがいないって、おれは思うんだ」

　エパミノンダスが、まいったなというふうに苦笑すると、フィリッポスは得意顔で、

「やっぱり。あなたが演出したんだ」

「アテネの将軍テミストクレスは、アポロンのご神託を利用して、サラミスの海戦に勝利したといいます。詐術《さじゅつ》を捻《ひね》り出せるのも、名将の才覚の一つと申せましょう」

「詐術も名将の立派な才能、か」

フィリッポスは、悪戯《いたずら》っぽく笑い、

「自分のことを名将と言いきるなんて。慎ましそうに見えて、エパミノンダス将軍も自負心が強いんだね。でも、それも当然か。テーバイを一等国に押し上げたんだもの」

エパミノンダスがにが笑いすると、王子はスパルトイの首に両腕をまわして頬ずりし、

「じつはな、テーバイに来て良かったと思えることが、もう一つあるんだ」

「もう一つ？　ほう、それは何ですか？」

「素晴らしい悲劇を堪能できることさ。テーバイは、オイディプス王の生まれ故郷だからな。このあいだ、カドメイアの麓《ふもと》にある劇場で、ソフォクレスの『オイディプス王』を見たんだ。本場はやっぱり迫力がちがうな」

フィリッポスは人懐っこい笑顔で、

「おれは悲劇が大好きなんだ。ペラの劇場では、よくエウリピデスの悲劇を上演したから、欠かさず見に行ったもんだ。『アンドロマケ』と『バッカスの信女』は傑作だぞ。知っているか？　エウリピデスは、この悲劇を自分で監督して、ペラで上演したんだぞ」

「存じております。マケドニアのアルケラオス王が、エウリピデスを王都のペラにお招きになったことは。エウリピデスはマケドニアの水があって、悲劇を何編も完成させたとか」

「そうなんだ。生まれ故郷のアテネは、エウリピデスの真価に気づきもしなかったのに。不遇をかこっていたエウリピデスの才能を認め、活躍の場を提供し、心から愛したのは、文明国を気どるアテネではなく、バルバロイと蔑《さげす》まれるマケドニアだったのだ。つまり、マケドニア人には、文化を見る目も文化を愛《め》でる心も、ちゃんとある、ということだ」

「そうですね。アルケラオス王は軍人としても政治家としても優《すぐ》れた王であられましたが、芸術文化を愛好する英明な王でもあらせられた」

　エパミノンダスが高く評価すると、フィリッポスは先祖を褒めてもらえたことが嬉

しいのであろう、朗《ほが》らかに笑い、

「ねえ。エパミノンダス将軍は、悲劇は好き？」

「ええ」

「じゃあ、今度、一緒に観《み》に行こうよ。カドメイアの劇場で、『オイディプス王』と『アンティゴネ』を上演するらしいから」

「では、是非、王子さまとご一緒に」

エパミノンダスは笑いながら応じ、

（素直な良い子ではないか）

少年にひどく興味をそそられ、王子を自慢の書斎へ案内した。室内に入るや否や、フィリッポスはまずは蔵書の膨大さに圧倒され、

「すごいな」

感嘆の声をあげ、物欲しげな目で書棚を見つめだした。

「関心がおありなら、手にとってご覧になればよろしい」

エパミノンダスが水を向けると、

「見てもいいのか？」

フィリッポスは嬉しげに目を輝かし、書棚の一角に近寄ると、

「プラトン著、『饗宴』『プロタゴラス』『ゴルギアス』『アルキビアデス』『国家』……。『国家』は、むかし見たことがある。知りあいが見せてくれたんだ」

と言って、『国家』を書棚から引き出した。

「ほう。お知りあいと申されますが、それはどのようなおかたで？」

「おれより二つ年上のアリストテレスという名の本の虫さ。医者の息子なんだけど、医学だけでなく、哲学、論理学、政治学、それに動物学と生物学だっけ。いろんな学問を究めて、森羅万象を理解したいって話していた。十七歳になったらアテネに行ってアカデメイアに入学して、プラトンの弟子になるんだって」

生き生きと話すフィリッポスを見て、エパミノンダスは、よほど、その少年が好きなのだなと、ほほえましさに目を細めた。フィリッポスは、やがて丁寧な手つきで『国家』をもとの場所に戻すと、別の一書を手に取り、熱心に読みはじめる。

エパミノンダスは、夢中で読み耽《ふけ》る王子を見守りながら、

（マケドニアから来た人質の中には、プトレマイオスの息子もいる。プトレマイオスは、フィリッポス王子にとっては兄の仇《かたき》だ。いまのところ、人質同士の間で諍《いさか》いや揉《も》

めごとはないようではあるが。学業に興味を持たせた方が、この子のためであろうな）

フィリッポスの身のふりかたを思案していると、

「ねえ、将軍。この本は？　アジアのことが、ずいぶんと詳しく書かれているけど。従軍日記のようだな。アテネ人クセノフォン、と記されているけど。このひとが著者なの？」

フィリッポスが催促するような声で説明を求めてきた。エパミノンダスはそばに寄ると、フィリッポスの手の中にある一書を覗《のぞ》きこみ、

「クセノフォンはアテネの軍人ですが、哲学者ソクラテスの弟子になって哲学を志していたこともあります。プラトンとは兄弟弟子《きょうだいでし》というわけです。お読みになりたいなら、お貸しいたしましょう。どうぞお持ちください」

「借りていってもいいのか？」

フィリッポスは嬉々として目を見開いたが、すぐまた沈んだ顔になると、

「いや。やっぱり、やめておく。大事な書物を持ち出すわけにはいかないもの。手に入れるのだって、大変な想いをしたはずだから」

「そのようなこと、子供が気にするものではありません」

「えっ、子供？」

軽やかにほほ笑むと、エパミノンダスは「これも」と言ってヘロドトスの『ヒストリエー(歴史)』を王子に渡し、「それからこれも」と、トゥキュディデスをその上に載せる。

「待って。こんなに持ちきれないよ」

フィリッポスは困りきって悲鳴をあげた。

「大丈夫。荷物は運ばせますから」

エパミノンダスが奴隷たちを呼んで荷造りにとりかからせると、

「なんだか、宿題を出された生徒みたいな気分だ」

フィリッポスは苦笑し、ついで、ばつの悪そうな顔で、

「白状すると、ヘロドトスもトゥキュディデスも、まだ読んだことないんだ。大の本嫌いだったから。でも、いまこうして読んでいると面白くてさ。心に響くんだ」

「それはよいことです。本の中では、むかしの賢人たちが残してくれた宝に出会えますからな。じっくりと、心ゆくまで、お読みになるといい」

「宝、か……。うん、そうだな。いい表現だ。あなたはいつも、うまいことを言う

ね。あなたの言葉も胸に響くよ」

「わたしの言葉が？」

エパミノンダスは思わず目を丸くした。

（こちらが照れくさくなるようなことを、この子はずばりと言う。弱ったな）

執事や奴隷に向かって、フィリッポス王子を保護者のイスメニアスの屋敷まで送るよう命じると、エパミノンダスは、ひとり書斎で物思いに耽《ふけ》った。

（いろいろと渇望しているのだな）

王子の心を推し測り、ふと自分の心に立ち戻って心情の急変に気がつき、エパミノンダスは苦笑をもらす。フィリッポス王子の力になりたいものだ、と思った。いっそ、この家に引き取ろうかとも考えたが、すぐに首をふった。自分は、いつ何時、出撃命令を受けるか知れぬ身。それに、男手ひとつでは、感じやすい年頃の少年の世話をするには、なにかと不便も生じよう。となると、誰か信頼できる人物に養育を任せるべきだが、

（誰が適任であろうか？　王家の人間となれば、ゆくゆくは、ひとを統《す》べる立場に立つことになる。それ相応の薫育を施してやらねばなるまい）

弟子たちの顔を一人、また一人と思い浮かべてみる。学識に溢《あふ》れ、武勇に優《すぐ》れ、人間的にも魅力のある人物は、誰か。

「そうだ、パンメネスがよい」

エパミノンダスは適任者の名を呼び、手を打った。パンメネスは、メガロポリスを建設した実力者であり、妻子ある家庭人でもあるから、王子を委ねる人物として最適だ。

（パンメネスの家は、わが家とも近い。頻繁に顔を出して様子を窺《うかが》うこともできよう。よし決めた。パンメネスに相談し、承諾を得られたら、政府に交渉するとしよう）

エパミノンダスは早々《そうそう》にパンメネスを訪れ、自分の意図を打ち明けた。

「わが家で、マケドニアの王子をお預かりするのですか？」

パンメネスは驚くこととしきりであったが、生真面目な性分ゆえ、

「わかりました。将軍のお頼みとあれば、喜んでお引き受けいたしましょう」

潔くエパミノンダスの要望に応じた。

「すまぬな。いや、しかし、これもおまえの才能と力量を見込んでのことなのだ」

「恐れ入ります」

「では、わたしはこれより政府に直談判してくる。政府が許可したら、正式に決定だ。フィリッポス王子を連れてくるからな、その心づもりで準備しておいてくれ」

エパミノンダスはパンメネスの屋敷を出ると、その足で政庁に赴き、政府にかけあった。

「なに？　将軍が保護者になって、フィリッポス王子を引き取りたいですと？」

優柔不断なテーバイ政府らしく、すぐには断を下せず、訝《いぶか》しそうに互いの顔を見合わせ、

「マケドニアの王子をエパミノンダスが育てたいらしいが。どうするね？」

「エパミノンダス将軍は、これまで多くの若者を教育されてきた。経験豊富な名教師でいらっしゃる。お任せしても、まちがいはないのでは？」

「王子を懐柔しておけば、マケドニアに帰国したとき、テーバイの言いなりになろう。将来を見越して、いまのうちから種を仕込んでおく。悪くない話だぞ」

政府の要人の間には、王子を政治利用しようという下心も窺える。

「よろしい、エパミノンダス。あなたに王子をお任せしよう」

とにもかくにもエパミノンダスの希望を政府は承諾してくれたのであった。

「引っ越し？　いまから？　せっかく本の山が片づいたのに」

突然、訪ねてきたエパミノンダスに驚き、フィリッポスは、わざと不満顔をつくって拗《す》ねてみせた。王子はエパミノンダスが直々《じきじき》に訪ねてきたことにも驚いたようだが、自分を引き取るために奔走したことを聞き知るや、

「即断即決が、将軍のモットーなんですね」

悪戯《いたずら》っぽい笑みを浮かべてフィリッポスは言った。

2　ペルシアとの外交交渉

エパミノンダスがスパルタを封じ込めるために建国した「メッセニア」を、テーバイ人、アルカディア人、アルゴス人は国家として承認したが、スパルタもアテネもメッセニアを国として認めていなかった。それゆえ、テーバイは、スパルタ・アテネを含めたギリシア諸国にメッセニアを国家として承認させる方法を、対するスパルタは、メッセニアを抹殺する方法を、おのおの模索した。とりわけスパルタにとってメッセニアの存在は、自国の存亡を左右しかねない。このため追いつめられたスパルタは、メッセニアを消滅させるため、ギリシア世界にとって背信行為ともいえる解決策を思いつく。

「ペルシア帝国の大王アルタクセルクセス二世のもとに大使を派遣し、勅命をもらうのだ。われらは十九年前にもアンタルキダスを大使としてペルシアに派遣し、アルタクセルクセスから勅令をもらい、これを盾にしてボイオティア同盟を解体させた。あれと同じ手を使って目障《めざわ》りなメッセニアとボイオティア同盟を破壊し、テーバイを叩《たた》き潰すのだ」

かつてダレイオス一世とクセルクセス一世がギリシア征服をもくろみ大軍を派遣してきたのが、二度にわたるペルシア戦争である。このとき存亡の淵に立たされたギリシア世界は、紀元前四九〇年にマラトンの戦い、紀元前四八〇年にサラミスの海戦、紀元前四七九年にプラタイアの戦いにおいて、いずれも寡兵《かへい》であるにもかかわらずペルシアの大軍を撃破し、侵略をはね返した。ギリシア人にとって、輝かしく誇らしい救国の歴史だ。だが、その後、ペロポネソス戦争でギリシア人同士が権力闘争をはじめると、ペルシアはこれを好機と見て、各ポリスに黄金を送って内訌《ないこう》を煽り、ギリシアの脆弱化を促した。

スパルタは、ペルシア大王の黄金を元手に艦隊を建造していたから、さほど罪悪感を抱くこともない。一度、毒を食らえば、二度も三度も同じことと、再度アンタルキダスを大使に任命するや、ペルシアに派遣することにした。だが、スパルタの企てを聞き知ったテーバイ政府は、恐怖と焦燥感に襲われ、

「スパルタがペルシア大王の勅令を盾にして、ボイオティア同盟の解体とメッセニアの破壊を画策したら、テーバイは破滅だ」

「ならば、テーバイもペルシアに大使を派遣し、大王に働きかけて勅書を獲得すればよい。ペルシア大王のお墨付きさえ手にできれば、ギリシア中にメッセニアの独立が承認される。スパルタもアテネも、メッセニアを認めざるをえまい」

テーバイ政府は議論の末、ペルシアに大使を派遣することに決したが、

「ペルシアの帝都スサに、いったい誰を大使として派遣したらよかろうか？」

「声望高く、弁舌巧みな、テーバイ随一の人物を派遣すべきだ。ペルシア大王を説き伏せられねば、意味がないのだから」

「となれば、やはりエパミノンダス以外に適任者はおるまいが、彼が長期間不在になってはまずい。ペロポネソス半島の動向が気がかりゆえ」

「なら、ペロピダスか？」

「ペロピダスは、先ごろテッサリアで大失態を演じたばかり。テーバイの威信を著し

く貶《おとし》めた男を、ペルシア大王のもとに差し向けるわけにはゆかん」

「だが、ペロピダスは失敗を犯しはしたが、成功も手にしている。マケドニア王を同盟者にしてのけたではないか。ペロピダスの外交手腕が、ずば抜けているのは確かだ」

政府内では見解が分かれ、紛糾したが、やがて、ペロピダスをスサに派遣して、ペルシア大王アルタクセルクセス二世から勅令を獲得することで意見が決した。その旨、エパミノンダスにも通達されたが、エパミノンダスは憂色をたたえペロピダスに問いただす。

「ペロピダス。きみは自ら願い出てスサに行くと言い張ったらしいが、本当かね？」

「ああ。わたしが、自ら望んでスサ行きを志願した」

「なぜだ？　きみが、そんなことを口にするなんて」

エパミノンダスは、なんのやましさも感じていない友が信じられず、しばらくの間、言葉も失い、穴が開くほど親友の顔を凝視していたが、

「政府の中には、スパルタを打倒したテーバイが、今度はスパルタに代わってペルシア大王と連繋すべしと言いたてるものもいると聞く。ペルシアの後押しを得てギリシア全土に号令するのが、新たな覇者となったテーバイにとって当然の権利である、

と。だが、わたしはそういった軽率な意見には反対だ。ペルシア大王の権威を笠に着て他国を圧する。それでは、暴政を押しつけてきたスパルタと、なんら変わるところがないではないか」

「スパルタ人と同類だと罵られても、わたしはいっこうにかまわない」

「なに？」

「いまの時代はな、エパミノンダスよ、きみみたいに綺麗事《きれいごと》ばかり言って、それで問題が解決するほど暢気《のんき》な時代じゃないんだ」

「ペロピダス……きみが、そんな口のききかたをするなんて……」

　エパミノンダスは絶句した。

（ペロピダスは、どうしてこんなに変わってしまったのだ？　不正不義を何よりも嫌い、大国の威を借りて理不尽な暴政を行うような恥知らずには決してなるまいと、かたく心に期していたはずではなかったのか？　だいいち、いままでは、なにをするにも二人で話しあって決めてきたではないか。それを、わたしに一言も相談せぬうちに、勝手にペルシア行きの大事を決めてしまうなんて。……もしかして、フェライでの失態をぬぐい去ろうと、ペロピダスは焦っているのか？　だとしたら、頭を冷やし

て冷静さを取り戻させてやらねば、取り返しのつかないことになる)

エパミノンダスはペロピダスの言動に危機感を覚え、噛んで含めるように言った。

「ペルシアは、ポリス間の対立を煽《あお》って、おのれの威勢を広げんと腹黒く画策しているにすぎない。大王の卑劣な企みに幻惑されて、我々ギリシア人が、どれだけ多くの過《あやま》ちを犯してきたか。きみは、大王に利用されているということがわからないのか?」

「わたしだって、大王の魂胆くらい、とうに見ぬいているさ。だが、しかたがないのだ」

ペロピダスも苦渋に歪んだ表情で、

「スパルタは、テーバイ潰しのために仇敵アテネと手を組んだ。いまは武力で押さえつけてはいるが、両国とも虎視眈々《たんたん》と反撃の機を窺っている。それに、スパルタ人もアテネ人もスサに使節を派遣し、ペルシア大王との条約締結を企んでいる。やつらは大王とよしみを通じ、自国に利する条項を引き出す気だ。わけてもスパルタ人は、ペルシア王とは昵懇《じっこん》の間柄。もし、やつらが我々に先んじてスサに使者を送り込んだら、大王に働きかけてメッセニアとボイオティア同盟を破壊するにちがいない。そうなったらレウクトラで得た我々の輝かしい勝利も、その後の苦闘も、すべて吹き飛んでしまう。テーバイの血と汗の滲《にじ》んだ労苦を無駄にしないためにも、スパルタに先を越されてはならないのだ。絶対に！」

エパミノンダスは二の句が継げなくなった。テーバイの苦しい現状を顧《かえり》みれば、ペルシアの力を借りてでもスパルタ・アテネを押さえつけてゆかねばやってゆけぬというペロピダスの言いぶんは、エパミノンダスも理解できるからだ。エパミノンダスが苦しげに押し黙ると、ペロピダスは重々しく口を開き、

「これは極めて困難で屈辱的な役目だ。並の人物にはつとまらないだろう。といって、エパミノンダスよ。きみにヘレスポントス（ダーダネルス海峡）を渡らせ、さらにユーフラテス・ティグリスの両大河を越えさせて、ペルシア大王の帝都スサにまで赴かせるわけにはいかない。きみがここにいるから、スパルタもアテネも、おいそれとはテーバイに手出しできないのだから。きみにはここに座して、祖国テーバイを守ってもらわねばならない。だから、わたしが行くのだ。わたしが直接スサに乗り込んで、大王を口説き落としてくる」

「ペロピダス……」

エパミノンダスは見るに忍びず、友にかける言葉も見つからない。

「なに、心配するな、エパミノンダスよ。たとえ大王の前で膝を屈するようなことがあったとしても、わたしは誇りまで失ったりはしない。むしろ、ペルシア大王を、我々の方がうまく利用してやらねばな」

ペロピダスは、微笑さえ浮かべて言った。

「では、きみへの説得はこれでやめにして……。エパミノンダスよ。ペルシア大王に突きつけたい要求があるなら、わたしに言ってくれ」

「ペルシア大王への要求？」

「ご機嫌うかがいや、お追従《ついしょう》のために、わざわざスサにまで足を運ぶわけではないんだ。テーバイのためになる軍略や政略があれば、ペルシア大王の威光を借りて実行に移す。それが、今回のスサくんだりの目的なのだから。エパミノンダスよ。きみほどの戦略家であれば、テーバイの未来に対して、なにがしかの戦略構想を抱いているのだろう？　打ち明けてくれないか？　ペルシア大王に交渉してみるから」

エパミノンダスはようやく将軍の顔に戻り、

「そうだな。帝都に乗り込んでペルシア大王に会うのだからな。手ぶらでは行けないな」

思案顔で腕組みすると、

「ペロピダス。じつはな、近頃わたしはアテネとの戦いに行きづまりを感じているのだ」

と、本心を打ち明けた。

「行きづまり？」

「アテネは海を制している。それゆえ、陸でいくらアテネを叩いても、海に活路を見出されたら、海軍を有さぬテーバイには太刀打ちできない」

「つまるところ、テーバイは海軍を持たぬかぎりアテネには勝てぬ、と？」

「そうだ。だが、艦隊を建造するには、莫大な資金が必要となる」

「わかったよ。ペルシア大王に資金を捻出するよう、かけあってみよう」

「すまない」

「気に病むことはないさ。かつて、ろくな海軍を持たなかったスパルタは、ペルシアの黄金で強力な海軍を保有するようになったし、艦隊を破壊されたアテネも、ペルシアの資金援助で海軍を再建したのだ。同じ手でテーバイが海軍を持ったとしても、スパルタだってアテネだって、文句は言えまいよ」

ペロピダスが快活に笑うので、エパミノンダスも表情を緩めた。二人で心を一つにして祖国のために力を尽くす。それが嬉しくてペルシア王に屈することなど少しも苦にならなかった。そうしてペルシアへの対策を講じていると、ペロピダスは、

「ところで、エパミノンダスよ」

急に改まった口調で話題を転じてきた。

「きみは、近頃、マケドニアの王子を猫かわいがりしているらしいな」

「猫かわいがり？　……いや、わたしは、そう言われるほどに王子をかわいがっているつもりはないのだが」

エパミノンダスは少し照れくさげに頬を掻《か》くと、

「フィリッポス王子は、利発で溌剌、じつに教え甲斐のある少年でな。わたしは多忙ゆえ、相手をしてやれる時間も、そうそうないのだが、世話役のパンメネスに指示して、読むべき良書を与え、体育鍛錬も課して、心身ともに健やかな青年に育つよう、心を砕いている。王子は、わたしの与えた書物を熟読し、きちんと理解もし、自分なりに答えを導き出してきて、会うたびに、わたしを質問攻めにするのだ。頭の回転の速さには驚くよ。まだ若いからな。研鑽を積めば、これから、どんどん伸びるにちが

いない。そうだ、ペロピダス、王子に会ってくれ。なんといっても、彼をテーバイに導いてきたのは、きみなんだから。是非とも、フィリッポス王子の成長ぶりを見てもらいたい。きみだってきっと、王子の類《たぐい》まれなる素質に目を見張るはずだ」

エパミノンダスは、いかにも嬉しげにフィリッポス王子のことを語って聞かせた。

沈着寡黙な彼にしては珍しく、立て板に水のごとくにまくしたてた。が、ペロピダスは、うんざりしたとでも言いたげな面《つら》つきで、冷水を浴びせるように言い返してきた。

「王子に入れあげるのも、ほどほどにしておけよ」

「どういう意味だね、ペロピダス？　きみがマケドニアから連れてきた大切な客人だからこそ、わたしは……」

「わたしはべつに、これと見込んであの王子を選び出してきたわけではない。マケドニア王が差し出したものを、誓約の証《あかし》として、ただ受け取っただけだ。それに、あれは客人ではない。人質だ」

ペロピダスは冷たく言い捨てると、

「きみの弟子たちも、わたしのところへ来て不満をもらしている。エパミノンダス将軍は近頃マケドニアの小僧ばかりを贔屓《ひいき》する、とな」

「贔屓？　なんて言いようだ。いったい、だれが、そのようなことを」

「きみの教え子なら、だれでも腹に据えかねている。当然だろう？　多忙なはずのエパミノンダス将軍が、祖国テーバイの若者たちをさしおいて、よそものの、小生意気な人質のガキなんぞを相手に、わざわざ貴重な時間を割いて薫育に熱をあげているのだから」

「わたしは、なにも、そんなつもりで……」

「きみと王子の度を越した親交を、妬《ねた》んでいる人間は大勢いる」

「妬む？」

エパミノンダスは目をしばたたき、

「大のおとなが年端もいかぬ子供を妬むなど、馬鹿げている。そのような邪《よこしま》な感情に翻弄される心の狭い人間をこそ、わたしは軽蔑するね」

「馬鹿げている、か……。そうだな、きみにとっては、耳にするのも汚らわしい話だろうな。きみみたいな非の打ちどころのない人格者にとっては、妬みも嫉《そね》みも、縁のない感情だからな。とても理解できない話だろうよ」

（まただ。ペロピダスのやつ、僻《ひが》んだものの言いかたを）

エパミノンダスが閉口すると、ペロピダスは一息にたたみ込んできた。

「エパミノンダス。きみは子供がいないから、あの王子のことを息子みたいに思っているだけなのだ。たしかに、王子の明敏さ闊達《かったつ》さに、きみが強く惹かれるのも無理はない。加えて、不遇に耐える少年の健気《けなげ》さが、きみの父性をいっそうくすぐるのだろう。だが、きみが王子を愛しすぎるがゆえに、諍《いさか》いの種が芽吹きはじめているのだ。これは危険なことだ。冷静になって考えてみろ。賢明なきみには、ことの理非を理解できるはずだ。きみの息子は、レウクトラの戦いなんだろ？　レウクトラの戦いとはつまり、テーバイの未来を担う青年たちのことだ。彼らこそが、きみが愛すべき息子たちなのだ。エパミノンダスよ。マケドニアの王子ごときに、これ以上、かまけるな。大切なテーバイの息子たちの薫陶にこそ、きみの情熱を捧げてほしい」

エパミノンダスは唇を噛みしめた。反論したい気持ちは、むろん抑えがたかったが、大任を担ってこれからペルシアに旅立つペロピダスに、いらざる心配を抱かせたくもなかったので、

「わかった、ペロピダス。以後、気をつけるよ」

素直にエパミノンダスが非を認め、詫びると、

「わかってくれたか。なら、わたしも安堵してスサに旅立てる」

ペロピダスも清々しい笑顔を見せる。

その数日後、ペロピダスはテーバイの全権大使として、同僚のイスメニアスとともに、ペルシア帝国の都スサへと旅立った。


ペロピダスとイスメニアスは、小アジア（現トルコ）に到達すると、リュディアの総督府サルディスに向かい、サルディスからは「王の道」を利用し、駅逓《えきてい》の早馬を乗り継いでペルシアの帝都スサ（現イラン）への道を急ぐ。じつに驚くべきことであったが、駿馬を次々と乗り継ぐと十日程度でペルシア大王の都スサに到着した。

澄みきったペルシアの青い空。それと同じ青色に装飾された華麗な大宮殿が、威圧するようにテーバイの使節たちを迎えた。今回も、ともに大使の任を拝命したイスメニアスが、ペロピダスに対して、ひとこと釘をさす。

「ペロピダス、今度は熱くならないでくれよ」

「ああ、わかっている。今回の役目は、テーバイの存亡に関わる大事だからな。冷静に事態に対処するよう、肝に銘じて本国を発ったつもりだ」

ペロピダスも、いつになく神妙な面持ちで応じた。世界帝国ペルシアの都スサの勇壮な宮殿は、厳めしい聖獣や、ものものしい衛兵たちによって守られている。

「攻め込んでも、勝てそうにないな……」

こわばった表情でペロピダスが呟《つぶや》くと、傍《かたわ》らのイスメニアスもごくりと生唾を呑みこんだ。王城に到着した二人を、通事が迎えてくれる。通訳をつとめるのはイオニア（小アジア西岸地域）生まれのギリシア人であった。

「ようこそ、テーバイのおかた。ささ、こちらへ。大王さまは、あなたがたとの対面を心待ちにしておいでです」

通事は満面の笑みでペロピダスを宮殿の奥へいざなう。人面の有翼牡牛ラマッスが支える大門をくぐり宮殿の中に歩を進めると、ギリシアの客人が珍しいのであろう、大宮殿には大勢のペルシア人が詰めかけていた。豪奢な衣装を纏《まと》った貴族たち、厳めしい武具に身を固めた武将たち。ペルシアの文武の高位高官たちがペロピダス一行を見ては盛んに感嘆の声をあげているのでペロピダスも落ち着かない。通事が気をきかせ、

「みなさまは、あなたのことを歓迎なさっているのですよ」

「わたしを歓迎？」

ペロピダスは怪訝顔で問い返す。

「それはまた、なにゆえですか？　わたしはペルシアのかたがたに持て囃《はや》されるようなことをした覚えはないのだが」

「ハハ、ご謙遜を。倣岸無恥なスパルタ人をレウクトラで成敗したではないですか。ペロピダス将軍の勇戦ぶりはスサの都にまで轟いておりますぞ。みなさまギリシア一の名将軍を一目《ひとめ》見ようと、首を長くしてペロピダス将軍の到着を待っておられたのです」

ペロピダスは唖然とし、やはり呆気にとられているイスメニアスと顔を見あわせた。二人とも肝を潰し、絢爛豪華なペルシア大王の王宮に気圧《けお》されたが、ほどなく我に返るや、

「いかん、いかん。贅美を尽くしたペルシア人の歓待に心を奪われて、大事なつとめを忘れてはなるまいぞ」

「うむ、そうだな」

お互い叱咤の言葉をかけあい、気を引き締めると、スパルタやアテネからの使節が来たかどうか、探りを入れた。

「ところで通事どの。聞くところによると、スパルタからもアンタルキダスが使者としてスサの宮廷を訪れたとか。彼はどうなりましたか？」

イオニア人通事はとたんに顔を歪め、汚いものでも吐き捨てるごとく、

「あのスパルタの田舎者、懲りもせずに、また大王さまに金をせびりにやって来ましたよ。でも、大王さまはきっぱりと拒絶なさいました。負け犬なんぞにくれてやる黄金なぞ、当方にはありませんからな。すぐに叩き出してやりました」

ペロピダスは血の気が引く思いであった。アンタルキダスはこれより十九年前、スサに来て、アルタクセルクセス二世から賓客として大いにもてなされたからだ。

（大王は手ずからアンタルキダスの頭に花冠を被《かぶ》せ、「そなたは大王の友人じゃ」と呼び親しんだというではないか。だのに、かつて殊遇をもって迎えたスパルタ人を、いまは負け犬と侮蔑し、無慈悲に追い払うとは）

ペロピダスは、敵手スパルタの失墜を喜ぶ気にはとてもなれなかった。テーバイとて、無惨に敗北すれば、ペルシア大王から非情に追い払われる日が来ぬとも限らない。故国の行く末を慮《おもんぱか》ると、空恐ろしくさえなってきた。

ペルシア大王アルタクセルクセス二世は銀脚の玉座に深々と身を沈め、秀麗な顔を

まっすぐ前に向けペロピダスたちを迎えてくれた。ギリシア人は、この王を「長い手(マクロケイル)」と呼んでいた。大王はゆるゆると、その長い右腕を動かすと、ぽんと膝を打ち、

『そこもとの国のことならば余《よ》はよく存じておるぞ。テーバイ人と申せば、クセルクセス王がギリシアに親征したおり、土と水を献上しペルシア軍に合力した国であろう?』

大王の言葉は、イオニア人の通事を介し、即座にペロピダスの耳に届いた。むかしの縁《えにし》を強調して大王の歓心を買っておくのが得策だと即断したペロピダスが、

「いかにもテーバイはクセルクセス王にお味方いたし、ともに戦った縁《えにし》がございます」

間《ま》をおかずに相槌を打つと、大王も破顔し、たいそう打ち解けて、

『そうじゃ、そうじゃ。テーバイ軍は、プラタイアの戦場では将軍マルドニオス率いるペルシア陸軍と肩を並べ、ギリシア連合軍と戦った仲であったの。われらは浅からぬ縁《えにし》で結ばれておる。そなたらテーバイ人は、ペルシア人にとって古い戦友じゃ』

イオニア人通事は大王の言葉をペロピダスに通訳する合間《あいま》、嬉々とした表情で、

「大王さまは、あなたのお国を古い戦友と思し召しておいでじゃ。なんと名誉なこと

よ」

「戦友と呼び親しんでいただけますとは、もったいないお言葉」

恐縮しきったペロピダスを見た大王は上機嫌になり、

『スパルタは、余の父ダレイオス二世の御世よりペルシアから資金援助を受けておった。アテネとの長年にわたる抗争（ペロポネソス戦争）に勝てたのも、ペルシアの力添えがあったればこそ。なのに、あやつらときたらアテネに勝ったとたん大恩を忘れ、身のほど知らずにも余の愚弟キュロスを嗾《けしか》けて、余に盾突きおった。だがアテネも信用ならぬ。余が艦隊を再建させてやったというに、アテネの狐どもときたら懲《こ》りもせずイオニアに触手を伸ばしてきおった。スパルタもアテネも油断のならぬ恩知らず。その点、そなたならば安心じゃ。テーバイ人は勇猛果敢なうえに信義を重んじる。テーバイだけはペルシアに弓を引いたことがない。テーバイこそは、大王が信頼して大事を任せるに足《た》る国じゃ』

大王は大音声で言いきると、銀脚の玉座より身を乗り出し、

『そなたのように信の置ける旧友にこそ、力強い勢威を与えてやりたい』

大王の口から漏れた「力強い勢威」という言葉に、ペロピダスは奮い立ち、

「お任せを。テーバイは、大王さまの宸襟《しんきん》を騒がす不届《ふとど》きものを成敗しますぞ」

『おお、頼もしい。テーバイがアテネを懲らしめてくれれば、まことにありがたい』

「アテネの強みは海軍力。ゆえに、かの国を征伐するためには、やはり強力な艦隊がなければ話になりませぬ」

『ふうむ。艦隊、か』

アルタクセルクセスは、右手で豊かな顎鬚《あごひげ》をゆっくりさすり、

（スパルタが巨大化したらアテネに潰させ、アテネが増長すればテーバイに叩《たた》きのめさせる。良き考えじゃ。同じギリシア人同士が互いに殺しあう。これほど愉快で滑稽で、愚かな見世物もあるまい。夷《い》をもって夷《い》を制す。余は、なんという知恵者であろうか）

おのが手腕に惚れ惚れし、ペロピダスに笑顔を向けると、

『余は、艦隊を持たせる相手を見誤ったゆえ、アテネを海上に跋扈《ばっこ》させてしまったが、テーバイならば、精強なうえにペルシアへの忠義もゆるぎない』

「では」

ペロピダスは大王から資金提供を勝ち取れると期待し、思わず身を乗り出したが、

『まあ待て、ペロピダスよ。そう、急《せ》くでない』

意外や、アルタクセルクセスは右手を挙げてペロピダスの勇み足を押しとどめ、

『艦隊を投入してアテネを海上から追い払うのは、最後の手段じゃ。まずは勅令を出し、アテネに対して、艦隊を陸に引き揚げるよう命じるつもりじゃ』

と、厳《おごそ》かに申し聞かせる。

（ペルシア大王に命令されたくらいで、アテネが簡単に軍を退くとは思えぬが）

ペロピダスは、大王の煮え切らなさを歯がゆく思った。

（大王は過去にもスパルタ・アテネに肩入れしたあげく、両国から手ひどく裏切られてきたからな。ここでまたテーバイに力を与えすぎるのは危険と判断したのかも知れぬ）

ペロピダスが冷静にペルシア王の思惑を推し量っていると、アルタクセルクセスも、ペロピダスの失望を機敏に感じ取ったのであろう。

『余がテーバイの味方であることに、少しも変わりはない。勅書を出して、アテネに対してはイオニアより艦隊を撤退するよう厳命するし、スパルタに対してはメッセニアの独立を認めるよう命じよう。ゆえにペロピダスよ、案ずるでない』

と言って、大王はテーバイの要望を実行する意志を見せた。大王がメッセニアの独立を承認したので、ペロピダスも満足するほかない。同僚の大使イスメニアスも、

「ペルシア大王がメッセニアの独立を承認した。所期の目的は果たせたな」

と、声をかけてきたので、ペロピダスも納得して引き下がるしかない。

「これでスパルタを抑えられるのだ。充分な戦果と言えような。……では、我々は大王の勅令を持ち帰り、ギリシア中から代表者を呼び集めて和平会議を開催しよう。会議の席でメッセニアの独立を宣言し、ギリシア中に、かの国の自立を承認させるのだ」


（ペロピダスは、もうスサに到達した頃であろうか？）

親友を笑顔でペルシアに送り出したものの、エパミノンダスの心は晴れわたることはなかった。ぼんやり東の方を望むと、はしなくも、マケドニアの王子フィリッポスが凛々しく駿馬を乗りこなしている姿が目に飛び込んできた。

（フィリッポスというのは、「馬を愛するもの」という意味だからな。馬術に秀でるのも当然か）

エパミノンダスは、わが子を見るような目で王子を見守った。テーバイで受ける教

育は、どれ一つとっても、内憂外患で揺れるマケドニアにあっては望むべくもない高度なものばかり。そして、王子はエパミノンダスの導きに従って情熱的に真摯に取り組み、この一年で見違えるようになった。

（伸び盛りの年頃なのであろう。背丈も伸び、体つきも逞《たくま》しくなった。殺伐としていた瞳も、聡明な輝きをおびるようになってきた。良いことだ）

青少年の成長過程を見るのは好きだったから、王子の成長ぶりを眺めていると心が晴れやかになってくる。だが、エパミノンダスが微笑しながら王子を見守っていると、

「将軍は、あの王子が、いたく、お気に召したようですな」

冷ややかな声が背後から響いてきた。ふりかえると弟子たちが仏頂面を並べている。

「政府に直談判して、あの王子を引き取り、おん自ら勉学の指南までなされているとか。しかし、あれはマケドニアから奪い取った人質。エパミノンダス将軍が、わざわざ忙しい時間を割いてまで相手をする必要はないかと」

「よいではないか。それより、そなたたちも見るがいい。王子は、ほれ、あのように伸びやかにやっているのだ。細かいことは言わず、テーバイの懐《ふところ》の深さを見せてやればよい」

エパミノンダスは弟子の皮肉を受け流したが、

「将軍は、ご存知ないのですな。そのご好意が、仇《あだ》になっていることを。あの王子、相当に根性のひんまがった悪ガキですぞ」

やっかみでもあるのか、弟子たちはフィリッポスのことを悪しざまに言った。

「そうかね？」

エパミノンダスはとりあわず、軽くあしらったが、

「じつはそうなのです、将軍。あれは相手を見てすぐに態度を豹変させるし、二枚舌も平気で使う、したたかで、ずる賢い小僧っ子なのです。将軍の御前では小賢《こざか》しく猫をかぶり、品行方正な優等生のごとくに見せかけてはいますが、将軍のお目の届かぬ場所では本性を現して、悪戯に暴言三昧。わけても女癖の悪いことといったら」

「女癖？　……まさか！　王子は十五歳だぞ。あの若さで、そんなはずはあるまい？　パンメネスも、浮《うわ》ついた話はいっさい報告してこぬぞ。いい加減な噂だ。真《ま》に受けるな」

「ちがうのです、将軍。パンメネスは将軍からお預かりした手前、王子の不品行は、お耳に入れまいと気を遣っているのです。彼の苦衷も察してやってください」

エパミノンダスも、顔をしかめて弟子たちの言いぶんに耳を傾けはしたが、

「王子は親元を遠く離れ、寂しいのだよ。どうか広い心で、あの子のことを見守ってやってはくれぬか?」

と、寛恕《かんじょ》を乞うた。将軍に頼みこまれると、それ以上、彼らも誹謗《ひぼう》することができず、唇をへの字にまげて黙るしかない。

(もしや、彼らがペロピダスにいらぬ告げ口をしたのか?)

エパミノンダスは勘ぐったが、追及して、ことを荒立てるのも無益と判断し、その場を立ち去った。師匠に窘《たしな》められたので、弟子たちの不満は、かえって鬱積した。

「将軍ときたら、ひどく王子の肩を持たれるではないか。不憫な子ゆえ、目くじら立てずに見守ってやれと、逆に叱られてしまったわい」

「将軍には子がおらぬからな。あの王子を息子みたいに思し召しているのでは?」

「あの生意気なガキが、エパミノンダス将軍の息子? やめてくれ。それでなくても、あの小僧の増長ぶりには腹が煮えているというに」

「まったくだ。人質のバルバロイなんぞには、とても拝めぬギリシアの先進文化を懐深く教えてやっているというのに、いい気になって、われらの居場所まで掠《かす》め取りや

がった」

などと悪口雑言を吐く。幸い、エパミノンダスの耳に毒々しい言葉は届かなかったが。

エパミノンダスは、不愉快な気分で、フィリッポス王子にも弟子たちにも背を向け、馬場からどんどん離れていった。ペロピダスのことを考えると家の中でじっとしていることができず、外出して気晴らしをと、勇んで練兵場に足を向けたものの、外へ出れば少しは気が紛れるかと思いきや、弟子たちから中傷を聞かされる。こんなことなら家に閉じこもり、思索と読書に専心していた方がまだましだと、足早に家路を急いでいると、

「来てくださったんですね、将軍！　どうです？　ご覧になって、いかがでした？」

調練を終えたフィリッポスが、走りながら追いかけてきた。

「わたしの乗馬姿を見ていらしたでしょう？　エパミノンダス将軍の目から見て、どうお感じになったか、お聞かせください」

少年に人懐っこそうな瞳で見上げられると、エパミノンダスも心が和らぎ、いつものように気さくに応じようと口を開きかけた。が、ペロピダスや弟子たちが、なんの

かんのと王子との交友を非難してきたことを思い起こし、言いかけた言葉を呑みくだした。

(王子にかまいすぎると、弟子たちの嫉妬心を煽り立てることになる。ペロピダスも苦言を呈してくれたように、諍《いさか》いの火種をつくるのは得策ではない)

王子とは距離を置く方がよかろうと考えたエパミノンダスは、

「そうですな、よく乗りこなしておいででしたよ」

歩度も落とさず、フィリッポスの方を見もせずに言い捨てた。

(なんだか身の入らない言いかただな)

フィリッポスは、不満たっぷりに顔をしかめた。人一倍プライドの高い彼としては、ぞんざいにあしらわれるのは我慢がならず、

(無視する気なら、嫌でも、おれの相手をしたくなるよう、しむけてやる)

かっと頭に血が上ったが、やみくもに突っかかっても歯がたたぬ相手であることはフィリッポスも心得ているので、知恵をめぐらし、よくとおる声で、

「ペロピダス将軍は、スサに到着した頃ですね」

とたんにエパミノンダスの速度が落ちた。核心を突くようなことを言ってくるの

は、いかにも才気煥発な王子らしいとエパミノンダスも感じたが、応えず黙然と歩きつづけた。

手ごたえあったなと確信したフィリッポスは、第二矢を放つ。

「ヘロドトスとトゥキュディデスの違い。ようやく理解することができましたよ」

フィリッポスは朗々とした声でつづけた。

「ヘロドトスがギリシア人の素晴らしさを、賛美のこもった筆使いで誇らかに記しているのに対して、トゥキュディデスは冷徹な筆で淡々と、ときには皮相的にギリシア人の愚行を著述している。五十年の間で、この変わりよう。両者の違いは、そのままギリシア人が興隆から堕落へと変貌したことを意味している。ペルシアとの戦いで一致団結できたギリシアが、その五十年後には、スパルタとアテネの両陣営に分かれ、醜い大戦争（ペロポネソス戦争）に突入する。これではペルシア大王の思う壺だ。事実、スパルタはペルシア大王からもらった軍資金のお陰でアテネに勝ち、アテネはペルシア大王の援助で艦隊と城壁を再建した。ペルシア大王に翻弄されて、同じギリシア人同士が無惨に殺しあう。しかし、このような悲惨な状況を、誰もおかしいと思わぬどころか、諸国は競ってペルシア大王に媚を売っている。ギリシア人も結局のところカネの魅力には抗《あらが》えなかった。ダレイオスとクセルクセスが大軍勢を投入しても得られなかったギリシアを、アルタクセルクセスは黄金の力で勝ち取った。これは、悲劇ではなく、滑稽極まりない喜劇ですね」

ここまで挑発的に言い立てられると、エパミノンダスも重い口を開かざるを得ない。といって、鋭敏な相手に対し、その場しのぎの返答でお茶を濁すわけにもゆかず、

「たしかに、おっしゃるとおり、情けないありさまですな」

辛うじてそれだけ言ったが、若者の勢いに圧倒されて即座には二の句が思い浮かばず、またもや口を閉ざした。

（よく物事を観察しているものだ。ずばりと分析し、揶揄までしてのけるとは、心憎いほど。はからずも、逆境がこの少年の類《たぐ》い稀《まれ》なる感性を研ぎ澄ましたようだな）

教師を長く続けていた経験上、青少年を観察する癖がついていたから、エパミノンダスは王子のことも教え子を見るような目で分析していた。

（優れた生徒なら、切磋琢磨して教えられた以上の成果を挙げるもの。そして、こうした臨機応変の才こそが指揮官に必要な才幹だ。その点、王子は良い資質を持っている）

エパミノンダスが足を止め、フィリッポスの方に顔を向けるや、フィリッポスは鷹のような双眸《そうぼう》でエパミノンダスの目を真っ直ぐに見すえ、

「不満といえば、わたしは、この国の政治と軍事のあり方にも大いに疑問があります」

「この国？　テーバイの？」

「ええ。もし、わたしが王ならば、有能な将軍に前線の指揮を一任し、思い切って采配を委ねるでしょう。くだらない議論に明け暮れて時間を無駄に浪費したりはしないし、瑣末なことで揚げ足を取って名将の足を引っぱるような愚は犯さない」

「それは、王として立派なお心がけですな」

エパミノンダスがにっこりほほ笑むと、フィリッポスは、じれったそうに、

「わたしは、あなたのことを心配しているんです」

「心配？　わたしのことを？」

エパミノンダスは目を丸くし、ついで声を立てて笑った。

「他人のことを悠長に気づかっている暇などありませんぞ、王子。あなたこそ、困難なお立場にある。テーバイよりも、マケドニアの方が国情は苦しいのですから」

フィリッポスの表情がこわばる。エパミノンダスは予言めいた口調で言葉をつづけ

た。

「遠からず、あなたはマケドニアに帰ることになるでしょう。帰国すれば、王子として嫌でも責任を引き受けねばならなくなる。口先だけでなく、実際の行動によって成果を挙げることを要求されるようになる」

今度はフィリッポスが返答を強いられる番となった。が、先ほどは、あれほど快活に回っていたはずの舌が思うように動かせぬ。他人事だからこそ強気で批判を浴びせたわけだが、一転して自分にはね返ってきたので口を噤《つぐ》むしか手はなくなった。だが、言葉は辛辣だったが、エパミノンダスの面持《おもも》ちはあくまでもやさしげであった。

「これは、とても即答できる種類の問題ではない。わたしだって、さきほどあなたが投げつけてきた言葉の数々に対して、満足に答えられずにいるのですから」

エパミノンダスは穏やかに笑い、

「しかし王子よ。一人きりで重荷を引き受けるわけでもない。兄上がおられる。頼りになる友や部下を見出すこともできる。苦楽を共にしてくれる友人や部下を大切になさい。先ほど、あなた自身がおっしゃった言葉のとおりにね」

「はい……」

フィリッポスは神妙な面持《おもも》ちで、

「わたしのような若輩者が、将軍に向かって、いらぬ差《さ》し出口《でぐち》をしてしまいました。自分が置かれた立場もわきまえず、一人前の口をして政治を批判するなんて、おこがましい。それに、将軍のことを心配する必要などなかった。あなたには、ペロピダス将軍という理解者がおいでになるのだから」

しかし、口では物わかりのよいことを並べ立ててはいたが、フィリッポスの心の中は敗北感に苛《さいな》まれていた。

（ちょっと斬り返された程度で、怖《お》じ気《け》づくなんて情けない。ちくしょう）

口惜しさでフィリッポスが顔も上げられずにいると、やにわに、ぐいと腕をつかまれた。見上げると、エパミノンダスが猛烈な力で、彼を引っぱりながら歩き出したのだ。

「将軍？　どうなさったのです、急に」

フィリッポスは転げないよう、懸命にあとに付いてゆく。

「来なさい。あなたには、教え込まなければならないことが山ほどある」

エパミノンダスは厳しい面《おも》ざしで言い返す。

(狭量な弟子どもに、わたしの軍略の真髄が理解できようか。あの戦術は、わたしにとっては血肉を分けた息子も同然。それ相応の軍才と見識を兼ね備えた人物に伝授しなければ意味がない。そして、伝授するに足《た》る人材は、ここにいる)

王子を握りしめる手に力をこめた。

(また、小者どもが、やくたいもない嫉妬や非難を投げつけてくるであろうが、攻撃をはね返せるだけの胆力がなければ大成できぬ。国家の違い、ヘラスとバルバロイの相違なぞは、このさい、わたしにとって、なんの妨げにもならぬ)

エパミノンダスの決意は固く握りしめた手のひらからフィリッポスにも伝わった。

「エパミノンダス将軍が自らレウクトラの戦いについて語ってくださるとは光栄です」

「わたしは甘くないぞ。泣き言を吐いたら、王子だとて容赦なく切り捨てるからな」

「泣き言なんか、吐くものですか。叡智《えいち》あふれる将軍の戦略を、あまさず吸収し、いつの日か、赫々《かくかく》たる勝利とともにマケドニアを飛翔させてみせます」

フィリッポスが凛とした声で宣言するので、エパミノンダスは、もう、この少年にはかなわん、とばかり、笑顔で頭を撫でてやった。

3　スサの勅令

　紀元前三六七年。ペルシアの大王アルタクセルクセス二世の発布した勅令を手に、ペロピダスとイスメニアスは、王の道を、今度は東から西へ、早馬を乗り継ぎ、故郷テーバイを目ざした。

「疲弊と屈辱感を強いられる旅ではあったが、大王の勅書も手に入れ、目的を果たせた。これさえあれば、スパルタやアテネの野望からテーバイを守れるはずだ」

　ペロピダスは確言したが、用心深いイスメニアスは、

「テーバイに帰ったら、ギリシア諸国の大使を招集し、大王の勅令を遵守させる。諸国の出方次第では、まだまだ気は抜けないぞ、ペロピダス」

「ああ、そうだな……。まだ、途中だったな。諸国に勅書を守らせることができて、初めて、今回の任務が達成できるのだから」

ペロピダスは気合いを入れなおした。

ふたりがテーバイに帰還すると、政府は完璧な成果が得られたことを大いに喜び、「かつてのスパルタのように、わが国に各国大使を招き、大王の勅令を申し聞かせるべし」

ギリシア中のポリスに対し、テーバイに使者を派遣するよう要請した。呼びかけに応じてギリシア各国から大使がテーバイに集まると、ペロピダスは、大王アルタクセルクセス二世の印璽《いんじ》が押された勅書を、大使らによく見えるよう高く掲げ、重厚感のある声音で大王の勅令を読み上げた。

「一つ、スパルタはメッセニアの独立を認めること。一つ、アテネは海上から艦隊をすべて引き揚げること。スパルタとアテネが大王の勅令に従わない場合、我々はスパルタ、もしくはアテネに対して、討伐軍を派遣する。また、討伐軍に参加しないポリスがあれば、これに対しても、我々は軍勢を派遣し征伐する。以上だ」

ペロピダスは各国大使を睥睨《へいげい》すると、

「ペルシア大王とテーバイの友邦になりたいのであれば、この勅令に宣誓するように」

と命令したが、

(スパルタとアテネを狙い撃ちとは。テーバイらしいな)

各国大使は、なるほど、と、心の内で納得した。幾人かの大使たちは声をあげ、

「我々は拝聴するために派遣されただけであって、宣誓するために来たのではない」

「そうだ。宣誓が必要ならば、テーバイの大使を、わが国に派遣してくれ」

スパルタとアテネの大使は不服満々の顔で黙っていたが、他の大使たちの出方を確認すると、互いに顔を見あわせ、苦笑する。

各国大使の煮え切らない態度に、ペロピダスが焦りと苛立ちを抑えかねていると、

「むかしから、『ペルシア大王の犬』に徹してきたテーバイのことだけはあるな」

容赦のない罵声がペロピダスに投げつけられた。ペロピダスが不埒な発言者を睨むと、その男は挑発的に立ち上がり、

「マンティネイアのリュコメデスだ。発言させてもらうぞ」

「リュコメデス？　きさま、言葉がすぎるぞ」

ペロピダスは語気を荒らげたが、

「言いすぎではない。ギリシア人なら誰でも知っていることだ。テーバイ人の罪深き背信行為については、な」

リュコメデスは鼻先で笑うと、

「マンティネイア人は、ペルシア戦争で、ギリシアの自由のため勇敢に戦ったのだ。ギリシアを裏切ってクセルクセスに合力したテーバイ人に、とやかく命令される覚えはない」

リュコメデスは、ますます声を張りあげ、

「テーバイで和平会議を行う必要はない。戦《いくさ》をするなら、どこでもできるのだから」

「なに？」

ペロピダスも咆哮《ほうこう》すると、

「黙って聞いていれば、いい気になりおって。きさまは、ギリシア人のための和約を、ぶち壊しにしたいのか？」

威嚇したが、リュコメデスはペロピダスの言葉を無視し、席を蹴って和平会議の場から去った。これにつづきアルカディア人の使節団も退席し、こぞって故国に戻ってしまったので、テーバイで開催された和平会議は、結局、物別《ものわか》れに終わった。マンティネイアごとき小国に見下され、和平会議も妨害されたペロピダスは憤懣《ふんまん》やるかたない。

「リュコメデスめ。テーバイの勝利に便乗して急成長したにすぎぬのに、なんて言い草だ。レウクトラでわれらがスパルタ人を打ち倒さねば、マンティネイア人など、いまでもスパルタの奴隷だったのに。恩知らずめ！　だいたい、リュコメデスの仕切るアルカディア同盟だって、エパミノンダスのやりかたを真似しているだけではないか。小競合《こぜりあ》いで何度かスパルタ軍に勝てた程度で、調子に乗りやがって」

怒気満々のペロピダスを、そばからエパミノンダスが「気にするな」と、いつものごとく穏やかに慰めたが、ペロピダスは気が高ぶって友の言葉も耳に入らない。

「なぜだ？　なぜ、テーバイばかりが、ペルシアの犬と蔑まれ、ギリシアの裏切りものよと責めたてられなければならないんだ？　スパルタもアテネも、過去にペルシア大王の資金援助を受けてきたではないか。あいつらだって同類だってのに、なぜ、われらの祖先ばかりが非難される？」

誹謗を聞き流すには、ペロピダスは一途すぎた。エパミノンダスにも、友の無念さは痛いほど理解できた。

「故国テーバイを、二度と、後ろ指をさされるような国にはすまいと、わたしは心に強く誓ったのだ」

スパルタ軍の占領下からテーバイを解放したとき、ペロピダスが、そう言って胸を張っていたことを知っているだけに、エパミノンダスはいたたまれず、慰める言葉も見つからず、ただ、いたわるようなまなざしで友を見守った。

ペロピダスがペルシアから持ち帰った「スサの勅令」に対して反発したのは、アルカディアだけではなかった。スパルタとアテネもスサの勅令に否定的で、スパルタは「メッセニアの独立を認めろとは片腹痛い」と息巻いたし、アテネも「艦隊を陸に引き揚げろとは聞き捨てならぬ」と怒りをあらわにし、

「ペルシア大王の勅命など、断じて承諾できぬ」

スパルタもアテネも、ペルシアの大王アルタクセルクセス二世の勅命を拒絶した。のみならず、大王への意趣返しとして、スパルタとアテネは、小アジアで反乱を起こしたダスキュレイオンの総督アリオバルザネスに対し、援軍派遣などの支援を行うこととした。総督のアリオバルザネスは、スパルタとアテネの支援を得てペルシア大王

への反乱を続行し、アテネに対しては、謝礼としてヘレスポントスの都市セストスを譲渡した。アテネもお返しに、アリオバルザネスにアテネの市民権を授与する。

ダスキュレイオン総督の蜂起とアテネの反乱支援を知るや、ペルシア大王のアルタクセルクセス二世は不安に駆られ、テーバイに軍資金を送りつけるや、

「テーバイは艦隊を急造し、ただちにアテネ艦隊を成敗せよ」

と、催促してきた。

結局のところ、「ペルシア大王の威光を利用してギリシア諸国と和平を締結する」というテーバイの試みは失敗し、紛争の解決は戦場で決することとなった。テーバイは、ペルシア大王の軍資金を元手にした艦隊建設も視野に入れたが、艦船の建造には時間がかかる。それゆえ、エパミノンダスも即効性のある対策を講じ、政府に対して提言した。

「わが国にとって、やはり重要なのはスパルタへの対応策。そこで、わたしが注目しているのがアカイアです。アカイアはペロポネソス半島の北部に位置し、寡頭政《かとう》を採用してはいますが、スパルタに加勢するわけでもなく、局外中立を保っております。もしアカイアをテーバイの同盟国となせば、スパルタを北から牽制できるはず。アル

カディアや同盟軍もテーバイの手腕を見直し、わが国に威服するでしょう」

「アカイアと同盟締結すべき」とのエパミノンダスの提議をテーバイ政府も傾聴し、「アカイアと連合し、スパルタを牽制すべし」と決断。エパミノンダスを遠征軍の総司令官に任命すると、第三次ペロポネソス遠征を敢行した。

ところが、エパミノンダスが同盟軍を率いてアカイアに侵攻すると、アカイアの政権を担う貴族や要人たちがテーバイ陣営を訪問し、へりくだった言葉づかいで、

「われらはテーバイと同盟を締結しますし、テーバイが出撃する際には従軍し、テーバイの敵と戦います。ですから、わが国の政治体制を壊さないでください」

と懇願してきた。寡頭派という勢力は、概して、寡頭政をとるスパルタと気脈を通じていたから、テーバイとは相容《あい い》れない存在であったが、エパミノンダスは、

(彼らの嘆願をはねつけたら、かえってアカイアの掌握が困難になる。テーバイに忠誠を誓うと言うのであれば、寡頭派であろうと構わぬ。以前にも、寡頭政の存続を認めることでシュキオンを掌握したものだ。時として、柔軟な対応も必要だ)

英断を下し、矛を収めると、アカイアに寡頭政の存続を認め、貴族たちから、

「テーバイの同盟国となり、テーバイに従って、いかなる場所へも従軍する」

との誓言をとる。また、アカイア人や同盟軍に対しても、

「貴族や寡頭派を追放してはならぬ。政治体制も変革してはならない」

と厳命し、テーバイに帰国した。アカイアの貴族たちは喜んだが、寡頭派が温存されたので、アカイアの民主派、それに、アカイアと隣接するアルカディアの民主派たちは危機感を煽《あお》られ、テーバイに乗り込んでくると、

「エパミノンダスは重大な失策を犯した。寡頭派がアカイアの政権を掌握しつづければ、スパルタに利する。スパルタがアカイアに干渉してくるに違いない」

と言ってエパミノンダスを告発した。このためテーバイ政府はエパミノンダスの政策を撤回し、総監をアカイアに派遣すると、寡頭派の貴族たちを追放してアカイアに民主政を樹立した。放逐された貴族らは当然のことながら激怒し、逆襲に転じてアカイアを武力制圧すると、寡頭政を復活させ、スパルタに接近する。スパルタもこれに即応し、アカイアの寡頭派と連繫して、思わぬ収穫を寿《ことほ》いだ。

「エパミノンダスのやつ、思惑がはずれて青くなっておるだろうよ。ハッハッハッ」

アカイアがスパルタの同盟者と化したので、テーバイ政府は失策に臍《ほぞ》を噛んだ。

「エパミノンダスの失敗だな。最初からアカイアの民主派と組んでいれば、こんなこ

とにはならなかったであろうに」

ペロポネソス半島でのテーバイの失敗を見て、アルカディアでも、「テーバイが同盟者では不安だ」「テーバイの軛《くびき》から脱しよう」との声があがる。とりわけ野心家のリュコメデスは、失態つづきのテーバイを歯牙にもかけず、音頭をとってアルカディア同盟の会議を開催すると、「アテネとの同盟締結」を提案。加盟国の使節たちは、信じられぬといわんばかりの顔でリュコメデスを凝視したが、リュコメデスは平然と言ってのけた。

「落ち目のテーバイと、これ以上、手を組む必要などない。これからは、アテネだ。アテネと同盟すれば、われらの格も上がる。好都合ではないか」

しかし、マンティネイアと仲の悪いテゲア、親テーバイのメガロポリスは、リュコメデスの提議に対して猛烈に反対し、

「アテネなんかと同盟したら、テーバイの恩義にそむくことになる。テーバイを裏切ることなどできるものか」

語気鋭くリュコメデスをなじったが、リュコメデスは聞く耳を持たず、アテネに赴き、同盟の締結を申し入れた。しかし、アテネもリュコメデスの提言に面食らい、

「アテネはスパルタと同盟関係にある。スパルタの敵アルカディアとは結べぬ」

アルカディアとの同盟締結に難色を示すと、すかさずリュコメデスは、

「攻守同盟ではなく、『防御同盟』を結ぶのです。アルカディアが侵略されたとき、アテネは援軍をアルカディアに派遣する。アテネが侵略されたとき、アルカディアはアテネに援軍を派遣する。つまり、防衛のためにだけ、お互いの力を貸しあうのです。だが、侵略には決して手を貸さない。アルカディアがスパルタに侵攻する場合、アテネはアルカディアに援軍を派遣する義務はない。同様に、アテネがボイオティアに侵攻するさい、アルカディアはアテネに援軍を派遣しない。どうです？　これなら、アテネはスパルタを裏切らずにすむでしょう？」

「なるほどな」

渋っていたアテネも、アルカディアとの『防御同盟』締結には興味をそそられ、

「テーバイ陣営からアルカディアを引き抜けば、テーバイにとっては大打撃。テーバイを充分に牽制できるし、テーバイがアッティカを侵攻した場合、テーバイはアルカディアの援軍を得られない。『防御同盟』を隠れ蓑にしてテーバイの軍事力を削げるのなら、スパルタにも利する。悪くない提案だな」

アテネはリュコメデスの申し出を受け入れ、ここに、アテネ・アルカディア同盟が成立することになった。

大国アテネとの同盟を成立させたリュコメデスは、意気揚々とコリントに上陸し、ペロポネソス半島に帰還を果たした。が、「裏切りもの！」との怒声とともに、刺客がリュコメデスの体に刃を突き立てた。アテネ・アルカディア同盟の発案者リュコメデスは、かくして、あっけなく暗殺者の凶刃に斃《たお》れたが、同盟そのものは存続した。

アルカディアとアテネの同盟締結は、テーバイにとっては寝耳に水の、驚愕すべき知らせであった。

「ペルシア大王の威光を借りてギリシア全土を平伏させられるどころか、かえって諸国の反感をかきたて、ギリシア中から、そっぽを向かれてしまった。アルカディアまでが反旗を翻し、アテネと結ぶとは」

これで、テーバイとアテネの緊張関係は一気に加速した。もはや猶予はない。エパミノンダスは、艦隊急造を議会で訴えた。

「アテネに対抗するためには、艦隊は不可欠。アルカディア同盟の背信という新たな事態に即応するためにも、躊躇している場合ではありません」

アテネへの脅威が、テーバイに建艦議案を可決させた。

艦隊建造のための資金は、ペルシア大王から調達した。ペルシア大王アルタクセルクセス二世が、ダスキュレイオン総督アリオバルザネスの反乱が拡大せぬよう、テーバイに対して資金を授け、アテネ艦隊の撃破を任せていたからだ。

資金が得られたら、次は資材の調達である。艦船づくりには、船材としての材木が大量に必要だった。その折もおり、マケドニアの若き王ペルディッカス三世のもとから使者が到来する。ペルディッカス三世は、フィリッポス王子の兄であり、テーバイとは同盟関係にあった。マケドニアの使者いわく、

「わが王は、テーバイに船材を提供いたしたいと申しております。マケドニアは森林資源が豊富ゆえ、存分にお使いください、との、わが王のご伝言でございます」

アテネ・アルカディア同盟の成立に意気阻喪していたテーバイ政府にとって、マケドニアの支援は嬉しいものであった。テーバイ人がペルディッカス王の献身に満足の意を表明すると、マケドニア王の使者は間髪いれず、

「つきましては、わが王ペルディッカスより、一つお願いが」

「願い？　おお、なんであろう。申されよ」

「フィリッポス殿下のマケドニアへのご帰国を許可していただきたいのです」

「フィリッポス王子の帰国？」

テーバイ政府の要人たちの顔から、さっと笑いが消えた。人質としてテーバイに滞在することすでに三年、フィリッポスは十七歳になっていた。

「ペルディッカス王は材木提供の見返りに弟を返せと要請しているが、どうするね？」

テーバイ政府は、マケドニア王の提示する交換条件に返答を迫られ、思案した。

「人質を手放したら、マケドニア王の忠誠心が鈍《にぶ》るのではないか？」

「いやいや。ペルディッカス王は、同盟者としての義務を果たすと言うのだ。無碍《むげ》に拒絶すれば、かえって反感を買い、それこそ逆効果。むしろ、フィリッポス王子をマケドニアに返し、テーバイとマケドニアの友好の礎《いしずえ》となすべきではなかろうか？」

協議の末に話がまとまると、

「ペルディッカス王のご誠意はよくわかりましたゆえ、フィリッポス王子を、お国へお連れくださいい」

テーバイは、フィリッポス王子の帰国を快く許可したのであった。

三年間の人質生活に終止符を打って、急遽、故国に帰ることになったフィリッポスは、出立に先立ってエパミノンダスの屋敷を訪れ、別れを告げた。

「今年、兄のペルディッカスは十八歳になりました。そして、成年に達したことを機にプトレマイオス・アロリテスを誅殺したそうです。プトレマイオスは、わたしたち兄弟にとっては長兄アレクサンドロスの仇《かたき》でしたから。兄のペルディッカスは十五歳で王位に就いたものの、万事をプトレマイオスに牛耳られ、三年もの間、仇を摂政として戴かねばならなかったのです。でも、こうして仇敵を打ち倒し、長兄の無念を晴らせたことで、マケドニア王ペルディッカス三世は、真《まこと》の王になれたのでしょう。親政をはじめたペルディッカス三世が、おのれの意志でなした初仕事が、弟を取り戻すことだったというわけです。この三年、わたしは異郷にいて、なんの助けにもなれずじまいでしたから、帰国したら兄のため、マケドニアのため、力を尽くしたいと考えています」

この三年で目ざましく成長なされたものだと、エパミノンダスは感慨深い面持《おももち》ちで、フィリッポスの言葉に耳を傾けた。しかし成長したのは体つきだけではない。精神の方も健やかに成長を遂げた。それがなにより嬉しかった。王子の言葉を笑顔で受けとめると、

「ペルディッカス王は、よい手を思いつかれましたな。マケドニアは森林資源が豊富で、その良質な木材は船づくりには最適だとか」

「はい。かつて、わが父アミュンタス三世は、アテネに大量の船材を提供し、友好を結んだといいます。マケドニアにとって、豊富な森林資源は国の宝と評すべき重要資源といえましょう。こうして、わたしも買い戻してもらえるのですから」

フィリッポスが悪戯《いたずら》っぽく笑うと、つられてエパミノンダスも声を立てて笑う。

「エパミノンダス将軍」

「うん？」

「テーバイは、今回はじめて海へと漕ぎ出すことになったわけですね」

「そうですな」

「陸と海では、やはり勝手が違うはず。エパミノンダス将軍は、どういった戦略で、海上での戦いに挑まれるのですか？　アテネから制海権を奪い取るとなると、海戦は避けては通れない。そのむかし、ペルシア海軍との戦いを直前にひかえたアテネ人は、日夜、訓練怠りなく海戦に備えたといいますが」

だが、そこまで勢い込んで質問していたフィリッポスは、エパミノンダスの気難しそうな顔に出くわして、あわてて口を閉ざした。

「お許しください。また、余計なことを。もう、よします。わたしは故国へ帰る身。これからは、おのれの国を憂慮し、マケドニアのために全力を傾けることにします」

「いえ、いいのです、そのことは」

エパミノンダスは否定したが、それでも憂い顔を隠そうともせず、淡々と本心をもらしはじめた。

「わたしが心に引っかかっている問題は、アテネとの海戦うんぬんよりも、テーバイ艦隊の成り立ちそのものにかかわっている、と申した方がよろしいでしょう」

「それは、テーバイ艦隊がペルシア大王の軍資金を元手にして造られている、ということを指しているのでしょうか?」

「わたしは、むかし、ペルシアから資金を得て軍備増強するスパルタやアテネを目の当たりにして、心を痛めたものです」

エパミノンダスは往時を思い起こし、ゆっくり語りだす。

「鼻薬を嗅がせてギリシア人同士を分裂させておけば、ギリシアはペルシアの脅威にはならぬ。そう見切ったゆえ、ペルシア大王は対立するポリスにカネを与えてはポリス間の抗争を掻き立ててきた。ペルシアの策謀に陥って同士討ちをするなど愚か極まりない。目を覚まさねば。そう言って、わたしはギリシア人に警鐘を鳴らしたものです。むかし、わたしのもとにペルシア大王の使いがまいったことがありました。ペルシア大王は、これと見込んだギリシアの要人のもとへ使者をやり、賄賂を贈って懐柔することを得意としたのです。むろん、わたしは拒絶しました。『祖国のためになることであれば、カネなどもらわなくても、いつでも実行する用意はある』そう言って毅然と使者を追い返したものです。自分では、誇りを貫いてみせたと自負した瞬間でした。しかし、そんなわたしが、いまはペルシア大王の犬になりさがってしまった。情けないものです」

弱音をもらすエパミノンダスに対し、フィリッポスも同情を禁じえなかった。

（ペルシア大王からカネをふんだくるなんて芸当、スパルタもアテネも平気の平左でしてのけてきたことだ。罪悪感なぞ、感じる必要はないのに。しかし、あの鉄面皮どもとちがって、エパミノンダス将軍は潔く、誇り高い御仁。さぞ無念であろう。しかし、アカイアがスパルタに寝返り、同盟国のアルカディアもテーバイを裏切ってアテネと組んだ。この状況を打開するためには、ペルシア大王に媚びるのもやむを得な

い。辛《つら》いところだな）

フィリッポスはエパミノンダスが気の毒でならなかったが、いっぽうで、外交とは面白いものだ、と、興味深い演劇でも鑑賞するような目で世界の動向を観察してもいた。

（レウクトラで惨敗したスパルタが、いまだに余命を保っていられるのも外交のお陰だ。不倶戴天の敵アテネと同盟してテーバイに対抗し、総督アリオバルザネスと組んでペルシア大王の勅令に反抗した。そのせいで、エパミノンダス将軍は頭を抱えておいでだ。要するに、戦闘の結果を生かすも殺すも外交の才幹次第ということだ。ましてや、ギリシア世界では様々なポリスが合従連衡《がっしょうれんこう》を繰り返してきた。時には敵対し、時には同盟を結んで牽制しあう。外交戦略が、時として戦闘よりも重要な鍵となる。敵と手を組むことさえ辞さない狡猾さ、図太さも、必要な才覚だよな。……なんて、暢気に傍観している分には楽しいものだが、帰国したら、おれだって他人事ではなくなる。なにしろ、マケドニアはテーバイ以上に、状況は苦しいんだから）

マケドニアの四隣にはイリュリア・パイオニア・トラキアといった蛮族が牙を研いで蚕食の機会を狙っているし、ギリシアの諸ポリスとて野望の刃を向けてくる。帰国したら容赦のない現実と対峙せねばならないのだと思うと、フィリッポスも気が重くなったが、それゆえに、やりがいもあろうかと前向きに考えられるようにもなっていた。

（三年前とちがって、おれも少しは成長したからな。テーバイで学んだ知識、培った経験を、はやくマケドニアに帰って試してみたいものだ）

若い彼は、不安よりも、むしろ未来への希望で心が高鳴っていたのだ。

「戦《いくさ》というものは、心に迷いがあっては思い切って戦えないものですな」

感傷のこもったエパミノンダスの声に、フィリッポスは不安なまなざしを上げた。

「レウクトラの戦いのときテーバイは微弱なポリスではありましたが、それでもあのときはひたすら必勝の信念を胸に抱き、がむしゃらに突き進めばよかった。しかし、いまは」

またしても深いため息を吐き出しかけて、エパミノンダスは、はっと胸をつかれ、無理やり、ため息を呑み込んだ。

（繰《く》り言《ごと》ばかり聞かせて退屈な思いをさせたうえに、気の利いた別れの挨拶もしてやれぬのでは、王子が気の毒だ。旅立ちにふさわしい餞《はなむけ》の言葉をかけてやらねば）

エパミノンダスは晴れやかな表情になると、

「お預かりしたものを、あなたにお返しせねば。ずいぶんと長いこと手もとに置いたままで、すっかり忘れておりましたが」

初めて会ったときに王子から奪い取った短剣を取り出し、

「刃を研がねば、剣先も鋭さを失い、切れ味が悪くなると申します。マケドニアに帰国されたら、切っ先が鈍らないように、ご自身で、たゆまず研ぎ澄まされますように」

と、餞別の言葉をそえた。フィリッポスは短剣を受け取ると、柄の部分に刻まれたライオンと太陽の紋章を、懐かしげに、いとおしげに、ゆっくり指先でなぞる。鞘《さや》を払い、剣先を確かめると、切っ先は以前よりも鋭利になっていた。

(この三年の間、エパミノンダス将軍が手入れを欠かさなかったことがわかる。剣と同様、今日まで、将軍の手で、おれも厳しい鍛錬を施されてきたわけだ。だが、これからは、自分自身の手で、剣も、おのれも研鑽せよ、というのが将軍のメッセージなのだな)

相手の言わんとすることを理解すると、

「エパミノンダス将軍のいまのお言葉、それに、この三年、将軍から学んだこと。ともに心に刻み、生涯、決して忘れません」

フィリッポスは清々しい微笑をたたえてエパミノンダスを見つめ、

「では、わたしはまいります。マケドニアの使節たちが、おもてで待っておりますので」

決然と立ち上がる。エパミノンダスは惜別の辛さに胸が詰まり、名残惜しげに王子を見上げると、

「体に気をつけてな……」

そう、ひとこと言葉をかけるのが精いっぱいであった。

「将軍こそ、お体をおいといください。身は離れておりましょうとも、エパミノンダス将軍のご健勝とご武運を、いつも、お祈り申し上げておりますから」

フィリッポスはエパミノンダスに向かって最後の言葉をかけると、中庭に行き、長椅子のそばで眠っている老犬に近寄り、やさしく頭を撫でながら、

「スパルトイ。エパミノンダス将軍のこと、たのんだぞ」

明るく声をかけ、足どりも軽やかに去っていった。

（ああ……行ってしまった……）

エパミノンダスは、急に心にぽっかり穴が開いたような空虚さを感じたが、

（また、会いたいものだ。できれば、戦場では会いたくはないが）

そんなことを考えていると、主人を気づかってくれているのか、スパルトイがそばに来てエパミノンダスの右手を嘗《な》めるので、「よしよし」と言って愛犬の背を撫で、

「さて。わたしも、出撃準備にとりかかるとするか」

今度は海上勤務だ。テーバイは海港を持たぬし、テーバイ人は海戦経験、皆無といる。アテネ艦隊と渡りあえるレベルにまで戦闘能力を上げるためには、並大抵の訓練ではおぼつかないであろう。

（五十三歳にして、初めての艦隊勤務。また、新たな大仕事を相手どらねばならぬのだ。感傷にひたっている暇はないぞ）

エパミノンダスは自らを鼓舞するように、両手で勢いよく頰を叩いた。

第六章　二将軍の最期の戦い

1　キュノスケファライの戦い

紀元前三六四年、エパミノンダスは百隻の艦隊を率い、エーゲ海を東進して黒海を目ざした。アテネは黒海の穀物に大きく依存していたので、黒海との連絡路の維持は死活問題であった。このため、ペロポネソス戦争の終盤戦は、ヘレスポントスなど黒海との交易路がアテネ・スパルタ両国の戦いの舞台だったほどだ。それに鑑みて、エパミノンダスもアテネの弱体化を期し、まず第二次海上同盟の同盟国を切り崩す戦略であった。

エパミノンダスが艦隊とともに海上に出向いているとき、親友のペロピダスはテーバイにいた。艦隊勤務は長期にわたるため、ペロピダスは本国に残り、諸事に対応す

る心づもりなのであった。そして、予測どおり、ペロピダスに出撃要請がもたらされる。北方のテッサリア連邦から急使が至り、

「フェライのアレクサンドロスが、暴威をふるって手がつけられなくなった。ペロピダス将軍を、テッサリアに派遣して欲しい」

じきじきにペロピダスの出馬を要請してきたのだ。

「テッサリア人のたっての願いではあるが、ペロピダスはフェライ遠征に失敗している。出陣させるのはどうかと……」

ペロピダスの手腕を危《あや》ぶむ声が、テーバイ政府の内部では少なくなかったが、

「エパミノンダスは、現在、海上だ。呼び戻すことなど不可能だ」

「失敗したとはいえ、テッサリア情勢は、やはりペロピダスに一日《いちじつ》の長《ちょう》がある。テッサリア人から名指しで出動要請されるほどに人望も得ている。この任務は、ペロピダス以外に適任者はいないのでは？」

政府も、よくよく議論の末、ペロピダスを呼び出すと、

「ラリサをはじめとする諸都市は、ペロピダス将軍に、是非、出馬を願いたいと言ってきている。将軍も四年前の失点を回復したいでしょう？　汚名を雪《すす》ぐためにも、こ

こは出撃して、フェライの僭主アレクサンドロスに一矢報《いっしむく》いては？」

ペロピダスも、暴君アレクサンドロスへの雪辱戦は望むところであったから、

「わかりました。フェライ征伐にまいりましょう」

「おお、引き受けて下さるか。それでこそ、ペロピダス将軍じゃ」

テーバイ政府はペロピダスを指揮官に任命し、テッサリアへの遠征を命令した。

夫が、因果のあるテッサリアに出陣すると言い出したので、ペロピダスの妻は顔色を変え、出撃に反対した。

「政府も、ずいぶん無体なことを命じられますのね。フェライではむかし、煮え湯を飲まされたというのに」

「あのときは祖国に多大な迷惑をかけた。あの折の失態を、是が非でも、ここで挽回しておかねば」

「でも、エパミノンダス将軍は、外征は自分に任せろとおおせですわ。無理はするなと」

「エパミノンダスは、海上でアテネ相手に戦《いくさ》の最中だ。アテネとの海戦を放棄してテッサリアに駆けつけろと言うのか？　そんな無茶なことを頼んでみろ、今度は彼が

倒れてしまう。エパミノンダスの好意に、いつまでも甘えるわけにはゆかぬのだ」

「では、他の将軍にお役目を代わっていただいて……」

「馬鹿を言うな！　そんな身勝手が、とおると思っているのか？　だいいち、他の将軍ではアレクサンドロスを止められない。わたしが行くしかないのだ。それに、アレクサンドロスをここまでのさばらせた原因は、わたしにある。おのれの不始末は、おのれの手でつけねばならん。当然のことだ」

「任務が大事なのね。わたしよりも」

「将軍とは、そういうものだ。わかっているくせに、つまらんことを言うな」

「そうね。あなたの頭の中は、いつもお国のことでいっぱいですものね。夢で魘《うな》されるくらいだもの」

「魘《うな》されているのか？　わたしが？」

「ときどき、寝言でおっしゃっているわ。テーベーって」

「えッ？」

ペロピダスは、不実の証拠を突きつけられたように狼狽した。だが、妻は、それ以上、咎《とが》めるようなことは言わず、くるりと背を向けるや、黙々と夫のために出撃の準

備をはじめた。ペロピダスは声も発せられず、妻の背を苦しげに見ていたが、

「いつも、すまないと思っている。外で心おきなく戦えるのも、おまえがしっかり家庭を守ってくれているお陰だからと……」

「うそばっかり。息子の不品行が直らないのも、わたしが頼りないからだと思ってらっしゃるくせに」

妻は叫ぶようになじると、両手で顔をおおい、声をあげて泣き出した。ペロピダスも妻が不憫になり、背後からやさしく抱きしめ、

「今度の遠征が終わったら、もっと家庭を顧みるようにするよ。だから、今度だけはゆるしてほしい」

耳もとで囁《ささや》くと、妻は指先で涙を拭き、わかりましたと、かぼそい声とともに頷《うなず》いた。

紀元前三六四年、七月十三日。ペロピダスが勇ましく武具に身をかため、テーバイを出陣せんと空を見上げた、まさにそのとき、折悪しく太陽が欠け、日蝕がはじまった。

「不吉な……」

テーバイの人々は不安を口にし、占い師たちも「出陣は凶」と断言して、出兵を見あわせるようにと勧告した。

「出撃は、凶と出ている。これでは、兵士たちも出陣を拒むだろう」

テーバイの要人や指揮官たちでさえ、今日の出陣を見送るようペロピダスに忠告したが、雪辱戦をかたく心に期すペロピダスは聞きいれず、

「兵士たちが出撃を拒むと言うならば、テッサリアへは志願者のみを引き連れていく」

「そんな無茶な……」

テーバイ政府は困惑したが、

「無茶ではなく、これは戦略です。アレクサンドロスが軍備を整える前に、テッサリアに侵攻できれば、有利に戦いを進められるはず」

ペロピダスが勝利への道筋を示し、志願兵を募ると、騎兵の精鋭三百名とボイオティアの志願兵が徴兵に応じたので、彼らを引き具してペロピダスは故国を出陣。テッサリアでは重装歩兵七千名が合流したが、ペロピダスの率いる軍勢が少数なので、「大丈夫であろうか？」と不安と失望が囁かれる。それでも戦力不足を嘆いてい

る暇はなかった。

「アレクサンドロスが応戦準備を整える前に、フェライに進撃するぞ」

ペロピダスは、足りない戦力を、おのれの戦術と闘志で補わんと、かつてない意気ごみでアレクサンドロスとの戦いに挑む。ペロピダスがフェライ目ざして北進を開始すると、対するアレクサンドロスも、ペロピダスの到来を聞き知って驚き、

「ペロピダスが懲りもせずに出てきたというなら、今度こそ、やつに引導を渡してやる」

テーバイの軍勢に倍する兵力を早急に動員すると、ペロピダスを迎え撃つためフェライを出撃。南下を開始した。ペロピダスも北上の途上、斥候《せっこう》からの報告によってアレクサンドロスの出陣と、その戦力を把握し、戦いに備えつつ北上をつづける。

両軍は、「キュノスケファライ」で遭遇した。このキュノスケファライの地は、東西に小高い丘があり、東の丘を占領せんと、ペロピダス率いるテーバイ・テッサリア連合軍は丘の南から、アレクサンドロスはフェライ軍を率いて丘の北から、それぞれ、じわじわと進軍をはじめる。ペロピダスもアレクサンドロスも、互いに、敵より先に丘を占拠するため、俊足の騎兵を先発させた。

両軍の騎馬同士のあいだで、激しい騎馬戦が繰り広げられ、テーバイの精騎がフェライ騎兵を圧倒。フェライ騎兵は丘の北に逃げ走り、テーバイ騎兵は追撃をかける。

騎兵戦はテーバイ側の勝利に帰したが、歩兵戦は、逆に、フェライの優勢のうちに展開し、アレクサンドロスは山を占拠するや、悠々、高みからテーバイ勢めがけ、弓矢を雨あられと浴びせかける。そのせいで、テーバイの歩兵部隊には被害者が続出した。

「ハハハ！　ペロピダスのやつ、ぶざまだな」

アレクサンドロスは山のてっぺんでテーバイ兵の混乱ぶりを見物すると、腹をかかえて笑い出す。テーバイとテッサリアの歩兵部隊はアレクサンドロスの猛撃に気圧《けお》され、逃げ散った。

「おのれ、アレクサンドロスめ」

ペロピダスは、あの暴君がテーバイ兵の苦戦ぶりをあざ笑っているかと思うと、腸《はらわた》が煮えくり返った。

「この程度で、挫《くじ》けるものか」

いよいよ闘志を燃やし、麾下《きか》将兵に果敢に号令しては、自らも勇ましく敵兵と斬り結ぶ。まわりで戦うテーバイの将兵らもペロピダスの闘争心に次第に感化され、苦境をものともせず、奮闘すること著しい。それでも苦戦する自軍を目の当たりにしたペロピダスは、

（この苦境を打開できるのは、騎兵だけだ。機動力のある騎馬部隊を戦線に投入し、フェライの歩兵部隊を背後から襲わせる。頽勢《たいせい》挽回の道は、それしかない！）

かく判断し、

「おい。騎兵の戦況はどうなっている？」

ペロピダスが大声で部下に戦況報告を命じると、

「わが軍の騎兵部隊は優勢に立ち、勢いこんで、逃げるフェライ騎兵の追撃にかかっているもようです」

「そうか！」

ペロピダスは雄々しく応じると、

（騎兵戦で勝利を得られたのであれば、ここはフェライの騎兵を深追いさせるよりも、呼び戻して、味方の歩兵部隊の掩護《えんご》をさせた方がよい）

即断するや、ペロピダスはラッパ手に対し、

「合図を出して、わが軍の騎兵たちを呼び戻せ！　フェライ軍の背後から襲いかかるよう、命令しろ」

大音声で命《めい》を下し、自らも激闘に身を投じんと、馬腹を強く蹴る。疾風のごとく、ひとり駆け出していくペロピダスを目にした盾持ちは、

「将軍、お待ちを！」

ペロピダスの大盾を手に、将軍の駆けゆくあとを慌《あわ》てて追いすがる。

「見よ、ペロピダス将軍を。味方の兵士らを救うため、自ら激戦地に身を投じられるとは、なんと、お勇ましい！」

「われらも急げ！　ペロピダス将軍に、後《おく》れをとるな！」

盾持ちのあとから、さらにテーバイの兵士らも勇みたち、主将に後れるまいと走り出す。

ペロピダスは歩兵部隊の、ただなかに馬を乗り入れると、馬の背より跳びおり、歩兵部隊の戦列のあいだを、かきわけ、かきわけ、先頭に躍り出るや、

「みんな、もうひと踏んばりだ！　敵は怯《ひる》んでいるぞ！　もうすぐ騎兵も加勢に馳せつける。気力をふりしぼれ！」

声を嘎《か》らし、健闘する歩兵たちを激励した。

「ペロピダス将軍が来てくださったぞ。われらも奮闘せねば」

総司令官の炎のごとき陣頭指揮に励まされて、圧《お》されがちだったテーバイの歩兵部隊も勢いを盛り返していく。

敵味方の歩兵が入り乱れて激突するところへ、ラッパ手の合図で呼び戻したテーバイ騎兵とテッサリア騎兵も馳せつけ、フェライ軍の背後から攻め立てたので、フェライの将兵もアレクサンドロスも浮き足立った。

激戦の末、テーバイ軍は丘を占拠し、戦勝は、すでにテーバイ軍の間近《まぢか》に見えてきた。

ペロピダスは、ふたたび馬に乗り、山頂に駆けあがる。だが、高みから戦況を確認し、自軍の勝利を確信するや、アレクサンドロスの姿を血眼になって探しはじめた。その胸に滾《たぎ》るものは、四年前にうけた雪辱を果たしたいという執念のみ。

（どこだ？　あの暴君は？）

フェライの僭主《せんしゅ》アレクサンドロスは、身辺警護をする傭兵たちを怒声で叱咤していた。

アレクサンドロスの姿をみとめるや否や、体の隅々にまで刻み込まれていた屈辱の記憶が、ペロピダスの総身にまざまざと蘇《よみがえ》った。

「あのけだもの、生かしてはおかん！」

叫ぶや槍を引っつかみ、馬腹を蹴り、わき目もふらずに駆け出した。

「どうなされたのだ、ペロピダス将軍は？」

はたで見ていた将兵たちは青ざめ、

「ペロピダス将軍！　軽挙はなりませんぞ！」

「いかん！　すぐに、ペロピダス将軍をお止めしろ！」

部下や盾持ちたちも危険を察知し、ペロピダスの後を追いかけはじめた。

アレクサンドロスは傭兵隊の指揮をとっていたが、ただひとり、まっしぐらに駆け込んでくるペロピダスの姿を目にするや、痺《しび》れるような恐怖を感じた。

「この、腐れ暴君！　わたしと勝負しろ！」

ペロピダスは槍を手に、喚《おめ》きながらアレクサンドロスの護衛兵を薙《な》ぎはらい、アレクサンドロスに迫ってくる。

「あ、あいつ……」

アレクサンドロスはおののき、即座に傭兵隊の後方に身を隠すと、

「あいつを撃て！」

ひきつった声で、わめき立てる。

「なにをしている？　早くやれ！　さっさと槍を突き込んで、あの男をぶち殺せ！」

アレクサンドロスに急《せ》きたてられ、フェライの傭兵隊は、テーバイの勇将めがけ、殺意のこもった槍を間断なく投じはじめた。

勢い込んで駆けてきたペロピダスの胸や腹に、深々と槍が突き立つ。

その瞬間、激烈な痛みとともに、雷鳴のように、おのれの言葉がペロピダスの脳裏によみがえった。

『エパミノンダス！　わたしの背中は、きみに預ける。きみの背中は、わたしに任せろ！』

『お互いに力をあわせ、祖国のために尽くすことを誓おうではないか』

正気に戻るや、

「わたしは、なんと愚かな……！」

ペロピダスは、おのれを呪った。

エパミノンダスはいま、テーバイ艦隊を率い、地中海上で最強と謳われたアテネ艦隊を相手に、果敢に海戦を挑んでいるのに。

（わたしが死んだら、誰がエパミノンダスの背中を守るというのか？）

臍《ほぞ》を噛む彼を、フェライの傭兵隊の背後でアレクサンドロスがにやにや笑いながら見物している。最期に視界がとらえた光景に、ペロピダスは身も心も引きちぎれんばかりだった。仇敵も倒せず、誓いも果たせぬまま大切な友をひとりのこして逝《ゆ》かねばならぬとは。

「すまん……エパ……」

呟《つぶや》きながら、ペロピダスの体は馬の背から転げ落ちていった。

そのころ、テーバイ・テッサリア連合の将兵らはペロピダスの叱咤激励に奮起し、怒濤の勢いでフェライ軍を敗走に追い込んでいた。

キュノスケファライの戦いがテーバイ・テッサリア連合軍の勝利で幕を閉じ、テーバイ兵もテッサリア兵も喜びに沸き立つ。

だが、喜びもつかのま、彼らは主将の姿が戦列の中に見当たらないことに気づく。

いちように不安と焦燥をおもてに漲《みなぎ》らせ、

「ペロピダス将軍はどこだ？　さっきまで先頭に立って指揮をとっておいでだったが」

「そうだ。ペロピダス将軍が、テーバイとテッサリアに勝利をもたらしたのだ。ともに戦勝を喜ばねば」

あたりを見まわし、将兵たちは主将の姿をさがす。

「あそこを見ろ！」

ひとりの兵士があげた声につられ、麓《ふもと》に視線を転じた将兵らは、次の瞬間、泣き声とも、おめきともつかぬ叫びをあげた。

2　マンティネイアの戦い

アテネの海上支配に打撃を加える目的で、エパミノンダスは百隻の艦隊を率いてエーゲ海を東へと航行していた。パンメネス、ダイハントス、イオライダスら弟子たちも同行する。この三名は少年の頃からエパミノンダスに師事し、レウクトラの戦いにも三度のペロポネソス遠征にも同行した、エパミノンダスの信頼する弟子たちだ。

「初の海上作戦だが、陸だろうが海だろうが基本は同じ。戦略を立てて臨むことが肝心だ」

エパミノンダスが弟子たちに将帥としての心得《こころえ》を説くと、

「エパミノンダス将軍の間近で、いつも卓抜した戦略を拝見できる。我々は果報者です」

と、パンメネスが笑顔で応じる。たのもしいことだ。だが、

（テーバイ艦隊は海戦経験が未熟ゆえ、アテネ艦隊との海戦は避けるべきだ。万一、敗北したら、ギリシア世界にテーバイの無能が知れわたり、陸での作戦にも支障をきたす）

エパミノンダスは本当の狙いについては信頼する弟子たちにも明かさず、

「今回の作戦では外交力を駆使し、アテネが盟主をつとめる第二次海上同盟を、内側から崩壊させて、アテネに打撃を与える所存だ」

と、戦略構想を表明した。テーバイは第二次海上同盟に参加していたから、加盟諸国の実情についてはエパミノンダスも理解していた。

「第二次海上同盟には、エーゲ海の島々、小アジアや黒海沿岸にあるポリス七十あまりが加盟している。まず有力都市のビュザンティオン、キオス、コス、ロードスなどを離反させるのだ。主力メンバーをテーバイに鞍替えさせれば、アテネの牙城を切り崩せよう」

ビュザンティオンは黒海の入口を扼《やく》する要衝、キオス、コス、ロードス、レスボスはエーゲ海上の島嶼《とうしょ》だ。エパミノンダスが艦隊を率いて呼びかけると、ビュザンティ

オンは即座にテーバイに寝返った。しかし、他の都市は、おいそれとはテーバイに帰順しない。キオス、コス、ロードス、レスボスは慎重で、

「テーバイはギリシア本土では威勢がよいらしいが、海上に出てきたのはこれが初めて。いかほどの実力を有しているものか？」

「迂闊《うかつ》にテーバイ陣営に鞍替えしたあげく、テーバイ艦隊がものの役に立たなかった場合、取り返しがつかぬ。じっさいペロポネソス戦争のとき、スパルタに寝返ったポリスは、あとでアテネから報復された。早まって海上同盟から離反せぬのが賢明よ」

などと言っては、注意深く、なりゆきを見守っている。エパミノンダスが上陸し、じかに諸都市の説得にあたったが、諸市の反応は冷ややかで、

「われらとて、アテネの独善的なやりように憤っておりますが、反乱を起こすには大きな危険がともないます。エパミノンダス将軍が、海の覇者アテネを、こてんぱんに打ちのめしてくだされば、われらだって安心してアテネに反旗を翻せましょうが」

テーバイ艦隊の力量は、はてさて、いかがでしょうかな、と、諸都市が値踏みするような目でエパミノンダスをさぐり見るので、エパミノンダスは渋い表情で唇を噛む。

（ペロポネソス半島の諸ポリスがなだれを打ってスパルタから寝返ったのも、レウク

トラの戦いでテーバイがスパルタを完膚なきまでに撃破してみせたからだ。それとまったく同じ理屈だ。同盟諸市を第二次海上同盟から離反させたくば、アテネ艦隊を海の藻屑《もくず》と化してみせなければ。これまでアテネ艦隊との海戦を避けてきたが、それが裏目に出て、同盟諸市に二の足を踏ませてしまったようだ。これは、完全な戦略ミスだな）

エパミノンダスは、外交戦略で挑んだ今回の海上遠征が失敗に終わったことを自覚し、目ぼしい戦果もないまま、テーバイに引き揚げるしかなかった。

（ペロポネソス半島、アッティカ、テッサリア。ギリシア本土だけでも多国を相手にせねばならぬのに、このうえエーゲ海や黒海沿岸の諸市の厄介事まで引き受けたとして、テーバイの国力で果たしてやってゆけるのだろうか？　かえって、テーバイの力を弱める結果になりはすまいか？）

故国を目ざしてエーゲ海上を西へと航行するエパミノンダスは、苦《にが》い想いとともに海上進出を断念する。

（テーバイに戻ったら、ペロピダスと相談しよう。きっと活路を見出せるはずだ）

そう思うと、少しではあるが心が軽くなった。

ギリシア本土に上陸後、テーバイ目ざしてボイオティアの野を西へと進み、小高い丘、懐かしいカドメイアが視界に入ってくるや、慣れない海上勤務を終えて帰国した将兵たちが安堵の声をもらす。

「ヘラクレス神殿におまいりし、英雄へラクレスに無事の帰還を報告しよう」

エパミノンダスも兵士らに明るく言い、テーバイの城壁の南東にあるエレクトラ門に向かって進むと、大勢の人々が城門の前に集まって彼らを迎えてくれているではないか。こんなことは初めてだったから、エパミノンダスも戸惑い、

（海上作戦が失敗したので、心配して、将兵を出迎えているのか？）

政府の面々が最前列にいるので、エパミノンダスが詫び顔で首尾を報告すると、

「なにごとも最初からうまくゆくはずもない。気に病むな」

厳格な政府にしては珍しく、慰めの言葉を返してきたので、エパミノンダスもかえって心が落ち着かない。もう一度、一同の顔を見まわし、

「ペロピダスは？　出撃しているのですか？」

エパミノンダスが怪訝顔でたずねると、

「ペロピダスはこっちだ。きみの帰りを待っているよ」

イスメニアスが微笑しながらヘラクレス神殿にいざなってくれる。ただ、他の将兵に対しては、その場で待機するよう政府が命じるので、エパミノンダスの心はざわついた。

（イスメニアスは、ペロピダスとともに大使としてテッサリア・マケドニア・ペルシアを訪問し、苦楽を共にしてきた。その彼が導いてくれるということは……）

胸騒ぎがして、ある種の覚悟を胸に神殿内に足を踏み入れると、ヘラクレスの影像が迎えてくれる。ギリシア一の英雄は、いつに変わらぬ勇猛さで棍棒をふりあげ獅子を組み伏せていたが、その隣に、槍をかまえた凛々しい若者の影像が飾られていた。以前にはなかったものだ。不審に思い青年像に歩み寄ると、台座に刻まれた「全テッサリア人が深い感謝を捧げる」という文字が、エパミノンダスの目に飛び込んできた。

「十五年前、テーバイをスパルタ軍の手から解放するため、ペロピダスは勇気をふるい、アテネから帰ってきてくれた。あの決起の夜、町に入る前にペロピダスは同志たちと一緒にこの神殿に詣で、ヘラクレスに武運を祈った。あの夜の彼の雄々しき姿は、ここにある。これからは、ここでヘラクレスとともにテーバイを守護してくれるはずだ」

イスメニアスが語ってくれたが、エパミノンダスは言葉が出てこない。頃合《ころあ》いを見計らっていたのか政府の面々が姿を現し、事務的な口調でペロピダスの死を告げたのち、

「テーバイは、総力を挙げてアレクサンドロスを降伏させた。のみならず、アテネとの同盟を破棄させ、テーバイとの同盟も受諾させた。ペロピダス将軍が生命と引きかえに勝ちとった勝利によって、フェライは屈服し、テッサリア全土に平和が訪れたのだ」

政府はついで、ペロピダスの葬儀についても言及した。

「テッサリア人は、自分たちの手でペロピダス将軍の葬儀を行いたいと懇願してきたよ」

「テッサリア人が、ペロピダスのために葬儀を？」

エパミノンダスは、ここではじめて口を開き、政府に問うた。

「ああ。それだけ、ペロピダス将軍が彼らに慕われていたという証左であろうよ」

テッサリア人はペロピダスの葬儀に競って参列するや、敵から奪った戦利品をペロピダスの遺骸のそばにうず高く積みあげ、馬の鬣《たてがみ》を切り落として遺骸に供《そな》え、自分た

ちの髪の毛も切って弔意を表したという。

「ホメロスの叙事詩にも謳われた葬送儀礼にのっとって、テッサリアの人々はペロピダス将軍に哀悼の意を捧げたのだ。将軍を悼む声はテッサリアの野に響きわたったという。テッサリア連邦は将軍の勝利と名誉をたたえ、黄金の冠を贈ってきた。冠は、われらの手でペロピダス将軍の遺族に手渡したゆえ、エパミノンダス将軍も安心なさるがよい」

「そうですか……」

ペロピダスの妻の哀しげな横顔を思い起こすと、エパミノンダスの悲しみは増《ま》した。

（夫君《ふくん》を亡くされて、さぞ気落ちしておられることであろう）

ペロピダスの妻を見舞ってやらねばと心に期していると、政府は厳《おごそ》かな声で、

「テッサリア連邦は、ペロピダス将軍の彫像もつくってデルフォイに奉納した。同じ彫像をつくってテーバイに送ってきたゆえ、こうしてヘラクレス神殿に奉納したのだ」

と、青年像をさししめしながら、その由来を説明する。

「デルフォイに彫像が祀られるのは、人として最高の栄誉だ。輝かしき勝利も獲得し、テッサリア人から、かくも慕われる。ペロピダス将軍も満足しておろう」

政府は、さかんに「名誉」「栄誉」という言葉に力をこめたが、美辞麗句でペロピダスの戦死をいくら飾りたてても、エパミノンダスの心が虚《うつ》ろになるだけであった。黙していると、政府もイスメニアスもエパミノンダスの哀しみを察して、

「今日は屋敷に戻って、ゆっくり休まれよ。報告は明日でかまわぬから」

帰宅を促すので、エパミノンダスは無言で神殿をあとにする。憔悴《しょうすい》しきった心身を引きずるようにしてエレクトラ門をくぐったが、門の向こう側にはテーバイの人々が多数、待ちかまえており、

「お帰りなさい、エパミノンダス将軍。ご無事のご帰還、ほんとうに良かった」

「エパミノンダス将軍。どうか、これからもテーバイをお守りください」

縋《すが》るようなまなざし、祈るような声が、彼を取り囲む市民から絶え間なく寄せられるので、エパミノンダスも涙を流すわけにゆかず、微笑で市民たちを受けとめると、

「こうして無事に帰還できたのも、みなさんのお陰です。これからもテーバイのために力を尽くすと約束します。だから、みなさん、どうか安堵してください」

明るい声で故国の人々を励まさざるを得ない。町はずれにある屋敷に帰るまでのあいだ、エパミノンダスのもとに駆け寄り声をかけてくる市民たちはひきもきらず。実

直なエパミノンダスは一人一人に向かって丁寧に応じ、気を配る。

（ペロピダスがいなくなったので、テーバイの人々も不安でたまらないのだ。悲しみに沈んでいるのは、なにも、わたしだけではない）

ペロピダスを喪ったテーバイの、国をあげての嘆き、不安を肌身で感じ、エパミノンダスはやるせなかった。ようやく屋敷にたどりつき、玄関の壁に大蛇の描かれた大盾を掲げ、執事たちを遠ざけて書斎に入ってから、やっと、ひとりの時間を持てたが、

（わたしがいなくなったら、テーバイはどうなってしまうのだろうか？）

エパミノンダスは、悲嘆、不安、恐怖、さまざまな負の感情に縛られて、身動きもできなかった。

（ペロピダスがいてくれたから、いままで後ろを気づかう必要はなかった。若き日、マンティネイアの戦いで互いに背中をあわせ、大勢の敵と戦ったあの日から、ずっと二人で力をあわせ、励ましあいながら祖国テーバイのために戦いつづけてきたのに。背中を預けられる友を、わたしは永遠に失ったのだ……）

そう思うと、エパミノンダスの瞼《まぶた》に初めて涙が溢れてきた。

体の一部がもぎ取られたような、とてつもない喪失感がエパミノンダスを襲っていたが、テーバイを取り巻く切迫した情勢は傷ついた彼を休ませてはくれなかった。北方情勢はペロピダスの生命を賭した活躍により一段落したが、いちばんの難物、ペロポネソス半島の不穏情勢が、またしても激化していたからだ。

アルカディア同盟の中の二つの有力都市、マンティネイアとテゲアの対立が抜きさしならなくなり、マンティネイアの寡頭《かとう》派はスパルタに支援を要請した。このため、恐怖を覚えたテゲアは、テーバイに援軍の派遣を求めてきたのである。

「マンティネイアは、スパルタだけでなく、アテネにも援軍を乞いました。スパルタもアテネも出兵し、テゲアに攻め込んでくるはず。テーバイのかたがたよ。どうか出撃し、われらテゲア人をお助けくださいし」

テゲアに援軍派遣を要請されたテーバイ政府は、しかし、

「スパルタもアテネも敵にまわさねばならぬとなると、テーバイの苦戦は必至だぞ」

たちまち不安に駆られ、ざわめいた。ただ、このときボイオタルケスの地位にあったエパミノンダスは、落ち着き払った声で言い放つ。

「いや。これは、ちょうどよい機会だと申せましょう」

「よい機会だと？　なにを酔狂なことを。スパルタ・アテネ両国を敵にまわさねばならぬこの危険な戦いを、エパミノンダスよ、きみは、よい機会だと言いきるのかね？」

「はい」

エパミノンダスはきっぱり肯定すると、理路整然と、その理由を説明しはじめた。

『スサの勅令』をギリシア諸国に承諾させることに失敗して以来、テーバイは外交的手段によって諸国に和約締結を強いることができなくなりました。そのため今日まで我々は武力で、ことを決してきたわけですが、しかし諸国相手に各個撃破で戦いを挑んでも埒《らち》が明かぬというのが実情。軍事的な打開策にも出口を見出しえず、戦線は一進一退の膠着《こうちゃく》状態。その点は、ご一同も、すでにご承知のはず」

エパミノンダスが確認するように場内を見渡すと、一同も深く頷《うなず》いた。エパミノンダスは一呼吸おくと、

「もしもスパルタ・アテネ・アルカディアの反テーバイ諸国が一大集結し、まとまってテーバイに戦いを挑んできたならば、それはわが国にとって、危機ではなく、悪状況を好転させるための絶好の機会となりましょう。決戦によって一気に敵を粉砕し、しかるのち、敗戦諸国に対してテーバイ主導の和約をのませる。さすれば、この膠着

状態に終止符を打つことが可能となりましょう」

エパミノンダスが滔々《とうとう》とした声で語ると、テーバイ政府の要人たちは再びざわめき、

「スパルタとアテネを打ち負かし、この逼塞状態から脱することができれば、テーバイにも未来が開けよう」

「だが、自信過剰は危険だ。ペロピダスについでエパミノンダスにも死なれたら、テーバイは大きな支柱を失うことになる。ここは慎重が肝心だ」

期待の声、憂慮の声が交錯し、

「エパミノンダスよ。テーバイとボイオティア同盟の兵力だけでは、スパルタ・アテネ・アルカディアの連合軍を向こうにまわして戦いぬくことは不可能だぞ」

との声がエパミノンダスに向かって投げかけられるや、一気にテーバイ人の心は不安へと傾いた。が、エパミノンダスは同胞たちの動揺をあらかじめ予測していたので、

「その点は、むろん考慮しています。スパルタ・アテネ連合軍と互角に戦える策を、わたしはすでに組みたてております」

エパミノンダスは、声音も堂々と主張した。

「これまで我々が築き上げてきた同盟関係をうまく活用して、援軍を獲得するので

す。ペロポネソス半島の同盟国、アルゴス、メッセニアから、確実に援軍を得られるはず。それに、アルカディア同盟の中にも、反マンティネイアのテゲア、メガロポリスといった諸都市が、テーバイに援軍を送ってくるはずです。さらにテッサリア連邦とフェライ……ペロピダスが生命と引きかえに勝ちとった北方の同盟諸市からも、われらは援軍を得られるにちがいありません」

ペロピダスが生命と引きかえに勝ちとった、という言葉に、エパミノンダスは、とりわけ力をこめた。

（ペロピダスの献身を、絶対に、無にしたくない）

その一念で、エパミノンダスは今度の戦略を構築したのだ。

（テーバイが勝ち残るための策を立て、実行することが、わたしの使命。友との誓約を果たすためにも、この使命だけは必ず全《まっと》うしてみせる）

エパミノンダスは深呼吸すると、政府に向かって説得を再開する。

「援軍は、まだ得られます。たとえば、テーバイはフォキスとは同盟を締結しております。ですから、フォキスも派兵に応じるに相違ありません。アルゴス、メッセニア、テゲア、メガロポリス、テッサリア連邦、フェライ、フォキスの援軍が揃《そろ》えば、戦力的に見てテーバイはスパルタ・アテネ連合軍の兵力に決して劣りません。いや、これだけの戦力があれば、スパルタ・アテネ相手に、互角以上に戦えるでしょう」

「そうだな。エパミノンダス将軍のおっしゃるとおりだ」

「敵がすべて集結したところで、わが軍は一気に勝負をつけ、テーバイの優勢を確立。しかるのちに、テーバイ主導で和平協定を締結する。それが、わたしの戦略構想です」

エパミノンダスの自信のこもった戦略に、一同も唸り、

「エパミノンダスの提言する方法以外に、もはや決着をつける策はなかろう。よし、エパミノンダス。ペロポネソス半島への出撃を認めよう。きみに遠征軍の指揮を一任する」

「ありがたきお言葉……」

「ただし！」

エパミノンダスの言葉をさえぎると、テーバイ政府は声を大にし、

「長期戦に持ちこまれるのは困る。一将軍に長期間にわたって大権を委ねることは民主政の精神にも悖《もと》る。ゆえにエパミノンダスよ、四ヶ月だけ、きみに指揮権を委ねよう」

「四ヶ月のみ、ですか?」

「そうだ。四ヶ月以内にペロポネソス遠征を終えて帰還すること。これが条件だ」

「それは……」

エパミノンダスは困惑し、即答しかねた。

(第一次スパルタ遠征のときも、期限つきの指揮権のせいで苦境に立たされた。今度もまた四ヶ月の間しか指揮権を行使できないとなれば、思うさま采配をふれぬ)

しかし、エパミノンダスが返答を渋っていると、

「長期間の遠征がつづくと、他のところでも火を噴く可能性がある。われらも懸念したうえで、あえて条件を出しているのだ。エパミノンダスよ。どうか理解してほしい」

と、もっともらしく政府は言いたて、

「レウクトラの戦いの直後のように、独断で指揮権を掌握しつづけぬように」

エパミノンダスに向かって、きつく釘をさした。この期に至っても融通の利かないテーバイ政府に対し、エパミノンダスは失望した。だが、不承ながらもエパミノンダスが出撃準備にとりかかると、またもや戦いの前途に支障をきたす出来事が起こった。同盟国のフォキスが、出兵を拒否してきたのである。

「これは条約違反の重罪だ。いますぐ、フォキスに宣戦布告を」

テーバイ人は激怒し、「フォキスに攻め込むべし」と息巻くものもいたが、エパミノンダスは「フォキスとの戦争など、とんでもないこと」と反対し、同胞の説得に腐心した。

「フォキスへの懲罰は、スパルタとの戦いが決着してから行えばよろしい。それに、フォキスの援軍がなくともペロポネソス半島内の同盟者たちから充分な兵力を得られるはず。フォキスの戦力を欠いても、テーバイが不利になることはありません」

エパミノンダスは諭すと、フォキスの背信を追及しないよう、同国人を宥《なだ》めた。

（フォキスまで敵にまわしたら、テーバイは北にも難儀な敵をつくることになる。しかし、南北二正面作戦など、いまのテーバイに行えるはずがない）

エパミノンダスはテーバイ人の怒りを抑えると、スパルタとの戦いに故国の戦力と気力を集中させた。だが、このときのフォキスへの遺恨が、のちに十年の長きにわたりギリシア全土を巻き込むこととなる第三次神聖戦争への導火線となる。この大戦争が、ひいてはテーバイ自身の衰退と破滅を招き寄せることになるのである。

エパミノンダスにとって、ペロポネソス半島への四度目の出陣であった。出撃にあ

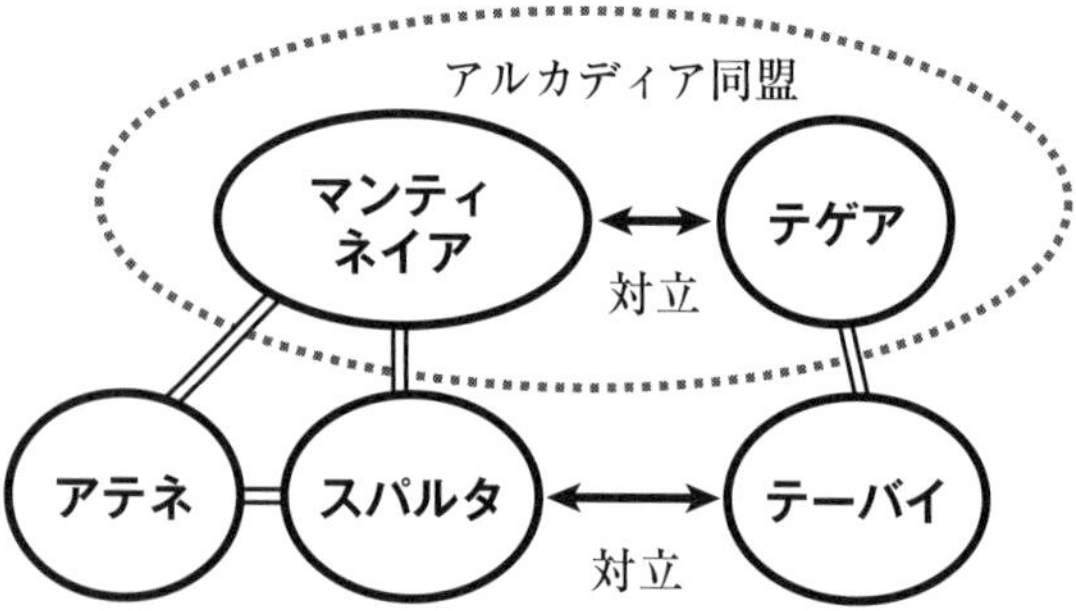

たり、テーバイの名将は厳粛な表情で大蛇の描かれた大盾を手に取り、

「テーバイの守護神として、こたびも勇戦するぞ」

声に出して、おのが決意を確かめると、ふうと、腹の底から息を吐き出した。

かつては嫉視からエパミノンダスを死刑裁判に引きずり出し、一兵卒に貶《おとし》めたこともあったテーバイ政府であったが、ペロピダス亡きいま、彼ひとりの手腕に頼らざるを得ない。おのが双肩に一切の重荷が集中する現状に、

（もしわたしがいなくなったら、テーバイはどうなってしまうのだろうか？）

不吉な考えがエパミノンダスの脳裏を掠《かす》めたが、堅実な彼は、悲壮感に我を忘れるような愚は犯さず、おのれ亡きあとの対策も講じておこうと、冷静

に、パンメネス、ダイハントス、イオライダスを屋敷に呼び寄せる。愛弟子たちを前に、今遠征での戦略構想をじっくり伝えたうえ、さらに戦いのあとの展望についても説き聞かせ、

「おまえたちには、将師として政治家として必要な知識や技術を伝授した。わが身に万一のことあらば、テーバイの未来は、おまえたちが担うのだ。しかと肝《きも》に銘じておくように」

重々しくエパミノンダスが後事を託すや、三人とも沈痛な面持《おもも》ちで、

「将軍は、スパルタ・アテネ連合軍を相手どる、こたびの戦いが、いままで以上に苦しいものになると予測し、憂いておられるのですね？」

「いや、そうではない。ペロピダスが亡くなって以降、テーバイには、大局的な見地から戦略を練られるだけの指揮官や政治家が不足している。だからこそ、わたしは、若く聡明なおまえたちに期待しているのだ。この戦いが終わったあと、仮に、わたしがいなくなったとしても、おまえたちは、わたしが教えたことを思い出し、わたしがこれまで実行してきた戦術、政策、外交方針を手本にして、テーバイを導いてほしい。頼んだぞ」

エパミノンダスは明るく笑ったが、パンメネス、ダイハントス、イオライダスは不安を抑えられず、師匠の屋敷を出ると互いの顔を見あわせ、

「エパミノンダス将軍は、戦いが終わったあとのことにまで気を回しておられるが、今度はスパルタ・アテネ連合軍が相手だ。そう簡単に勝てるものか」

「うむ。いま考えるべきことは、戦後のことではない。目前の敵に勝つことだ」

「スパルタ・アテネ連合軍に勝利するために、われらの力を尽くそう」

三人は、第四次ペロポネソス遠征で力戦することを誓いあった。


紀元前三六二年。エパミノンダスは、テーバイ軍とボイオティア同盟軍を率いて故国を出撃するにあたり、テーバイ城壁の南東エレクトラ門の傍《かたわ》らにあるヘラクレス神殿に詣で、英雄ヘラクレス、それに亡きペロピダスに戦勝を祈願したのち、

「スパルタとアテネの軍勢が合流する前に、各個撃破で叩く。まずはアテネ軍を待ち伏せて粉砕し、しかるのちスパルタ軍を撃破する」

将兵に作戦を明かし、神殿を出ると、エレクトラ門のそばに大勢のテーバイ市民が駆けつけ、見送ってくれる。みな、祖国の守護神に敬愛と信頼のまなざしを向け、

「エパミノンダス将軍。どうか、ご武運を」

温かい言葉をかけてくれる。エパミノンダスも胸打たれ、穏やかに微笑すると、

「ありがとう、みなさん。必ず、勝報とともに帰還します。心安らかに待っていてください」

故郷の人々に約束した後、峻厳な顔を将兵に向け、「出陣だ」と勇ましく号令し、ネメアを目ざす。ネメアはペロポネソス半島の北東にあるため、アッティカより到来するアテネの軍勢を要撃するには最適の場所だった。ところがエパミノンダスの予想ははずれ、アテネの軍勢は陸路ではなく、海路よりペロポネソス半島を目ざしていた。

「なに？　アテネの援軍は艦隊で進軍中？」

斥候からの敵情報告を受けたエパミノンダスは、舌打ちした。敵に出しぬかれてしまったのは大いなる不覚だ。しかし、しょっぱなからペロポネソス遠征に暗雲がたれこめれば、将兵たちの士気の低下にもつながりかねぬ。

「ネメアに、これ以上の長居は無用。これより、同盟国のテゲアに向かう」

エパミノンダスは気持ちを切りかえ、すみやかにテゲアに進軍すると、テゲアの城壁内に陣地を構えた。

敵国のマンティネイアは、テゲアの北にある。テゲアの城壁は、南側だけが開いているので、マンティネイアの方角からはテゲアの城壁内は視察できず、テーバイ軍の動静が敵方に気取られる懸念はなかった。だが、無事に陣地を築くことができたものの、エパミノンダスには、アテネの軍勢を捕捉撃滅できなかったことが悔やまれてならず、

（スパルタ軍が到来し、アテネの援軍と合流を果たせば、わが軍は難戦を強いられる。なんとかして、スパルタ・アテネ両軍の合流を阻止できぬか？）

戦機を窺《うかが》っているところに、ラコニア方面を視察中だった斥候が戻ってきて、

「スパルタ王のアゲシラオスが軍勢を引き連れ、マンティネイアを目ざして進軍中」

と報告した。

（ということは、スパルタ本国は、いま、もぬけの殻《から》というわけだ。これは好機かも）

エパミノンダスは謀《はかりごと》を閃《ひらめ》くや、テーバイ兵、ボイオティア同盟の兵士、テッサリア騎兵に対し、「早めに夕食を取り、出撃のための準備をするように」と命令。そして陽が西に傾く頃、すでに腹ごしらえを終えて英気の漲《みなぎ》った将兵に向かって、

「南に向けて夜間行軍を開始する。進撃目標はラコニアだ。これよりスパルタ本国に

奇襲をかける」

と、奇策を明かした。

「なんと！　スパルタ本国に奇襲を？」

将兵たちが意想外の作戦に驚くと、

「アゲシラオスは本隊を率いてマンティネイアに出撃した。主戦力が不在のいまこそ、スパルタに攻め入る絶好の機会。いまテゲアを出立すれば、明朝にはラコニアに到達できる。スパルタに攻め込み、ギリシア一の戦士の国を今度こそ制圧するぞ」

エパミノンダスが力強く宣言するや、将兵たちも名将の立てた奇抜な作戦に感服し、必勝の意気を胸に苦しい夜間行軍を休みなしで敢行すると、翌朝、空が白むころ、ラコニアの地に入った。

しかし、この奇襲作戦は、不運にもアゲシラオスの耳に達してしまう。急報を得たアゲシラオスは敵将の意表を衝《つ》いた攻めに驚愕し、騎馬伝令を呼び、

「すぐにスパルタに駆け戻り、老人や少年に対しては、屋根に登り、テーバイ兵が攻めこんできたら飛び道具で撃退しろと伝えよ。成年男子には、市内すべての道を封鎖し、敵の入城を防げと命令せい！」

応戦方法を指示し、急使を先にスパルタに送り出すと、アゲシラオス自らは麾下将兵を引き連れ、いま来た道を全速力で故国目ざして駆け戻る。

このときエパミノンダスは、まだアゲシラオスの動向を知らなかったが、慎重な彼は、ラコニアに入ると念のため北側に物見の兵を残し、「アゲシラオスの動静がわかったら、すぐに知らせろ」と命じ、一目散にスパルタに向かった。

一方、スパルタ本国はアゲシラオス王の急使からすでに指令を受け取り、老人や少年を家屋の上に陣取らせ、緊急の応戦態勢でテーバイ軍の到来を待ち構えていた。このため、エパミノンダスがテーバイの将兵らを引き連れてスパルタに攻め寄せるや、老人や少年たちが、待ってましたとばかり、弓矢や石つぶてを雨あられと投げつける。頭上から仮借なく飛来する矢弾を受け、テーバイ側の兵士も混乱した。かと思うと、道にはスパルタ兵が待ち受け、テーバイ軍を迎え撃った。

「さすがはスパルタ人。奇襲されても動じず、老人や子供まで危険を顧みずに奮闘しおる」

「これでは容易に攻め込めぬ」

テーバイ勢が四苦八苦していると、北に残しておいた物見の兵が駆け込んできて、

「アゲシラオスが引き返してきました！」と、よもやの凶報を告げた。

「なんてことだ。千載一遇の好機が、無に帰すとは……」

テーバイの将兵は失望して戦意を失った。エパミノンダスとても、この結末は無念きわまりなかったが、スパルタの本隊が帰還したとあっては、分《ぶ》が悪すぎる。即座にテゲアへの撤退を決断すると、騎兵に残留を命じ、

「おまえたちは、ここに殿《しんがり》として留まり、スパルタ軍の追撃をかわすのだ。そして、使命を全《まっと》うしたら、すぐにわれらを追ってテゲアに戻れ」

と下命したのち、テゲアを目ざし、再度の行軍を開始した。

スパルタまでの往復の道のり、夜間行軍、激しい市街戦などで、将兵たちの顔にも疲弊の色が濃く刻まれている。テゲアに帰還後、将兵に充分な休息を与えつつ、エパミノンダスは次の手を模索した。

（アテネの援軍を捕捉撃滅することもできず、スパルタ本国を制圧することもできなかった。アテネの援軍はすでにマンティネイアに到着していようし、そのうちスパルタの援軍も馳せつけよう。加えて、テーバイ政府が、わたしに授けた指揮権の期限は四ヶ月間だけ。この限られた時間とても、ここに至るまでの間に半分以上、空費して

しまった。残り少なくなった貴重な時間を、これ以上、戦果のないまま無駄に費やすわけにはいかない）

エパミノンダスは、かくなるうえはと、マンティネイアへの攻撃を決意し、マンティネイア人を挑発して出撃を促すため、騎兵部隊に対し、田園地帯の略奪を命じた。ところが、マンティネイアの城壁内に、すでに到着ずみのアテネの騎兵が、テーバイ騎兵の略奪行為を見とがめ応戦してきた。たちまち双方の騎兵部隊の間で戦闘がはじまったが、小競合《こぜりあ》いの末、アテネ騎兵が勝利し、テーバイ騎兵はあえなく敗走する。

「申しわけありません、エパミノンダス将軍……」

帰還した騎兵たちが面目なげに詫びたが、再三にわたる不首尾に、エパミノンダスも焦りを隠せなくなっていた。

エパミノンダスの焦燥をよそに、マンティネイアには、アテネ、スパルタ、エリスの援軍が続々と到着し、兵力が増強されてゆく。

「エパミノンダスがネメアでアテネ軍を待ち伏せしておったが、われらはそれを見越し、海路より馳せつけた。貴重な時間と兵糧、それに戦機までをも逃してしまうとは、エパミノンダスも大きな戦略ミスを犯したものだ」

アテネの将軍連が、敵将エパミノンダスの失策を冷笑すると、

「そうか、アテネはエパミノンダスのやつめを撒《ま》いてやったか。ああ、愉快、愉快！」

アゲシラオスも呵々大笑《かかたいしょう》、スパルタとアテネは打倒テーバイで気勢をあげ、マンティネイアに終結した軍勢は、歩兵が約二万に、騎兵が約二千となった。

スパルタ軍とアテネ軍が合流を果たした反面、エパミノンダスのもとには、テーバイ軍を含むボイオティアの軍勢、テゲアの軍勢、それに、アルゴスの援軍、メガロポリスの援軍、アセアの援軍、パランティオンの援軍、ロクリスの援軍、エウボイアの援軍、テッサリアの援軍も参陣して、歩兵約三万、騎兵約三千が集結した。

こうしてマンティネイアの戦場に集《つど》った将兵の顔ぶれを見れば、ほぼギリシア全土から軍勢が到来したことがわかる。ギリシアの未来を決する大会戦が、いままさに、はじまろうとしていた。

スパルタとアテネは戦《いくさ》に長《た》けるゆえ、早くも有利な高台を占拠し、布陣を整える。スパルタ軍が、激戦場であり、名誉ある場所と目される右翼に布陣し、アテネの軍勢は左翼を担う。中央部には、マンティネイア、エリスなど、アルカディアの軍勢が陣

取った。

「エパミノンダスが攻め込んできても、返り討ちにしてくれるわ」

スパルタ王アゲシラオスが自信満々に言うと、アテネ・アルカディアの将軍連も余裕の表情で笑う。エパミノンダスはというと、マンティネイア近郊の高台にすでに布陣を終えたスパルタ・アテネ連合軍の様子を、苦々しげに見上げていた。

（敵は高みを占拠しているから、断然、有利だ。ひと工夫ほどこさねば、こちらの不利を覆して勝機をつかむことは難しい）

敵情を入念に分析していたが、やがて一計を案じると、エパミノンダスは将兵たちに向かって、

「これより戦いをはじめるゆえ、戦闘準備にかかれ」

と命令した。テーバイ人とボイオティア人の将兵は、急な出撃命令を受けても慌《あわ》てふためくものは皆無で、みなエパミノンダスの指令に従って粛々と戦闘準備にとりかかった。テーバイに付き従っている同盟軍の将兵らもエパミノンダスに心服していたから、唐突に出動命令を出されても驚愕せず、不平ももらさず、黙って命令に服す。

テーバイの陣地では、剣や槍の手入れをするものあり、兜《かぶと》や盾を入念に磨くものあ

り。みな決戦準備に、おさおさ怠りない。テーバイ兵は、ヘラクレスのシンボル棍棒が描かれた盾を熱心に磨いていたが、メガロポリスやテゲアなどの兵士たちも棍棒の描かれた盾を丹念に磨く。彼らも、テーバイの戦士として戦う心意気なのだ。会戦に臨まんとする将兵の姿は、エパミノンダスの心身に強い自信と闘志を漲《みなぎ》らせた。

エパミノンダスも、父祖から受け継いだ大蛇スパルトイの紋章が描かれた大盾を、ゆっくり、丁寧に磨くと、「テーバイの守り神として、ギリシアの趨勢《すうせい》を決する大会戦にきっと勝ってみせる」と、必勝をかたく心に誓う。

将兵らの戦備が整うと、エパミノンダスは出陣を命じ、自軍を率い、スパルタ・アテネ連合軍が布陣する高台の、ちょうど前方にある丘を目ざして進軍する。その際、敵右翼に陣取るスパルタ軍と対峙することになる自軍の左翼に、主力となるテーバイの軍勢を配し、ここで総指揮をとった。また、アルゴスの軍勢を右翼に配備し、残りの軍勢を中央に配す。

（レウクトラのときと同様に「斜線陣」を採用し、主戦力のスパルタ軍をテーバイの主力部隊で撃滅し、勝利をものにする。ただ、今回は手練《てだ》れのアテネが左翼に陣取っているから警戒を怠ってはならぬ。アテネ軍がスパルタ軍の加勢に駆けつけられぬよ

う、アテネ軍の陣取る左翼の前に騎兵を配し、アテネの動きを牽制しよう)

戦術が固まると、エパミノンダスは敵軍の待ちかまえる高台の前にある丘へと進み、丘の上に陣地を構えると、将兵らに対し、武器を地面に置くよう命令する。と同時に、敵陣に斥候を放ち、高台に陣取るスパルタ・アテネ連合軍の様子をさぐらせた。

(アゲシラオスもアテネの将軍連も、わたしの動きを注視している。テーバイの将兵が武器を手放すさまを見れば、今日は会戦なしと判断し、武装を解こう。だが、休むと見せかけて、一気に攻めかかるのが、わたしの作戦だ)

エパミノンダスが敵将たちの目を欺くと、アゲシラオスもアテネの将軍連も、まんまとこれに騙され、

「ほう。エパミノンダスも宿営地を築いたな。敵兵どもは武器を地面に置いたぞ」

「ならば、今日はもう戦う気はない、ということだ。われらも休むとするか」

と判断し、武装を解く。スパルタ、アテネ、それに、その同盟軍の将兵たちも、みな、鎧兜《よろいかぶと》を脱ぎ、剣や槍を地面に置く。騎兵は馬から降り、鞍をはずす。みな、思い思いに、くつろぎ始め、気の早いものはテントを張り、テントの中で悠々と休息をとる。スパルタ・アテネ連合軍は、友軍との合流も果たして強気になっていたから、よ

もやエパミノンダスが戦《いくさ》をしかけてくるとは予測しなかったのである。

エパミノンダスが敵情視察のために放った斥候は、スパルタ・アテネ連合軍の動静を確認すると、テーバイの陣地に馳せ戻り、「敵は武装を解除し休息をとっております」と報告した。エパミノンダスは即座に「これぞ攻めかかる好機」と断じ、将兵に対し、「武器を取れ。出撃だ」と命令する。エパミノンダスの勇ましい号令のもと、テーバイ軍とその同盟軍は、完全武装で、足どりも堂々と陣地を出撃した。

エパミノンダスは、左翼に配したテーバイ兵を五十列の戦列に組ませると、「斜線陣で、スパルタ・アテネ連合軍に挑む。レウクトラの戦いと同じ陣形だ。今日も見事に勝利を収め、戦勝記念碑（トロパイオン）の前で凱歌をあげるぞ！」と高らかに宣言するや、テーバイ兵の士気も大いに上がり、潮《うしお》のごとき鬨《とき》の声で総大将に応じる。エパミノンダスも、きりりと引き締まった表情で、テーバイのもののふたちを攻撃翼となして突出させる一方、中央部と右翼の軍勢を遅れて進ませ、左上がりの斜線を形成しつつ敵軍に迫った。スパルタ兵、アテネ兵、マンティネイア兵らは、予期せぬ敵兵の出陣に、みな度肝をぬき、

「なに？　攻めてくるのか？」

慌てて兜をかぶり、鎧を着け、あたふたと剣や槍を引っつかむ。騎兵は、あわただしく馬を引いてくると、鞍を置き、馬の背に跳び乗った。

敵軍の混乱に乗じて機先を制せんと、エパミノンダスはボイオティアとテッサリアの騎兵部隊に突撃を命じ、彼自身は攻撃翼を率いて突き進む。

ボイオティア騎兵とテッサリアの精騎は菱形隊形で、先陣きってアテネの騎兵部隊に攻めかかる。ここに、決戦の火蓋が両軍の騎兵同士の激突によって切られた。

数の上で優勢なボイオティア騎兵とテッサリア騎兵は、アテネ騎兵を追いたて、蹴散らしてゆく。

エパミノンダスは戦機の到来を見て取るや、テーバイの精兵たちに向かって、「突撃！」と、声高らかに前進を命令した。

「レウクトラの時のように、スパルタ人を討ち果たせ！」

エパミノンダス率いるテーバイ軍左翼はレウクトラの戦いの時と同様、五十列の戦列による圧倒的重量感でスパルタ軍を圧《お》しまくり、多くのスパルタ兵を次から次へと打ち倒す。だが、名うてのスパルタ戦士もしぶとく、倒されても倒されても屈しない。

テーバイ兵とスパルタ兵は、こもごも怒声をあげ、剣をふりあげ、槍を突き込んでは、烈火のごとき勢いでぶつかり合う。

血しぶく死闘のさなか、エパミノンダスは冷静沈着な面持《おもも》ちで伝令兵に対し、

「アテネの軍勢はどうしている？」

敵左翼の戦況報告を促した。

「アテネ兵は、わが軍の騎兵部隊に牽制されて身動きならず！　敵の中央部とわが軍の中央部も、まだ接触しておりません」

「よし！」

エパミノンダスは勝利を確信するや、麾下《きか》将兵に向かい、

「このまま前進！　スパルタの戦列を突き崩せ！」

大音声《だいおんじょう》で突撃を命じるや、総大将のエパミノンダスも、テーバイの守護神、大蛇スパルトイの描かれた大盾で防御を固め、敵の斬撃を払いのけながら突き進む。危険をものともせず、陣頭に立ってテーバイの将兵らを叱咤督戦するエパミノンダスの姿は、スパルタ兵の目にもはっきりと確認できた。

「エパミノンダスさえ殺してしまえば、あとは烏合《うごう》の衆。おそるるに足りぬ」

「あいつはクレオンブロトス王の仇《かたき》だ。エパミノンダスをしとめろ！」

ペロピダス亡きいま、「テーバイの覇権」はエパミノンダスひとりの力で保っている。その事実を、スパルタ兵も充分に理解していたから、エパミノンダスさえ討ち果たせばテーバイは再起不能になると見切り、エパミノンダス目がけ、遮二無二、猛撃を集中した。攻撃翼に身を置くということは、それだけ生命を危険に曝《さら》すことを意味する。エパミノンダスは集中砲火をあび、窮地に立つ。

「エパミノンダス将軍!」

テーバイの将兵が主将の身を案じ、守りを固めんと、駆け寄ってきたが、

「わたしは大丈夫だ。それより、スパルタ兵を倒せ! スパルタの戦列を突破できれば、テーバイの勝ちだ!」

エパミノンダスは声を張りあげ、敵陣を切り崩せと、将兵たちに檄を飛ばす。

対するスパルタ軍も、エパミノンダスに照準を定め、雨あられと槍を投げつけ、突き込んでくる。

エパミノンダスも渾身の力をふりしぼり、敵の槍先を、時には身をかわして避け、時には払いのけ、退ける。敵の槍が身に突き立てば、気合いもろとも引き抜き、スパルタ兵に突き入れて、敵の攻撃を寄せつけない。

「あと一息《ひといき》だ！　スパルタの戦列を突き破れ！」

「おおーッ！」

エパミノンダスの獅子奮迅の戦いぶりにテーバイ兵も勇み立ち、必勝の気概を総身に漲《みなぎ》らせ、地鳴りのごとき雄叫びとともにスパルタ兵めがけ猛烈な攻めを繰り返す。

「怯《ひる》まず戦え！　テーバイに勝利を！」

苦しい息を吐きつつも、エパミノンダスは敵兵と斬りむすぶ。

だが、投げ槍が絶え間なく降りそそぐなか、殺意を込めたスパルタの一槍がエパミノンダスの胸めがけ放たれた。槍はあやまたず胸に突き立ち、エパミノンダスは低い呻《うめ》き声とともに頽《くずお》れる。槍の柄が勢いよく折れ、運悪く、鉄の槍先だけが体内に残ってしまった。

「将軍！」

テーバイの将兵らが顔面蒼白で駆け寄り、エパミノンダスの体を抱きかかえる。エパミノンダスが瀕死の重傷を負ったことは明白だった。

「はやく！　エパミノンダス将軍を安全なところへお連れするのだ！」

将兵らは主将をかかえ、激戦地から運び出すと、戦場から離れた小高い丘の上にエパミノンダスの身を横たえた。

「すぐに抜いてさしあげねば」

将兵たちがエパミノンダスの身に突き刺さっている穂先に手をかけ、一息に引き抜こうとした。が、その刹那、エパミノンダスがかっと目を見開き、彼らの手を勢いよくふりはらい、

「や、め、ろ……」

引き結んだ唇から、掠れた声がもれる。

「将軍、お気がつかれたのですね」

取り囲んでいた将兵たちは安堵に瞳を輝かせ、

「さあ、お心を楽《らく》にして、あとは、どうか、われらにお任せを。いま槍先を抜き取ってさしあげますから」

言うが早いか、彼らは再び槍先を握りしめる手に力を込めたが、

「だめだ……!」

エパミノンダスは苦鳴を発し、ものすごい力で将兵らの手をはねのけた。

「なにを言うのです、将軍。いますぐ手あてをいたさねば、お命は助かりませんぞ」

将兵らは怒りを声音と相貌《そうぼう》にこめ、エパミノンダスを叱りつける。

エパミノンダスとて、彼らの気持ちは理解できた。槍先を引き抜かねば傷口の手あてはできぬ。だが、槍先を引きぬいたら、多量の出血で、自分は確実に死ぬであろう。

軍医もエパミノンダスの容態を見て、苦しげに、将兵らに事情を告げた。

「そんな……！　将軍のお命が、あとわずか、とは……！」

将兵らは悲鳴じみた声をあげたが、

「戦況は……？」

エパミノンダスは、突き刺さった穂先を守るように握りしめたまま聞きただす。

「戦況は……どう、なって……いる……？」

あえぎ、あえぎ、エパミノンダスが戦況報告を促すと、

「お喜びください、将軍。スパルタ・アテネ連合軍は破れ去りました。わが軍の大勝利です。将軍が、テーバイに勝利をもたらされたのですぞ！」

エパミノンダスを力づけようと、将兵たちは口々に「テーバイの大勝利」を告げた。

エパミノンダスは微笑すると、後事を託さんと、パンメネス、ダイハントス、イオライダスの名を呼んだ。だが、返ってきた言葉は非情であった。

「ダイハントスとイオライダスは討ち死に。パンメネスの生死は不明……」

「なに？」

エパミノンダスは悲痛な叫びをあげた。

（テーバイには、もはや未来を託せる後継者すらいないとは）

愛弟子たちの死は、自分自身の死以上にエパミノンダスにとっては痛恨事であった。将兵らがエパミノンダスを気づかい、

「ダイハントスもイオライダスも、エパミノンダス将軍の教えを胸に勇戦し、テーバイの勝利に貢献したのです」

慰めてくれたが、エパミノンダスは首を左右にふり、涙を流すしかない。だが、悲嘆に暮れる時間すら、彼には残されてはいなかった。

「この勝利を活かし、和議を結べ。テーバイを救うすべは、それ以外にない。よいな？」

エパミノンダスは、しっかりした声で将兵たちに遺命を言いわたす。将兵らは嗚咽に肩をふるわせながら頷《うなず》き、エパミノンダスの指示に従うことを誓った。

エパミノンダスは力のない瞳を懸命に見開くと、

「泣くな……。満足のいく生涯だった。敗北を知らずに、逝《ゆ》けるのだから……」

辞世のことばを微笑とともに吐きだし、嘆く将兵たちを慰めたが、

「お気をたしかに！　将軍に逝かれたら、テーバイの未来はどうなるのです？」

消えかかるエパミノンダスの意識を呼び戻さんと、将兵たちは懸命に叫びつづけるばかりである。

最後の力をふりしぼり、エパミノンダスが穂先を抜き取ると、胸もとからは血が滝のように溢れ出し、力が抜けていった。

「将軍！　エパミノンダス将軍！」

名将の死を悼む慟哭《どうこく》がテーバイの将兵たちのあいだに湧きあがり、戦勝を喜ぶことなど、とてもできなかった。

テーバイは、スパルタ・アテネ連合軍を撃破することはできたが、唯一無二の司令塔を失って動揺し、次の有効な一手を打てなかった。それがために、結局のところ、マンティネイアの戦いで得た勝利を充分に活かすことができず、テーバイの覇権はエパミノンダスの死とともに幕を閉じるのであった。

エピローグ（その後のテーバイとエパミノンダスが遺したもの）

名将亡き後のテーバイは、ふるわなかった。テーバイはマンティネイアの戦いに参戦しなかったフォキスに因縁をつけて第三次神聖戦争を引き起こすが、戦いは先行きの見えない泥沼と化し、テーバイの当初の目算ははずれ、テーバイはむろんのことギリシアのどのポリスの力をもってしても、この神聖戦争を終結させることは不可能となる。

泥沼の激闘に終止符を打ったのは、バルバロイと呼ばれ蔑《さげす》まれたマケドニアの王フィリッポス二世であった。彼こそは、かつて生まれ故郷の脆弱さゆえに、三年のあいだテーバイで人質生活を余儀なくされていたフィリッポス王子だった。内憂外患に打ち勝ち、必ず故国マケドニアを飛翔させてみせると心に誓った少年は、エパミノンダスから学んだ戦術・軍事訓練・外交戦略を駆使し、たゆまず富国強兵に力を注いでいたのである。

精強な軍事国家として急速に台頭したマケドニアに対して脅威を抱くテーバイは、敵手アテネと同盟し、紀元前三三八年、カイロネイアの戦いで決戦を挑むが、フィリッポスの繰り出す「斜線陣」の前に無惨に敗北し、それまで不敗を誇ったテーバイの精鋭・神聖隊は全滅する。敗戦後、テーバイのアクロポリス・カドメイアにはマケドニアの駐屯軍が陣取り、マケドニア軍の後ろ盾を得た傀儡《かいらい》政権が発足した。過ぐる日、スパルタ軍がカドメイアに駐屯し恐怖政治を行ったが、それと同様の占領支配が再びテーバイに科されたのである。だが、テーバイに「第二のペロピダス」は現れなかった。

アテネ・テーバイ連合軍を撃破したフィリッポスは、エパミノンダスの外交戦略に倣いメッセニア・メガロポリス・アルゴスと連繫してスパルタも牽制し、ギリシア世界をマケドニアの覇権の下に屈服させると、紀元前三三七年、ギリシア全土の使節をコリントに集め、ヘラス同盟を発足させて、積年の大敵ペルシアに戦いを挑む。ただ、アジアに攻め入る直前、フィリッポスは暗殺者の凶刃に斃《たお》れる。

フィリッポスの大事業は息子のアレクサンドロスによって受け継がれるが、テーバイは若きマケドニア王を侮って反旗を翻す。これがためにアレクサンドロスの怒りと懲罰を一身に受け、紀元前三三五年、テーバイの町は、詩人ピンダロスの生家やマケドニア王の知人の家を除き、徹底的に破壊された。神殿に逃げこんだ女子供や老人までもが殺戮され、死者は六千人以上、奴隷として売却されたテーバイ人は三万人以上に及んだ。攻め滅ぼされたテーバイを目の当たりにしたギリシアの人々は心を痛め、「ギリシアはテーバイを奪われて片目になってしまった」と、悲痛な言葉を発す。

テーバイの破壊を一罰百戒となし、ギリシア人の反抗心を打ち砕いたアレクサンドロスは、亡父の遺志を継ぎペルシア討伐のためアジアに侵攻する。次々と襲いかかるペルシアの大軍を、アレクサンドロスは寡兵《かへい》であるにもかかわらず、グラニコス河畔の戦い、イッソスの戦い、ガウガメラの戦いで立てつづけに打ち破るが、そのさい用いた戦術こそ、エパミノンダスが考案し、レウクトラの戦いでスパルタ軍を撃破した「斜線陣」であった。アレクサンドロスは「斜線陣」とともにテーバイの歩騎連繋戦術も継承し、さらに発展させ、騎兵の機動力と歩兵の堅陣（長槍サリッサで装備したマケドニア式ファランクス）を効率よく組みあわせ、右翼を攻撃翼、左翼を防御翼となし、自ら右翼の攻撃翼を指揮し、果敢に敵陣に斬りこんでは勝機をつかんだ。

ペルシア帝国を滅ぼしたアレクサンドロスは東進をつづけ、中央アジア、さらにはインダス河畔まで制覇し、わずか十年で三大陸にまたがる一大帝国を築くとともに、征服地にヘレニズム文化を根づかせ、古代地中海世界のポリス単位の限定された形であったギリシア文明を世界へと広げてゆく。

皮肉ではあるが、テーバイを滅ぼしたマケドニアによってエパミノンダスの戦術・戦略は継承・活用され、新しき時代を切り拓くための力強い原動力になったわけである。

なお、テーバイはアレクサンドロスの存命中には再建を許されなかったが、アレクサンドロス没後の紀元前三一六年、マケドニアを支配していた将軍のカッサンドロスがテーバイを復興させた。アレクサンドロスを嫌ったカッサンドロスは、テーバイを破壊したアレクサンドロスの悪行を喧伝し、おのれの善行をアピールすることでギリシア人の支持を獲得し、ライバルの将軍たちに打ち勝とうとしたのだ。凄惨なテーバイ破壊から十九年後の出来事であった。カッサンドロスの政治的思惑からテーバイ再建事業は始動したが、メッセニアとメガロポリスの住民は熱意をもって協力した。彼らは、かつてメッセニアの町とメガロポリスの町を建設したエパミノンダスの恩義に報いるため、テーバイの復興に力を尽くしたのである。

主要参考文献

プルタルコス著、河野与一訳『プルターク英雄伝（４）』「ペロピダス伝」岩波文庫、1953年。

プルタルコス著、河野与一訳『プルターク英雄伝（８）』「アゲシラオス伝」岩波文庫、1955年。

プルタルコス著、柳沼重剛訳『英雄伝２』「ペロピダス伝」京都大学学術出版会、2007年。

プルタルコス著、城江良和訳『英雄伝４』「アゲシラオス伝」京都大学学術出版会、2015年。

パウサニアス著、飯尾都人訳『ギリシア記』龍溪書舎、1991年。

ネポス著、上村健二他訳『英雄伝』国文社、1995年。

ポリュアイノス著、戸部順一訳『戦術書』国文社、1999年。

クセノポン著、根本英世訳『ギリシア史２』京都大学学術出版会、1999年。

村川堅太郎他著『ギリシア・ローマの盛衰』講談社学術文庫、1993年。

市川定春著『古代ギリシア人の戦争』新紀元社、2003年。

Diodorus of Sicily Ⅶ, The Loeb Classical Library.

John Buckler, The Theban Hegemony, 371-362 BC, Harvard University Press,1980.

Murray Dahm, Leuctra 371 BC: The Destruction of Spartan Dominance, Osprey Publishing, 2021.

竹中愛語（たけなか あいご）

大阪府出身、京都府在住。京都女子大学文学部東洋史学科卒業、京都女子大学大学院文学研究科博士後期課程修了（博士〔文学〕）。京都女子大学文学部非常勤講師。菅沼愛語の名前による著書に『7世紀後半から8世紀の東部ユーラシアの国際情勢とその推移─唐・吐蕃・突厥の外交関係を中心に』（渓水社、2013年）、竹中愛語の名前による著書に『聞け、天の声を─太平天国始末記』（文芸社、2016年）、『彗星のごとく─アレクサンドロス大王遠征記』上下巻（文芸社、2019年）がある。

テーバイの将軍《しょうぐん》エパミノンダスとペロピダス
—古代《こだい》ギリシア英雄伝《えいゆうでん》—

2023年1月13日　第１刷発行

著　者　　竹中愛語
発行人　　久保田貴幸

発行元　　株式会社 幻冬舎メディアコンサルティング
〒151-0051　東京都渋谷区千駄ヶ谷4-9-7
電話　03-5411-6440（編集）

発売元　　株式会社 幻冬舎
〒151-0051　東京都渋谷区千駄ヶ谷4-9-7
電話　03-5411-6222（営業）

印刷・製本　中央精版印刷株式会社
装　丁　　野口 萌
装　画　　アオジマイコ

検印廃止

ISBN 978-4-344-94278-3　C0093
幻冬舎メディアコンサルティングＨＰ
https://www.gentosha-mc.com/